ALICE VAN MEULEN

DU MÊME AUTEUR
aux éditions Grasset

Romans :

LA GRANDE TRICHE, 1977.
UNE VOIX LA NUIT, 1979.
LA RUMEUR DE LA VILLE, 1981.
MARIA VANDAMME, 1983, Prix Interallié.

JACQUES DUQUESNE

ALICE VAN MEULEN

Roman

BERNARD GRASSET
PARIS

Chapitre premier

Dix fois, cent fois peut-être, ils furent près de renoncer. Ils ne passeraient pas. La mer, obstinée, dressait à chaque minute une nouvelle falaise noire devant leur canot. Ou bien elle le roulait, hargneuse, le repoussait vers des creux de houle plus profonds que des tombes, et s'amusait, folle, à le faire gigoter sur les crêtes des lames.

Les hommes torturaient les avirons de frêne. Le Pierrot et le gendarme, le nègre et le Chinois, et le grenadier qui avait perdu son bonnet à poils. Cassés, pantelants. Des jurons — flamands, français — plein la tête, qui voulaient tous dire : souque donc, tire dessus, baise cette salope.

L'ouragan s'était annoncé au début de l'après-midi, presque aussitôt violent, faisant gémir dans les bassins les mâtures des voiliers. Les volontaires de la « Société humaine », comme on appelait alors l'Association dunkerquoise de sauvetage en mer, suivaient presque tous, ce dimanche-là, la *vischerbende,* la bande des pêcheurs, un long cortège carnavalesque comme il n'en existe nulle part ailleurs, où n'importe qui se déguise en n'importe quoi et de préférence en pas grand-chose, pour aller gambader et danser sur le pavé derrière quelques dizaines de fifres et de tambours. Mais ce serpent bariolé n'avait pas longtemps résisté aux coups du vent et de l'averse. La foule s'était réfugiée dans des bistrots enfumés et étouffants. Un entassement d'hommes et de femmes travestis qui, entre bière et genièvre, chantaient *C'est aujourd'hui carnaval et demain carême* et aussi le *Reuzelied,* le chant du Reuze, le géant local.

Dans ce hourvari, ils avaient tout juste entendu les deux coups de canon du sémaphore appelant au secours d'un navire en perdition. Pas le temps de se changer. Un genièvre pour se donner du cœur au ventre, un autre pour se réchauffer, et on y va comme ça, comme on est, Louis Kindt enturbanné d'un chèche arabe, Léon Otten en nègre, Charles Lauwick un peu embarrassé quand même par sa tenue de grenadier. Les autres, n'en parlons pas : une bigarrure d'oripeaux. Trouvant tous l'affaire cocasse, et propre à faire un de ces souvenirs dont on rirait encore dans dix ans, si l'on parvenait à sauver sa peau jusque-là.

Cocasse ? Certes non. Ils n'avaient pas prévu une telle bataille. D'abord, la mer était basse et ils ne pouvaient attendre qu'un remorqueur fût à flot pour emmener le canot de sauvetage. Ils devraient donc y aller seuls, et à l'aviron. Un exploit presque impossible. Mais quoi ? On n'avait pas le choix. Et puis, on avait vu pis, on en avait connu de plus rudes.

Plus rudes ? Pas sûr. D'abord, une pluie d'aiguilles glacées les avait aveuglés. Ils ne voyaient plus à dix mètres. Ils ne se voyaient pas. Allez retrouver une épave dans cette mélasse. Allez distinguer un bateau dans cette crasse. Vous parlez d'un carnaval. Ils rêvaient aux femmes et aux amis restés à boire des bières et à manger du *beultekase,* du fromage de tête, dans les bistrots aux vitres embuées.

Un peu plus tard, au passage d'un banc de sable nommé « Polder », une lame droite comme une muraille renversa le canot. Douze hommes à la mer, maintenus sur les crêtes des vagues par leurs corsets de secours, douze sauveteurs devenus naufragés et qui se demandaient comment rejoindre l'épave ou la côte. Par chance, leur bateau, le *Dunkerque,* que vingt-huit caisses à air rendaient insubmersible, avait été redressé par une autre lame, plus forte encore. Ils s'étaient hissés à son bord, haletants et transis, le patron Lavie en tête, un solide qui ne comptait plus ses campagnes d'Islande et ses passages du cap Horn. S'ils avaient eu le cœur à ça, ils auraient pu rire de Léon Otten, nègre que l'eau avait zébré, de Louis Kindt dont le faux nez de carton s'émiettait piteusement, ou de Pierre Eggrykx qui, son pantalon arraché par la vague, exposait tout son matériel violacé de froid. Mais ils avaient dû se mettre à trois pour sortir de l'eau le sous-patron, à demi assommé par l'ancre lors du chavirement et qui gémissait, presque inconscient, le crâne salement déchiré.

Dans l'affaire, le gouvernail avait disparu, arraché. Ils étaient repartis quand même, Lavie faisant tournoyer et pivoter l'aviron de queue pour ruser avec le vent, gagner peu à peu dans la bonne direction, l'ouest, là où l'on finirait peut-être par retrouver le voilier naufragé. Si l'on passait. Si l'on ne finissait pas comme, le mois précédent, les matelots de la *Manne du ciel,* de *l'Isabelle* ou du canot lamaneur numéro 3. En une seule tempête, la mer avait pris dix-huit hommes, fait quarante-trois orphelins. Les sociétés chorales et les troupes théâtrales de la ville pouvaient bien organiser des soirées de bienfaisance au profit des gosses, cela ne leur rendrait pas leurs pères. Quarante-trois orphelins. Et dix-huit copains qu'on ne reverrait plus. Cette année 1881 avait mal commencé. Bon Dieu, souque, tire dessus, mais baise-la donc cette salope !

Elle ne cédait pas. Elle dressait, furieuse, le canot vers le ciel noir, le laissait retomber, brutale, dans l'écume bouillonnante, le happait comme pour l'ensevelir. Il se dégageait, rejetait le paquet d'eau qui l'avait un instant noyé, s'ébrouait, repartait. Mordus par le froid, la peau des mains brûlée, les reins brisés, les hommes tiraient encore sur les avirons.

Vercoutter — en zouave, on n'a pas idée sur cette mer — gueulait à chaque embardée pour se secouer les tripes, se réchauffer, se convaincre qu'ils avançaient, et qu'ils n'allaient pas se retrouver bientôt le cul cassé sur une jetée du port. La mer lui imposait silence, à grands paquets de flotte qui l'assommaient et lui brûlaient la gorge. Tant pis pour lui : il avait choisi le premier banc de nage, en tête du canot, pour mieux voir ; il était servi. On ne pouvait rien distinguer dans cette masse mouvante et hurlante. On ne pouvait même pas redresser la tête tandis qu'on ramait à se faire péter les muscles.

Soudain, pourtant, il l'aperçut. Ou plutôt la devina. Une forme grise, sur bâbord, qui se fondait dans l'immensité sale du ciel et de l'eau, et qu'il prit d'abord pour le navire en détresse. Mais non : trop petite. Et puis, ce bateau-là — il fallait bien appeler ça un bateau, on ne rencontre rien d'autre sur la mer — ne ressemblait guère à ceux qu'on voyait d'ordinaire en ces lieux. Une sorte de bâtard, un méli-mélo de tout ce qu'on connaissait dans le genre bateau de pêche, avec une grosse coque et une mâture renforcée. Mais ça flottait. Comme un bouchon. Plus tard, Vercoutter se reprocherait de n'avoir pas mieux regardé, mettrait sa mémoire au supplice pour lui faire avouer un détail, une ligne, une couleur... Foutaises. Quand la chose les avait dépassés, Vercoutter et les autres, corps cassés, tripes tordues, n'avaient qu'un souci : avancer si c'était possible, en sortir.

Ils en sortirent. Ils retrouvèrent le naufragé, un grand schooner hollandais à cinq mâts qui revenait du Canada avec des bois. Son capitaine en avait embarqué partout, même sur le pont, de chaque côté des ouvertures de cales, d'énormes billots que de fortes chaînes retenaient. L'ouragan avait couché le bateau, les lames s'étaient jetées sur lui, inlassables, toujours plus fortes, secouant les billots jusqu'à faire sauter les chaînes. Alors, ces masses de plusieurs quintaux avaient commencé à glisser sur le pont, écrasant les matelots, brisant les rambardes, faisant tomber les mâts comme des quilles.

Les hommes du schooner avaient réussi, on ne sait comment, à mettre à la mer deux baleinières qui chevauchaient les crêtes des vagues. La première rejoignit le remorqueur *Mouche* enfin arrivé. La seconde, emportée par une lame immense, chavira sous leurs yeux.

Alors, les sauveteurs du *Dunkerque* tirèrent plus fort encore sur leurs avirons, tandis que Lavie, blasphémant comme un démon, tentait de guider le canot vers les formes noires que l'on devinait dans la nuit. Deux fois, trois fois, ils crurent être assommés par de lourds billots de bois échappés du navire, que les vagues faisaient voltiger comme des matraques. Ils repêchèrent un nègre, un vrai celui-là, qui dérivait, à demi assommé, accroché à un débris de rambarde ; puis un matelot qui lâchait d'interminables jurons dans une langue inconnue. Puis, rien. Une ombre, deux ombres avaient disparu, englouties. Le remorqueur donnait de la sirène, comme un gémissement dérisoire que le vent emportait. L'épave, devant eux, se cabrait sous les assauts.

Comment, dans ces rugissements, Vercoutter distingua-t-il un appel ? Il lâcha l'aviron, se pencha à bâbord, les yeux écarquillés. Un naufragé était là, agrippé à une sorte de coffre, et qui avait réussi à s'approcher du canot. Vercoutter tira la manche de Pierre Eggrykx, son voisin sur le premier banc de nage. A deux, ils eurent rapidement hissé le naufragé à bord. Et se regardèrent, surpris. C'était une femme, aux longs cheveux dénoués et au visage ensanglanté, qui gémissait des « Notre Père ».

L'heure n'était pas aux questions. Il fallait scruter les ténèbres, tenter de dérober quelques vies à la folie de la mer, tirer encore et toujours sur les avirons que cette salope, à la fin des fins, parviendrait sans doute à briser.

Quand ils eurent tourné et tourné sans rien apercevoir que des débris et des poutres, quand la longue carcasse du schooner se fut redressée dans un dernier sursaut, le patron Lavie jugea que persévérer serait inutile et dangereux. Ils firent passer leurs trois naufragés sur le remorqueur, la femme d'abord, qui paraissait mal en point et qu'il fallait emmener au plus vite à l'hôpital, et repartirent enfin, le vent au cul cette fois, mais qui ne les ménageait pas plus, ne se lassait guère, saisissait le bateau par la hanche arrière pour le faire pivoter, comme s'il s'en jouait. Deux fois encore, ils crurent chavirer, bousculés par des lames géantes. Mais quand ils eurent franchi les jetées du port, où la houle se brisait en lançant des gerbes d'eau à la rencontre de la pluie, les rameurs se redressèrent d'un même mouvement, légers soudain. Le Pierrot et le gendarme, le Chinois et le grenadier, le Mexicain et le zouave. Et même le sous-patron au crâne déchiré. Fiers d'être vivants. Regrettant qu'à cette heure et par ce temps, il n'y eût personne sur le quai pour applaudir à leur retour.

Quand ils eurent solidement amarré le canot, Vercoutter s'approcha de Lavie.

— La femme... Tu as vu la femme qu'on a repêchée ?

Lavie grommela quelques mots, que le vent emporta. Vercoutter insista :

— Tu ne l'as pas reconnue ?

L'autre haussa les épaules. Allez donc reconnaître quelqu'un à trois mètres, dans cette bouillasse ! Et puis, il s'en fichait. Une vie à sauver était une vie, femme ou homme. Et il n'était pas si rare de rencontrer des femmes sur les transports de marchandises, même si, d'ordinaire, cela ne présageait rien de bon.

— Eh bien, hurla Vercoutter pour dominer le vacarme du vent, c'était Mathilde, tu entends ? Mathilde de Réole, la femme du colonel, tu te rappelles ?

Et il s'en alla, sûr de son effet.

C'est seulement en arrivant près de chez lui qu'il se souvint de l'étrange navire qui les avait dépassés dans la nuit. Et se reprocha de l'avoir, un moment, oublié : ce bâtard de bateau était sans doute plus important pour lui, Vercoutter, que le retour de Mathilde de Réole. Car il croyait connaître son usage. Mais il n'en parlerait qu'à l'inspecteur Ricci. Pour l'instant, il fallait dormir. Il n'en pouvait plus. Fichu carnaval.

Alice Van Meulen et Pierre Vandromme se rencontrèrent pour la première fois ce même soir de carnaval, dans un bal masqué. Elle portait un domino écarlate. Il se sentait ridicule dans son uniforme d'amiral de fantaisie. Et il n'avait pas l'esprit à la fête : avant de quitter Dunkerque pour Lille, il avait dû faire consolider les bers, les échafaudages, autour des goélettes en construction sur son chantier ; la tempête menaçait de les renverser, tant on la pressentait violente.

Il serait volontiers resté chez lui. Mais comment se dérober à l'invitation de sa cousine Delvalle-Souchez ? Leurs deux familles s'étaient battu froid des années durant. Les Delvalle-Souchez appartenaient au Comité catholique de Lille, au Comité royaliste aussi, et siégeaient même au conseil d'administration des facultés catholiques que l'on venait de construire à grands frais. Et le père Vandromme : un républicain, anticlérical, que l'on disait franc-maçon. Les familles s'étaient rapprochées en exécution d'un vœu de Marguerite Delvalle-Souchez. Renversée par une voiture en plein centre de Lille, elle avait juré devant Dieu de se réconcilier avec tous ses ennemis s'il lui permettait d'en réchapper. Elle s'en était tirée. Boiteuse. Mais elle avait tenu parole. Un dimanche de l'été précédent, elle débarquait chez les Vandromme, chargée de cadeaux et de bonnes intentions. Le père Vandromme, le mécréant, était mort depuis dix-huit mois. Pierre, le fils, qui vivait encore avec sa mère en dépit de ses trente ans, se montrait beaucoup moins militant, moins porté sur les querelles de laïques et de curés. Ils s'étaient embrassés. On ne parlerait plus jamais de politique ni de religion, on le jurait tous. Depuis, on en rajoutait de part et d'autre sur les démonstrations d'affections, afin de prouver que tout était oublié, les rancunes effacées, le passé aboli. Il était impossible, donc, de refuser la moindre invitation, malgré qu'on en ait.

Vandromme s'inquiétait. Dix fois il était sorti sur le perron pour écouter le vent, dont le tintamarre de l'orchestre lui cachait la plainte. Conscient que c'était inutile et ridicule : le vent d'ici et le vent de là-bas, rien à voir. Il enrageait d'être là, comme s'il eût pu, seul, protéger ses goélettes des assauts de la tempête. Et quand il retrouvait le grand salon surchauffé où arlequins et bergères, Chinoises, hussards et Turcs se bousculaient en un interminable cotillon, il se sentait tout à fait étranger à la fête.

Le gratin de Lille était venu : la politique et le négoce, l'industrie et la finance. Des files de voitures, aux cochers saucissonnés dans leurs capotes pour résister au vent et à la pluie, avaient même amené les plus grands usiniers de Roubaix et de Tourcoing. Des hommes dont les entreprises avaient survécu aux crises et qui devenaient les maîtres du textile français. Les plus âgés s'étaient retirés dans un salon voisin pour parler affaires, pester aussi — Pierre Vandromme l'aurait juré — contre l'Etat qui ne se hâtait guère de fermer les frontières aux laines anglaises, aux lins russes et italiens qui envahissaient le marché français. La République, en la matière, ne s'était pas décidée encore à rompre radicalement avec la politique de l'Empire. La Chambre des députés n'en finissait pas de discuter le nouveau tarif douanier.

A peine arrivée, Alice Van Meulen s'était naturellement dirigée vers ce salon. Pierre Vandromme n'avait même pas remarqué le domino rouge. Il s'était laissé entraîner par sa cousine jusqu'au buffet où des valets en habits à la française et perruques poudrées proposaient champagne et porto, quiches et petits pâtés, salades de truffes et croustades d'huîtres. Elle identifiait pour lui les danseurs. Ce Scapin présidait la Chambre de commerce, l'époux de cette mariée bretonne dirigeait l'une des plus grosses filatures de la place, ce garde champêtre dont l'immense bicorne menaçait de tomber administrait une compagnie minière.

Vandromme s'intéressa un instant à l'apparition d'une bayadère au corsage transparent qu'entourait un tourbillon de toreros et de cosaques. Mais son esprit était ailleurs — sur la côte où l'ouragan livrait bataille. Il ne prêta guère attention au domino rouge revenue dans la grande salle, faute d'avoir trouvé, semblait-il, quelque interlocuteur dans le salon voisin.

Ici, pourtant, Alice Van Meulen avait plus de succès. Elle résistait aux invites d'un Pierrot enfariné puis d'un chef mérovingien qui voulaient l'entraîner vers le buffet. La cohue des danseurs maintenant s'y précipitait. Le cotillon s'était défait, les musiciens déposaient leurs instruments et les valets présentaient des pâtisseries. Marquis et soubrettes, fées et marins s'arrachaient sorbets et gâteaux. Un Alexandre de Macédoine, en casque à plumes et cuirasse d'or, disputait un gigantesque baba à un samouraï japonais ; les médecins de Molière, un groupe dont l'arrivée avait fait sensation, s'empiffraient de moka.

Vandromme, qui tentait d'échapper à cette mêlée, finit par s'isoler dans l'embrasure d'une fenêtre, non loin du domino rouge, qui avait trouvé un fauteuil. Un gendarme de caricature, qui passait par là, s'étala aux pieds de la jeune femme. On se précipita. Mais le gendarme se redressait, relevait un masque aux moustaches extravagantes pour expliquer, rieur, que ce n'était rien, qu'il s'était seulement, en se hâtant, pris les pieds dans son grand sabre de fer-blanc. Le domino rouge n'avait pas bougé. Encore plus étrangère à la fête, semblait-il, que Pierre Vandromme.

Si bien qu'elle l'intéressa. Il s'enquit de sa cousine, qu'il trouva affairée à commander les valets, l'interrompit, l'interrogea. C'est ainsi qu'il entendit, pour la première fois, parler d'Alice Van Meulen. Une solitaire, disait sa cousine, une veuve qui menait bon train ses affaires, comme un homme. Et même mieux que beaucoup d'hommes.

— Elle a toujours aimé commander. C'est une fille Rousset. Tu vois ? Filature et tissage. Elle avait épousé Florimond Van Meulen, deux ou trois ans avant la guerre. Et le mariage avait fait du tapage dans Lille, tu peux me croire. Les Van Meulen, des siècles de brasserie derrière eux, l'aristocratie flamande. Alice, son père gagnait des mille et des cents, mais après tout, elle n'était que la petite-fille d'un tisserand de Wattrelos. Je suis sûre que tu ne connais même pas Wattrelos, ça existe à peine.

Elle avalait, d'un trait, un chou qu'un valet venait de lui présenter, se léchait, à petits coups de langue rose, les lèvres où demeuraient quelques traces de crème. Il s'étonna qu'une telle gourmande restât si mince, toujours séduisante en dépit de l'âge et de l'accident, dans une robe d'impératrice romaine, les cheveux blancs haut coiffés retenus par un diadème de brillants.

— Ce qui a fait surtout jaser, c'est que Florimond Van Meulen était déjà mourant au moment du mariage. Ou presque. Il crachait ses poumons. Personne ne lui prédisait de vieux os. Mais c'était le seul héritier de la brasserie, tu comprends ? Autrement : rien d'attirant. Pas une mère n'aurait voulu lui donner sa fille. Il ne s'est trouvé que les Rousset. Et encore... Céleste Rousset s'y opposait, à ce qu'on a dit. Mais la fille y tenait, le père ne disait pas non. Elle n'avait pas vingt ans, Alice, et déjà personne ne pouvait lui résister.

Pierre Vandromme observait le domino rouge, dont le capuchon laissait échapper une mèche blonde, aux prises cette fois avec un mousquetaire empanaché qui tenait à l'entraîner vers le buffet. Sa cousine sourit.

— Il peut toujours courir, celui-là. Si elle le suit, je te donne... je ne sais pas : tiens, ma villa d'Ostende. Elle le hait, j'en suis sûre. C'est un avocat, maître Callonne : il vient de plaider et d'argumenter contre elle pendant des années pour faire confier la tutelle de son fils aux cousins Van Meulen, ses clients. Parce que le poitrinaire, Florimond, est mort en soixante... dix-sept. Elle avait réussi à le prolonger de dix ans — elle l'a bien soigné, il faut le reconnaître — et même à se faire faire un fils. Entre-temps, le père et la mère Van Meulen étaient morts. Et comme le gamin doit avoir tout juste six ou sept ans, la voilà patronne pour longtemps, tu comprends ? Avant de mourir, son Florimond avait tout organisé pour cela, avec l'aide d'avocats et de notaires. Bien sûr, c'est elle qui lui avait donné l'idée... Les cousins Van Meulen ne peuvent même pas l'accuser de dilapider les biens du mineur. Elle les fait fructifier au contraire. On vend maintenant de la bière Van Meulen jusqu'à Amiens et même à Nancy. Pas encore à Dunkerque ? Ça viendra. Et Alice a ajouté le commerce des grains à la brasserie, dès la fin de la guerre, à une époque où l'on ne savait même pas si notre roi reviendrait, ou l'empereur, ou les républicains. Ça marche. Elle se débrouille bien, la petite Van Meulen.

— Tu ne l'aimes pas ?

Marguerite Delvalle-Souchez hésita, sourit.

— Je… tu comprends, elle en fait trop. Je ne suis pas la seule à le penser. Une femme doit rester à sa place. Elle n'y reste pas. Un jour, elle le paiera, bien sûr…

Les musiciens, remontés sur leur estrade, attaquaient une valse. Pierre Vandromme s'excusa, se dirigea vers le domino rouge. Sa cousine sourit, pour elle-même, le vit parlementer, insister, entraîner enfin la jeune femme. Elle repartit, boitillant, vers le buffet où l'on entendait grogner des valets.

Alice Van Meulen et Pierre Vandromme dansèrent longtemps.

Plus tard, alors que prenaient congé les derniers invités, Marguerite Delvalle-Souchez interrogea son cousin :

— Alors, tu t'es laissé charmer par la petite Van Meulen ?

— Nous avons parlé de l'électricité.

— Tu veux rire ?

— Mais non. Je lui ai expliqué que bientôt ton salon ne serait plus éclairé par ces chandelles dont la mèche pue quand on la mouche, ou par ces becs de gaz qui font une lumière verte si triste. Il sera illuminé à l'électricité.

Elle l'abandonna un instant pour saluer le dernier couple — une Kabyle et un zouave qui semblait avoir abusé du champagne —, revint vers lui.

— L'électricité passionne tellement Alice Van Meulen ?

— Plus que tu ne crois. Figure-toi qu'elle connaît très bien les travaux d'Edison : elle sait qu'en Amérique on commence à éclairer à l'électricité des villes entières. Et même, elle sait qu'il y aura à Paris, l'été prochain, au palais des Champs-Elysées, une Exposition internationale de l'électricité.

Marguerite Delvalle-Souchez ébaucha un sourire :

— Elle en sait plus que moi. Tu vois bien que ce n'est pas vraiment une femme.

Elle serait à l'usine dès sept heures, comme chaque matin. Elle ne s'était même pas interrogée. Cela ne souffrait pas discussion. Que la nuit eût été mauvaise, qu'elle ait dû, au retour du bal, veiller jusqu'à deux heures le petit Félicien secoué d'une mauvaise toux ne regardait pas le personnel, ne devait pas perturber, retarder d'une seule seconde la marche de la brasserie. Ainsi était l'ordre des choses. Depuis des années.

Alice Van Meulen se sentait parfois très vieille. Pourtant, la glace de sa coiffeuse lui présentait l'image d'une femme jeune, fraîche en dépit des fatigues et des inquiétudes de la nuit, séduisante dans son long peignoir blanc orné de flots de dentelles d'Alençon. Et quand elle s'était baignée dans une eau laiteuse au parfum de fougère royale et d'iris broyé — un luxe rare, une baignoire, même chez les gens fortunés —, elle avait caressé avec plaisir, d'un savon au blanc de baleine, un corps ferme et doux.

Elle songea à ses années de pension, chez les ursulines qui commandaient à leurs élèves de garder leur chemise quand elles se lavaient le corps — « pour ne pas tenter votre ange gardien » —, s'adressa un sourire, se frappa le front du plat de la main : « La vieillesse, tu la portes là » — comme beaucoup de solitaires, il lui plaisait parfois de se parler. Puis elle rectifia : sa vieillesse, c'était la brasserie. Elle en portait la charge depuis dix ans, onze ans peut-être — elle ne savait plus. Une machine qui la broyait et qu'elle aimait : les comptes à tenir, le personnel à surveiller et diriger, les fournisseurs à ménager, les représentants à conseiller et les clients à séduire. L'avenir qu'il fallait prévoir aussi parce qu'en ce siècle de progrès perpétuel, l'entreprise était condamnée à se développer toujours pour ne pas périr.

Comme ils l'avaient dédaignée, méprisée, tous, dans les premiers temps, les concurrents et les banquiers, les employés et les vendeurs ! « La petite Rousset va se casser la figure. On ne joue pas à la patronne comme à la poupée, et diriger une brasserie, reconnaître la qualité du houblon, savoir coller la bière pour lui donner sa belle couleur claire, ça ne s'apprend pas chez les bonnes sœurs. » Voilà ce qu'elle lisait dans tous les yeux. Certains, parfois, le lui disaient crûment. Elle s'était décidée à créer son propre commerce de grain le jour où un fournisseur d'orge, un négociant qui devait aux Van Meulen une bonne partie de sa fortune, avait refusé les habituels délais de paiement, exigé qu'elle paie comptant. « Vous comprenez, je ne suis pas sûr. » Pas fier de son coup, quand même, il marmonnait en faisant tourner son chapeau dans ses mains, la tête basse. Elle était bouleversée : « Pas sûr d'être payé ? Parce que vous n'avez pas confiance dans une affaire dirigée par une jeune femme, c'est cela ? Eh bien, soyez rassuré, je ne vous achèterai plus un grain d'orge. Ainsi, vous pourrez dormir sur vos deux oreilles. Vous ne risquerez plus rien. » Avant de le mettre à la porte, elle lui avait compté son argent, billet par billet, pièce par pièce, et fourré le tout dans le chapeau qu'elle lui avait arraché. Il ne s'en était pas vanté.

A présent, c'était elle qui livrait de l'orge et du malt à ses concurrents, et achetait du houblon allemand pour le revendre aux brasseries parisiennes.

Elle se massa le visage avec une crème de fraises. Elle entendait, au rez-de-chaussée, les bonnes qui allumaient les feux et préparaient le petit déjeuner ; dans la cour, le cocher ouvrait l'écurie pour nourrir le cheval qui l'emmènerait à l'heure à l'usine. Elle aimait ces bruits familiers, regrettait parfois de ne pouvoir s'attarder dans ce grand hôtel de pierre que Florimond avait voulu faire construire, aussitôt après la guerre, sur le boulevard Vauban où s'alignaient les demeures les plus prestigieuses. Une folie, dont elle supportait encore le poids. Mais elle n'avait jamais voulu s'opposer à ce frêle mari qui errait aux portes de la mort.

Ils avaient vécu solitaires, rarement conviés aux soirées que se donnait la bourgeoisie lilloise — et qu'il supportait mal. Les

Rousset, bien sûr, étaient toujours là, qui organisaient de réjouissants repas de famille. Mais elle ne s'était jamais sentie très proche de sa mère. Et Arthur Rousset, fier d'avoir une fille de cette trempe, ne voulait l'entretenir désormais que du négoce ou de l'industrie. Les dernières années, elle avait dû se rendre seule, avec son bébé, à ces réunions dominicales : Florimond était incapable de se lever. Après sa mort, et le long temps du deuil, on avait commencé à l'inviter à quelques soirées. Avec prudence. Une femme seule. Et, plus encore, une veuve ! Les journaux, qui criaient régulièrement à la catastrophe démographique, annonçaient que deux millions de filles ne pouvaient trouver de mari. C'était la course à l'homme, seule carrière permise aux femmes. Dans cette compétition, une jeune veuve représentait un double danger : pour l'épouse qui craignait d'être trompée, mais plus encore pour la fille qui voyait en elle une rivale, capable de lui souffler un beau parti.

Alice Van Meulen, elle devait le reconnaître, ne consentait guère d'efforts pour se faire accepter, ou apprécier. Peut-être par rancune envers un monde qui lui avait reproché son mariage, avant de la tenir à l'écart, et admettait mal le succès de ses affaires : « Ils m'aimeraient désemparée et malheureuse, pauvre veuve ruinée peinant à élever son enfant ; ils ne me pardonnent pas de m'en sortir. »

Elle regrettait parfois sa froideur. Ainsi la veille, au bal de carnaval des Delvalle-Souchez... Mais quand elle s'était dirigée vers le salon où fumaient les usiniers, ses confrères en somme, c'est tout juste s'ils ne lui avaient pas tourné le dos. A peine polis. Cette soirée aurait été tout à fait désespérante si elle n'avait rencontré ce Dunkerquois dont elle ignorait jusqu'au nom. Il lui avait seulement dit qu'il construisait des bateaux et qu'il s'inquiétait des assauts de la tempête. Elle aurait dû lui demander au moins quels liens l'attachaient aux Delvalle-Souchez. Mais elle le laissait parler, flattée qu'il ne la crût pas incapable de comprendre ses problèmes de prix de revient, goûtant avec lui une paix rare. Jusqu'au moment où elle s'était mis en tête, un peu sottement, de l'éblouir.. Elle l'avait bien eu quand même avec l'électricité. Il voulait faire étalage de ses connaissances. Il ignorait, bien sûr, que la première installation frigorifique dans une brasserie — vingt ans plus tôt, au bout du monde, en

Australie ! — avait tout changé à la fabrication de la bière. Le progrès. Elle lui avait fait un cours.

Elle s'amusait encore de ce duel, au retour, quand elle avait trouvé dans l'antichambre la gouvernante, et la miss qui s'occupait de Félicien. L'enfant était fiévreux, toussait à se déchirer. « Faites chercher un docteur, tout de suite. Vous n'auriez pas dû hésiter. » Toujours la même peur depuis la naissance, depuis qu'elle le montrait à Florimond de très loin, du plus loin, pour éviter que le bébé ne devienne tuberculeux à son tour. Toujours la même angoisse.

L'enfant restait chétif. Et surtout renfermé. Refusant parfois de parler pendant des jours, ne consentant à communiquer que par gestes, lâchés comme à regret. Intelligent pourtant, passant des heures à lire. Il lui crevait le cœur lorsqu'elle l'emmenait chez ses parents, le dimanche, et qu'il s'isolait pour faire tourner une mappemonde vernissée ramenée de Paris par Arthur Rousset, sans un regard pour ses cousins qui l'invitaient à partager leurs jeux. Elle savait ce qu'on chuchotait autour d'elle : « Pas normal... pas normal. » De bonnes âmes lui avaient laissé entendre qu'elle était responsable, que l'enfant se serait épanoui comme les autres s'il avait eu chaque jour près de lui une mère attentive. Elle leur avait tourné le dos mais se jugeait coupable. Plusieurs fois elle avait voulu changer ses habitudes, abandonner un peu la brasserie pour consacrer plus de temps à Félicien. Sans grands résultats. Près de l'enfant, elle songeait à l'usine, et à l'usine elle se désespérait pour l'enfant.

Après l'alerte de la nuit dernière, le médecin l'avait rassurée. Une grosse bronchite. « Pourtant, l'été prochain, vous devriez l'emmener au bord de la mer. Ce serait bon pour les poumons, ça le fortifierait : l'iode... Beaucoup de Lillois et de Roubaisiens envoient leurs enfants à Ostende ou à Boulogne, vous le savez. Ils louent une villa pour l'été. » Elle avait répondu : « J'en ai retenu une à Dunkerque » — ce qui était faux —, et se demandait encore pourquoi.

Sa toilette était maintenant terminée. Elle sourit en songeant à une prière qu'on lui faisait dire, au couvent, chaque matin au moment de s'habiller : « Seigneur, rendez-moi la robe d'innocence et d'immortalité que j'ai perdue par la désobéissance de notre premier père, et faites que je ne mette jamais ma gloire dans ce qui doit faire ma confusion. » Tous les jours, quand elle commençait à se vêtir, ces formules tant de fois répétées lui revenaient au bord des lèvres, et tous les jours elle se demandait ce qu'avait bien pu faire le père Adam pour mériter à l'humanité un tel châtiment.

Elle tira ses cheveux en un haut chignon découvrant des oreilles dont elle était fière, choisit parmi ses flacons d'argent son parfum du jour — lilas blanc — et entreprit de s'habiller : chemise, corset de satin, cache-corset, pantalon, jupon de surah surchargé de hautes dentelles de Saxe, de ruches et de rubans roses. Elle n'était plus au couvent, elle aimait la caresse de ces fouillis crémeux. Et là-dessus, après la tournure (un coussinet destiné à amplifier la croupe), une sévère robe noire au col montant. Les petites folies vestimentaires d'Alice Van Meulen ne regardaient pas le personnel de la brasserie.

Elle sonna la femme de chambre.

Elle n'attendit pas huit jours. Le dimanche suivant, elle était à Dunkerque, carillonnait à la porte de Pierre Vandromme.

Il traînassait dans son salon aussi encombré de maquettes de navires que la chapelle des Dunes où les marins rescapés les suspendaient aux cintres pour remercier la Vierge protectrice. Sa mère, avec qui il vivait et qui s'attardait volontiers à la cuisine, lui avait préparé elle-même son plat préféré, un lapin aux pruneaux qui, avec un poulet rôti, leur avait fait un plaisant déjeuner — ils disaient « dîner ». Vandromme aimait prolonger ces repas du dimanche en tétant un cigare et goûtant des alcools. La vieille dame se laissait parfois arracher un récit de voyage : elle avait plusieurs fois accompagné son mari, un fils d'armateur qui préférait naviguer au long cours et faisait les Antilles, Philadelphie, La Nouvelle-Orléans, et même le Chili, jusqu'au jour où un accident l'avait privé de ses jambes et contraint de rester à terre. Un an plus tard, il créait ce chantier de constructions navales auquel son fils donnait maintenant les dimensions d'une industrie. Des armateurs de Fécamp et de Dieppe, des Bretons, des Belges aussi, venaient commander goélettes, schooners et dundees aux chantiers Vandromme.

Mère et fils appréciaient la rondeur d'un vieux schiedam, un genièvre aux parfums hollandais, quand la gouvernante, une Martiniquaise fripée, ramenée des Iles au temps où elle était fort jolie fille, leur annonça madame Van Meulen, de Lille.

Pierre Vandromme l'avait presque oubliée, déjà. S'il l'avait invitée à danser, c'est que son mystère et sa renommée l'intriguaient ; pour défier sa cousine aussi. Rien de plus. Il se tenait le plus possible à l'écart des femmes, et prétendait leur préférer sa tranquillité ; on ne lui connaissait plus aucune fréquentation, aucune liaison, depuis l'aventure tumultueuse qui l'avait uni, trois ans plus tôt, en 1878, à Mathilde de Réole. Une superbe créole, épouse d'un officier de marine, qui menait grand train dans les établissements les plus huppés de la ville en compagnie d'un équipage de messieurs empressés, tandis que le mari faisait voile vers la Nouvelle-Calédonie pour convoyer une troupe de bagnards et de gendarmes qui allaient écraser la révolte des Canaques. Cette Mathilde s'était en fin de compte entichée de Pierre Vandromme, non sans se permettre quelques libertés. Jusqu'au jour où le mari, revenu de Calédonie où des milliers de Canaques venaient de payer la mort de deux cents Européens, avait surpris les deux amants et poursuivi le jeune homme sur les remparts de la ville pour le blesser finalement d'un méchant coup de pistolet dans la poitrine.

L'affaire avait fait grand bruit. Un tintamarre de tous les diables. Pierre Vandromme se serait assez vite remis de cette blessure-là si la dame — flattée de l'ardeur jalouse de son époux, ou terrorisée — n'était aussitôt partie avec ce dernier pour la Belgique, première étape d'un long voyage vers les Amériques. Amour brisé, orgueil meurtri, le Dunkerquois avait longtemps refusé toute compagnie, hormis celle de ses parents et des charpentiers de son chantier. Et puis on l'avait revu dans des cercles ou des cafés, parfois sur les fauteuils poussiéreux du Théâtre municipal. Mais point de femme dans sa vie, sauf sa mère et la vieille Martiniquaise.

Et voici que cette inconnue se permettait de troubler son repos, de lui disputer son mince temps de liberté, sans même prier qu'on l'excusât. Le dimanche, se borna-t-elle à expliquer dès son entrée au salon, était le seul jour où elle pût abandonner la brasserie.

Relevant la voilette de son grand chapeau à rubans, elle montrait un visage blanc et rond, à peine rosé, encadré de cheveux presque dorés, et dont les traits un peu mous — ou fatigués ? — formaient un surprenant contraste avec les yeux bleu-noir, vifs et durs, qui ne s'étaient sans doute jamais baissés devant personne. Et quand elle eut retiré son manteau de drap vert pour faire apparaître un corsage-veste orné de boutons précieux et entrouvert sur des dentelles, Vandromme dut convenir que c'était, tout compte fait, une vision plutôt agréable. Mais pourquoi diable se trouvait-elle là ? Que cherchait-elle ? Il bougonnait, furieux contre sa mère qui s'empressait, tous sourires dehors.

La jeune femme expliqua qu'elle cherchait une villa à louer pour l'été. Ne connaissant personne dans la région, accordant peu de foi aux gens de négoce — et moins encore aux notaires et hommes de robes — elle avait pensé chercher conseil et appui près de ce Dunkerquois rencontré au bal du Carnaval :

— J'avais cru deviner que vous étiez très proche de madame Delvalle-Souchez. Je me suis permis de lui demander votre adresse, et votre nom.

Vandromme sursauta. En plus, Marguerite Delvalle-Souchez était au courant. Qu'allait-elle penser ? Il la voyait très bien bâtissant déjà tout un roman. Il faillit cracher son cigare. Alice ne parut pas s'en apercevoir, poursuivit :

— J'aurais dû me faire annoncer. C'est que... je ne pensais pas venir aujourd'hui. Mais soudain une occasion, un dimanche qui se libère...

Et voilà, ça n'était pas plus difficile. Tout paraissait simple à ses yeux. Si elle menait ses affaires de la sorte... Vandromme regardait sa mère qui avait plusieurs fois tiqué mais, guère démontée, sonnait une servante, commandait qu'on apportât du café, pas n'importe lequel, celui de la boîte bleue, des liqueurs, des gâteaux aussi — « Et dépêchez-vous ma fille. »

Alice Van Meulen entrait dans les détails, comme elle l'eût fait chez un loueur : nombre de pièces, proximité de la mer, et ainsi de suite.

— Bien entendu, je ne souhaite pas vous importuner. Mais peut-être pourriez-vous m'indiquer une adresse. Peut-être avez-vous entendu parler de quelque chose : dans une petite ville, tout se sait.

Une petite ville ! Elle en avait de bonnes ! Où se croyait-elle ? Trente-cinq mille habitants, quarante mille peut-être. Avec un port qui était déjà le quatrième du pays et aurait sans doute atteint le premier rang si Napoléon Bonaparte, qui n'entendait rien aux choses de la mer, n'avait outrageusement poussé Anvers au temps où l'Empire s'étendait jusque-là.

Et cette façon qu'elle avait de dire « Je ne souhaite pas vous importuner ! » Vandromme avait failli bondir. Mais sa mère, comme si elle l'avait deviné, sourire encore plus éclatant : « Pas du tout. Vous ne nous importunez pas du tout. » Elle prenait la direction de la conversation. Vandromme les devinait vaguement complices, accordées peut-être. Il arrachait à son cigare quelques brins de tabac à petits coups d'ongle prudents, pour se calmer et gagner du temps, se répétant que si la petite Van Meulen montrait le même culot en affaires, elle devait en surprendre beaucoup et en indisposer plus d'un.

Aux questions de la vieille dame, Alice répondait qu'elle reprenait tout à l'heure le train pour Lille mais que, bien sûr, elle pourrait revenir un autre dimanche — peut-être avec son fils, s'il cessait enfin de tousser — pour prendre contact avec les loueurs s'il s'en trouvait, visiter les villas. « Mais je ne voulais pas vous déranger. J'avais seulement pensé que vous pourriez m'indiquer une adresse... » Vandromme balançait toujours entre étonnement et irritation. Il n'avait pas prononcé un mot depuis l'entrée d'Alice Van Meulen, se jugeait grossier, s'en irritait davantage. Les deux femmes s'en étaient-elles seulement aperçues ? Sa mère évoquait une vague cousine, une solitaire, qui devait, l'été prochain, se rendre à Vichy pour sa cure et possédait une villa rue du Cap-Nord, presque en bordure de mer, à deux pas du *Kursaal* et du casino ; elle promettait de se renseigner.

— Je vous écrirai dès que possible. Mais si, mais si, ne vous inquiétez pas. Et quand vous viendrez visiter, faites-nous le plaisir d'arriver pour dîner avec nous. Mais si, mais si, nous en serons très heureux. En toute simplicité, bien sûr. Le dimanche, j'aime préparer moi-même de bons petits repas. La semaine, mon fils ne peut guère les apprécier : il est pris aux chantiers toute la journée, et le soir à son cercle. Moi, je ne bouge plus beaucoup : les rhumatismes...

Vandromme crut comprendre qu'écoutant la vieille dame et lui souriant, faisant l'intéressée, Alice Van Meulen le guettait, lui. Il se sentait exclu du dialogue, ne s'en souciait pas trop — il s'agissait, en somme, d'affaires de femmes — mais jugeait urgent d'intervenir, son silence devenant à chaque seconde plus pesant. Et soudain, Alice :

— Si nous trouvons quelque chose, en juillet, je viendrais vivre ici avec mon fils le plus souvent possible. En août, je devrai le laisser à la miss et à la gouvernante : je ne peux quitter la brasserie trop longtemps. Et puis, je compte me rendre à Paris pour l'Exposition internationale de l'électricité.

Se tournant vers Vandromme :

— Vous irez, vous ?

Il fut contraint de sourire, désarmé, bredouilla, finit par assurer contre toute vérité que son voyage était prévu de longue date, qu'il n'aurait voulu manquer pour rien au monde une telle manifestation, bien plus importante pour le progrès des sciences et des techniques que l'Exposition universelle. Il ne voulait pas se laisser distancer par cette femme. C'était difficile : voilà qu'ayant avalé d'un trait son troisième café, elle évoquait les recherches du jeune Arsène d'Arsonval, membre à trente ans de l'Académie des sciences, sur l'application de l'électricité à la médecine. Elle l'agaça. Il se demandait si elle avait consulté la veille, afin de mieux l'éblouir, *la Revue scientifique*. Il avait le sentiment qu'elle jouait un rôle et se composait un personnage, qu'il ne la connaissait pas mieux aujourd'hui, sans son masque et la voilette relevée. Mais peu importait. Qu'avait-il besoin de la connaître mieux ? Il sentait que sa mère l'observait, imagina qu'elle s'amusait de son embarras. Tout cela était ridicule. Il faillit grogner.

Quand Alice Van Meulen se leva pour prendre congé, il s'offrit pourtant à la reconduire jusqu'à la gare. Mais une voiture de louage l'attendait. Il en fut soulagé.

Un peu plus tard, tandis que la bonne desservait et qu'il bourrait une nouvelle pipe, madame Vandromme remarqua :

— Cette jeune dame ne manque pas d'audace. Mais je parierais qu'elle est effrayée au fond d'elle-même, et fragile, et malheureuse aussi.

Il ne le croyait pas. Il haussa les épaules, grommela et se versa un verre de schiedam. La nuit, déjà, tombait. Un dimanche perdu. Et si Alice Van Meulen venait s'installer dans la ville pour l'été...

— Il fait encore très froid, n'est-ce pas ? L'hiver ne veut pas s'en aller. Pourtant il a été assez dur. Toute cette neige au mois de janvier...

Le vieux monsieur avait à peine murmuré les derniers mots. Il s'interrompit, esquissa un sourire triste, entreprit d'astiquer ses lorgnons avec le pan de sa redingote. Il semblait renoncer, lassé. Dès son arrivée dans le compartiment où Alice Van Meulen était seule depuis le départ de Dunkerque, il avait essayé d'engager la conversation. Elle s'y refusait, murmurait en guise de réponse quelques bredouillis décourageants.

Elle était agacée. Elle voulait se persuader qu'elle en avait à la Compagnie du Nord, coupable d'imposer à ses clients, même en première classe, d'inconfortables conditions de voyage dans des wagons tapeculs et des compartiments poussiéreux qui ne reliait aucun couloir.

En réalité, elle devait bien l'avouer, c'était surtout Alice Van Meulen qui agaçait Alice Van Meulen. Elle se reprochait ce voyage à Dunkerque. Une décision brusque, contraire à toutes ses habitudes, dont elle n'avait pas mesuré aussitôt les inconvénients, et maintenant ils lui sautaient aux yeux. Pierre Vandromme, sa mère aussi, et plus encore sa cousine Delvalle-Souchez, devaient penser qu'elle s'était jetée à sa tête. Alors qu'elle était surtout poussée, elle s'en persuadait, par la curiosité et le désir peut-être d'éviter une journée d'épuisant tête-à-tête avec le petit Félicien, qui profitait de sa maladie pour se couper un peu plus d'elle et se rencogner dans son lit. Elle avait voulu voir à quoi ressemblait son cavalier du carnaval, en savoir plus sur cet amiral d'opérette qui semblait si préoccupé de progrès scientifique. Mais qui le croirait ? Sa réputation ne sortirait pas grandie de l'affaire. Et l'on pouvait compter sur Marguerite Delvalle-Souchez pour en répandre le bruit dans tout Lille.

Depuis son mariage, Alice avait appris le fardeau et la blessure de la rumeur. Mais elle ne savait toujours pas comment y faire face. L'ignorer s'était révélé impossible. Soucieuse de manifester sa liberté, elle répondait le plus souvent par le défi. Pour montrer aux malveillants que les bruits de la ville ne l'impressionnaient guère, elle adoptait, ou accentuait à l'excès, les traits qu'ils lui prêtaient. Mais elle en souffrait, et devait bien reconnaître que sa liberté n'y gagnait rien. C'était toujours la rumeur qui menait le jeu. Et la rumeur trouverait cette fois un aliment de choix.

Le vieux monsieur revenait à la charge. Cessant d'astiquer ses lorgnons, il lançait quelques phrases sur les jours de janvier où tous les trains s'étaient trouvés bloqués par la neige, les villes paralysées, comme mortes. Elle ne répondit même pas.

Elle revoyait Pierre Vandromme dans son salon, parmi les maquettes de navires. Un peu plus empâté qu'elle ne l'avait cru. Très flamand d'allure avec ses cheveux blond-blanc coupés en brosse et ses joues rouges. Trop silencieux. Elle s'était surprise elle-même en annonçant son projet de voyage à Paris, peut-être parce qu'elle voulait briser ce bloc de silence. Il n'avait pas été moins surpris. Elle eût pu s'amuser de cette joute : elle jugea ridicule son désir de l'éblouir, de le dépasser. Elle ne changerait jamais ! La mère Marie-Antoinette au couvent : « Ce qui vous perdra, mademoiselle Alice Rousset, c'est votre volonté de domination. Soyez plus souple, mademoiselle Alice Rousset, imitez votre sœur Léonie. » Alice l'écoutait à peine, s'amusant des petites bulles qui se formaient aux commissures des lèvres de la religieuse, attendant qu'elles éclatent. « Volonté de domination ». Elle ne le croyait guère, mais avait fini par se laisser convaincre qu'il y avait peut-être, en effet, dans son tempérament, un peu de cela. Un trait hérité de sa mère, sans doute, mais celle-ci avait su se freiner, limiter ses ambitions à conseiller et stimuler un mari en passe de conquérir un royaume industriel. C'était une autre époque, où les femmes ne pouvaient prétendre à meilleur rôle que celui d'inspiratrice.

Les temps, heureusement, changeaient. Les circonstances,

surtout, avaient contraint Alice Van Meulen à lutter, à dominer, pour ne pas être dominée. Elle revivait ses premières semaines à la brasserie, la surprise des employés aux écritures quand ils avaient constaté qu'elle comprenait leurs comptes, la stupéfaction, plus encore que la rage, du directeur, Vermont, quand elle l'avait renvoyé. Il avait imaginé une procédure très compliquée pour percevoir une dîme sur chaque tonneau de bière sortant de l'usine. Le système fonctionnait à merveille, depuis bientôt vingt ans, et Vermont ne pensait pas être jamais découvert. Apprenant qu'elle savait tout, il était allé se plaindre chez madame Van Meulen mère, comme on disait à l'usine, et accuser Alice de machination. Et la belle-mère — convaincue ? apeurée ? pas mécontente de la désavouer ? — avait donné raison à Vermont, soutenu sa cause. Alice avait dû les faire convoquer tous les deux au chevet de Florimond afin qu'il mît bon ordre à cette histoire, dont toute l'usine guettait l'issue. Il l'avait soutenue, quand même, et sur toute la ligne. Mais, plus tard, épuisé, jaune : « Je vous regardais, Alice, en face d'eux... Vos yeux, cette raideur... » Il avait plaidé une dernière fois, pour la forme, entre deux quintes de toux, la cause de Vermont, « toujours très dévoué pour l'usine, précieux, toujours là, sans jamais s'arrêter, surtout quand père vieillissait — et moi, malheureusement... » Elle avait hurlé qu'il se taise. Elle n'en pouvait plus. Il ne comprenait donc pas que l'enjeu de cette affaire n'était pas Vermont ! Ils ne s'étaient pas disputés. Ils ne se disputaient guère. Mais Florimond — comme Félicien aujourd'hui — s'enfonçait dans un silence boudeur de malade, se cachait presque sous ses draps, feignait le sommeil, se réfugiait dans l'intimité de son mal.

Elle se demanda comment se comporterait un Pierre Vandromme atteint de tuberculose et condamné à mort, l'imagina partant sur l'eau à bord d'un grand voilier dans un brillant défi, puis se jugea sotte et puérile. Elle avait aimé Florimond Van Meulen, en dépit de ce que colportait la rumeur, avait trouvé en lui une qualité de cœur, une générosité que la ville, surtout soucieuse de dresser le compte de ses nombreuses coucheries, ignorait trop. Que fût-il devenu si la maladie ne l'avait pas abattu ? Quelle place aurait-elle tenue auprès d'un mari bienportant, capable de conduire l'usine d'une poigne énergique ?

Il ne fallait pas laisser naître ces questions. Elle devait se reprendre, chasser doutes et morosité. Et puisqu'on ne s'évade jamais mieux d'une préoccupation qu'en s'en forgeant une autre, songer par exemple au travail du lendemain. La récolte de 1880 avait été déplorable — une catastrophe pour toutes les céréales — et la France s'était trouvée contrainte d'en acheter à l'Amérique, ce qui l'endettait comme jamais, pleuraient les journaux. Demain, Alice recevrait son importateur et devrait choisir : accumuler les graines américaines, ou bien acheter tout juste le nécessaire pour tenir jusqu'à la prochaine moisson, en espérant qu'elle serait meilleure. Elle tenta d'y réfléchir, n'y parvint pas, pesta, au passage d'un aiguillage qui secouait le wagon, contre la Compagnie du Nord et les Rothschild qui l'administraient, se tourna enfin vers son compagnon de voyage pour lui demander ce qu'il pensait du temps de ce dimanche.

— Eh bien, dit-il, à peine surpris, il fait encore très froid, n'est-ce pas ?

Chapitre deux

Toute la ville était au port. Les soldats du 110e de ligne, les fripiers de la rue de la Cantine-au-Vin, le député Jean-Baptiste Trystram, président de la Chambre de commerce, les ouvriers des chantiers de constructions navales et ceux de la raffinerie Clère, les filles des filatures et les bourgeoises de la rue des Capucins. Tout Dunkerque était là. Au milieu de cette foule se trouvaient aussi Pierre Vandromme et l'inspecteur divisionnaire des douanes Manuel Ricci. Ils ne s'étaient jamais rencontrés et ne se connaissaient pas.

Ce jour-là, le 19 mars 1881, la flottille des goélettes dunkerquoises partait, comme disaient les marins, « pêcher à Islande ». Un événement qui tenait à la fois de la fête et du deuil et agitait ville et port plusieurs jours à l'avance.

Le dimanche précédent, équipages et familles se retrouvaient traditionnellement pour le *Fooy-huys :* une journée de réjouissances payée par les armateurs, qui commençait dignement par une messe à la chapelle Notre-Dame-des-Dunes, se poursuivait dans les guinguettes de Rosendaël par des repas et des danses très arrosées, et se terminait sur les trottoirs par des chahuts qui tenaient tout ce faubourg éveillé jusqu'à l'aube.

Mais le jour de l'appareillage, la ville tout entière se précipitait vers les jetées et les bassins. Des cohortes de curieux venus de Lille, d'Arras, de plus loin encore, se joignaient à ce flot : dès 1850, la Compagnie des chemins de fer du Nord avait organisé des « trains de plaisir » pour permettre aux gens de l'intérieur d'assister au départ de la flottille.

Le spectacle était sur les quais autant que sur les navires.

Capitaines et armateurs peinaient à rassembler les équipages dispersés dans tous les bistrots. Les hommes, qui avaient perçu une avance, en distrayaient quelques pièces pour se donner du cœur au ventre. Les armateurs et leurs sous-fifres couraient donc les estaminets pour rassembler leur monde, botter les fesses des retardataires, convaincre les récalcitrants qui, à la dernière minute, demandaient une gratification supplémentaire pour embarquer. Il fallait parfois rouler à bord, comme des tonneaux de sel, des pêcheurs qui avaient abusé de la bière, du genièvre, ou du « gloria », une sorte de grog fait de rhum, de sucre et d'eau chaude. Pierre Vandromme vit un homme qui refusait de se laisser entraîner, prétextant, contre toute évidence, qu'on était un vendredi, alors que jamais marin n'était parti à Islande un vendredi, pas plus qu'on ne voyait un bateau arborer le numéro 13, ce qui serait un absurde défi au malheur.

D'autres étaient poursuivis par les gendarmes, qui gagnaient trois francs de prime par marin ramené à bord menottes aux mains. Des pêcheurs s'amusaient donc à narguer les pandores, qu'ils appelaient « brassés-carrés » parce que leurs chapeaux ressemblaient vaguement à des voiles, et faisaient mine de se laisser prendre avant de s'esquiver au galop. Des familles accompagnaient jusqu'aux navires ceux qui partaient, les femmes âgées criant pour presser les récalcitrants, les plus jeunes accrochées en pleurs au cou de leur homme, les bras encombrés d'un dernier colis, un foulard rouge où elles avaient emballé des oranges, ou un panier à salade empli d'œufs.

L'inspecteur Ricci se sentait en exil dans les Flandres. Il avait grandi à Oletta, village corse perché aux abords de Bastia, d'où vignobles, oliveraies et vergers cernés de pierres sèches dégringolent jusqu'aux eaux azur et turquoise du golfe de Saint-Florent. Il s'était plu dans les ruelles de Nice et de Toulon où l'Administration des douanes l'avait fait débuter après son succès au concours de sous-inspecteur. Mais les camaïeux verts, mauves, gris et jaunes de la mer du Nord ne le consolaient pas de la Méditerranée. Il refusait de reconnaître quelque charme aux dunes dressées entre mer et plaine, rêvait, chaque jour, nostalgique, aux châtaigniers des collines du Nebbio et aux pyramides calcinées du désert des Agriates.

L'inspecteur jugeait que sa nomination dans ce port du Septentrion, deux ans plus tôt, était le fruit d'un sort injuste ou, plus sûrement, d'une machination d'un de ses collègues du ministère. Mais il aimait suivre la longue file des goélettes — voiles d'artimon, focs et huniers déjà gonflés par la brise — qui descendaient le chenal dès que le pavillon blanc taché d'un disque rouge hissé sur la vieille tour du Leughenaer annonçait la marée propice. Les matelots, ceux qui tenaient encore debout et que ne retenait pas la conduite du navire, faisaient avec leurs calots de grands gestes d'adieu ; les familles et les curieux qui les suivaient au long des quais répondaient en agitant foulards et mouchoirs à carreaux ; les derniers retardataires, qui devraient payer une amende, profitaient des passages aux écluses pour grimper à bord sous les cris et les rires ; des femmes en pleurs lançaient dans le vent des recommandations dérisoires. Toute la ville semblait faire escorte à la *Charmeuse,* la *Louise-Marie,* la *Jeune Berthe,* et l'*Emmanuel* parties en tête de la flottille.

A l'entrée de la jetée, l'inspecteur rencontra Charles Vercoutter. Il avait fait la connaissance du marin un an plus tôt lors d'une cérémonie destinée à honorer les hommes du canot de sauvetage. Rien n'aurait dû les rapprocher. Mais Ricci avait entendu le matelot évoquer ses années de service à Toulon, à bord du *Souverain,* un fier bâtiment de guerre. Depuis, Vercoutter cultivait cette flatteuse relation. Ricci s'agaçait parfois de son insistance. Seulement voilà : l'autre, qui passait toutes ses journées sur le port, fournissait des informations au douanier. Et l'inspecteur aimait les histoires de marins que racontait ce tonitruant. Il avait découvert, surpris, que les gens du Nord, ceux de la côte surtout, n'étaient pas si renfermés.

Vercoutter, justement, pérorait dans le vent, entouré d'un petit groupe de gamins et de curieux. Il criait que les Dunkerquois, par malheur, ne ramasseraient pas beaucoup de morues cette année : à leur arrivée sur les « piaules », les bancs de poissons, ils trouveraient les Bretons, les Normands, et même les Boulonnais déjà affairés à remplir leurs cales. Le gouvernement ne se décidait pas à fixer d'autorité une date de départ commune à tous les Islandais. Alors, c'était à qui ferait voile le plus tôt pour essayer de gagner plus. Mais les bateaux se heurtaient au mauvais temps, aux glaces, à l'océan hostile. Et les hommes souffraient le pire, quand ils ne mouraient pas.

Vercoutter s'interrompit en apercevant l'inspecteur, s'approcha. Ricci le soupçonnait parfois de jouer sur tous les tableaux, de faire en sous-main de l'agitation. Il se demanda si le matelot n'avait pas entrepris dès l'aube la tournée des estaminets, et un peu trop bu avec les équipages, histoire de les monter contre les armateurs. Pourtant, son haleine n'empestait pas la bière. Et il marchait droit, un peu courbé seulement pour ruser avec le vent, à la manière des marins.

— Justement, monsieur l'Inspecteur, justement, je voulais vous voir. Mais j'ai été couché depuis deux semaines, vu que j'ai attrapé un mauvais rhume le jour du carnaval, vous savez, quand on a été appelé pour le Hollandais qui coulait. Et justement...

Il s'interrompit. Une goélette longeait la jetée, presque à les toucher : son équipage lançait à Vercoutter des mots flamands que Ricci ne comprit pas.

— La *Ravissante*... J'étais à bord, monsieur l'Inspecteur, il y a sept ans, en soixante-quatorze. Un bon bateau. J'étais saleur. Tout repose sur le saleur, monsieur l'Inspecteur. Parce que, quand on lui envoie les morues dans la cale, s'il les sale pas bien — et pas avec n'importe quel sel, ici on ne prend que du portugais, qu'on va chercher à Setúbal —, s'il sale pas bien la marchandise, elle sera pas belle à l'arrivée, elle sera pas blanche, alors elle se vendra mal, et tout le monde y perdra, l'équipage et l'armateur. Avec moi, les autres ils avaient confiance. Ils disaient : avec Vercoutter, pas de danger, la morue sera bonne et belle.

Ils arrivaient au bout de la jetée. Faraud, Vercoutter présentait les goélettes qui les dépassaient, nommait les hommes qui les commandaient ou les servaient. Près d'eux, des vieilles en châle noir pleuraient. Une trentaine de bâtiments, déjà, avaient pris la mer, déployé toute leur voilure, et dansaient dans le vent.

Vercoutter soupirait, nostalgique peut-être.

— Il y a deux bons jours dans une campagne : le départ, parce qu'on est un peu fier et qu'on a arrosé comme il faut, et le retour, parce qu'on est vivant. Moi, il y a cinq ans, j'ai juré que j'irais plus. Jamais. J'étais sur la *Dunkerquoise*. Vous savez ce qui est arrivé ?

Ricci savait. En 1876, cette très belle goélette prise dans les glaces — à la fin d'avril — avait éclaté sous leur pression. Des hommes avaient réussi à s'échapper, conduits par le second du bord, avec l'unique canot qui s'était frayé, par un vrai miracle, un passage à travers les glaces avant d'aborder un navire paimpolais. On n'avait pu sauver les autres. Cette année-là, trente pêcheurs dunkerquois n'étaient pas rentrés d'Islande.

— J'étais sur le paimpolais, racontait Vercoutter. *L'Astre des mers,* il s'appelait. Son capitaine a tout fait pour essayer de sauver les autres, nos compagnons. Ils avaient fini par quitter le bateau, et ils avançaient sur les blocs de glace. Sur la glace, vous vous rendez compte ? Et elle bougeait, elle dansait, les hommes glissaient et chaviraient, ils nous faisaient des signes. On les voyait bien. Et on pouvait rien. On pleurait. Alors, moi, j'ai juré que je retournerais pas à Islande, plus jamais. C'est pas que j'aie peur. Mais l'Islande : plus jamais.

Il s'interrompit pour observer une goélette toute blanche qui venait de franchir la jetée, tanguait dans le vent.

— Regardez çui-là. L'a mal monté la voile. Elle fait des plis en travers. Une voile, ça doit être rebondi, comme les fesses d'une bonne femme, une bien nourrie qui en a partout.

Il rit, esquissa de la main un geste de caresse, soupira, haussa les épaules, reprit son discours, répétant « C'est pas que j'aie peur » comme s'il craignait d'être soupçonné de lâcheté. Ricci écoutait à peine, fasciné par le ballet des voiles blanches et grises, embarrassé de son chapeau que le vent menaçait d'emporter. Soudain, Vercoutter lui saisit le bras :

— J'avais quelque chose à vous dire, monsieur l'Inspecteur, mais j'arrivais pas à vous trouver : quand on est sorti le jour du carnaval, pour le Hollandais qui venait du Canada, on a vu une drôle de chose en plein milieu de l'ouragan. Un bateau, un drôle de bateau. Pas aussi gros que ces goélettes, mais quand même. Et il n'avait pas l'air gêné par la tempête, lui.

Il racontait l'apparition sur la mer folle de l'étrange navire qui semblait défier le vent, un navire comme on n'en connaissait de semblable ni à Dunkerque, ni dans les ports de pêche voisins, Gravelines ou Grand-Fort-Philippe, ni peut-être à Calais ou à Boulogne.

Il fit face à l'inspecteur, lui cachant les derniers voiliers comme pour l'obliger à écouter.

— Je me suis dit que ça vous intéresserait peut-être. C'est peut-être par là qu'il passe, le tabac belge qui vous embête.

Il eut un petit rire complice — ou moqueur ? — que Ricci détesta. L'inspecteur, à présent, écoutait. Depuis des mois, on avait signalé dans tout le département, et jusqu'à Paris, des arrivées massives de tabac belge. Sans découvrir les filières qu'il empruntait. Tous les postes-frontières avaient été alertés, les préposés mis sur le qui-vive, les patrouilles renforcées. En vain. Les informateurs habituels de la douane — des commerçants et des voituriers, des employés du chemin de fer, deux ou trois curés de village, et même une jeune baronne qui aimait les longues courses à cheval le long de la frontière — étaient mis sur le gril, et priés d'ouvrir l'œil. Sans résultat. On ne trouvait que des « minuties », c'est-à-dire, en langage administratif, des bricoles saisies dans les sacs, les voitures ou les poches de fraudeurs d'occasion. Et l'habituel contingent de chiens piégés avec quelques kilos de tabac sur le ventre, ou de petits trafiquants tombés dans des embuscades avec une lourde besace sur le dos. La routine. Alors, on avait conclu qu'il fallait chercher du côté de la mer. Mais sans plus de résultats jusqu'à ce jour.

Vercoutter poursuivait, pas mécontent de son effet.

— Je pensais vous en parler lundi. Parce que je suis pas le seul à l'avoir aperçu, ce bateau. J'ai vu hier un Breton, un nommé Le Grevès, qui s'est marié avec une fille d'ici et qui pêche le maquereau et le hareng le long de la côte. Eh bien, il dit qu'il l'a déjà rencontré, et d'autres aussi. Mais toujours la nuit, hein ? Ou alors dans la tempête. Le Grevès, il dit qu'à son avis c'est un bateau construit comme un canot de sauvetage, pour l'empêcher de couler.

L'inspecteur se méfiait : c'était peut-être, comme souvent, une affaire toute simple qui trouverait une explication logique ; ou un fantasme de marin ; on en avait entendu bien d'autres. Mais si l'information était sérieuse, fournissait le début d'une piste ?

— Ah, et puis, poursuivait Vercoutter, il y a autre chose : ce bateau, quand je l'ai vu, il venait pas de Dunkerque, parce qu'on l'aurait su, bien sûr. Donc, il devait venir de chez les Belges. Il ne pouvait venir que de chez les Belges.

Le marin souriait d'un air entendu, parlait de plus en plus fort, de plus en plus certain de son effet. Ricci regardait sans la voir une goélette aux voiles rapiécées qui se dandinait étrangement en quittant le port. Il hésitait. Racontars, rumeurs, certitudes ? Il ne parvenait pas à prendre au sérieux cette histoire de bateau.

— Revoyez votre Le Grevès, dit-il enfin. Essayez d'en savoir plus.

Mais Vercoutter ne l'écoutait plus. Il semblait même ne plus le voir. Il était stupéfait, abasourdi, fixait quelqu'un, ou quelque chose, par-dessus l'épaule de l'inspecteur. Ricci tourna la tête, pour regarder aussi. Une grappe de femmes enveloppées dans de longs châles repartaient en pleurant, bousculant presque un couple, si l'on pouvait appeler ça un couple : une femme et un homme qui se contemplaient à distance, immobiles, comme pétrifiés.

— Mathilde de Réole et Vandromme, murmura Vercoutter.

D'abord, Pierre Vandromme s'était dit qu'elle n'avait pas changé.

Il n'avait pas douté un instant que ce fût elle. Ce corps tout en courbes et en modelés, mais asymétrique, comme désaccordé, au charme étrange ; ces cheveux d'un noir presque bleu, qui flottaient au vent : l'immense chapeau de paille garni de nœuds de mousseline qu'elle tenait à la main n'avait pas résisté aux assauts de la brise ; mais c'était tout à fait d'elle, cette manière de faire fi des contingences, de se couvrir à Dunkerque en mars comme aux Iles à la saison chaude, moins pour attirer les regards peut-être que pour affirmer sa liberté. Et avec ce chapeau-là, des vêtements à la russe : jupe et jaquette de drap ornées de fourrure ! Vandromme avait entendu grossir derrière lui la rumeur de surprise alors qu'il s'amusait à compter, parmi les goélettes occupées à mettre les voiles, celles qui sortaient de ses chantiers. Il s'était retourné. Elle était encore loin, entre une double haie de badauds, de touristes, d'enfants et de femmes en noir. Elle l'avait déjà aperçu. Elle venait vers lui.

Quand elle fut plus près, il distingua les marques du temps. Des griffes autour des yeux, et sur le front une cicatrice qui l'attendrit. Le regard toujours impérieux pourtant, d'un éclat qu'il ne pourrait jamais supporter. Il fut tenté de fuir — mais c'était impossible sur cette étroite jetée qui se terminait comme une impasse —, de se détourner, de se jeter dans ses bras ou de la gifler, de la serrer sur lui ou de la battre. Il ne bougea pas, ne put même esquisser aucun geste. Silencieux.

Elle s'était arrêtée. A deux mètres de lui peut-être. Il baissa les yeux. Furieux — contre lui-même —, parce qu'il ne parvenait pas à maîtriser cette tempête.

Il la revoyait dans le grand appartement qu'elle occupait trois ans plus tôt sur la place du Marché-au-Blé, en face des établissements de la marine. Le mari était parti au bout du monde. Elle était nue sous un peignoir de cachemire orné de dentelles. Elle lui caressait les cheveux, l'appelait « Mon petit » bien qu'il fût à peine plus jeune qu'elle — quatre ou cinq ans ; mais on eût cru à l'entendre qu'elle était riche de toute l'expérience du monde ; d'où la tenait-elle ? De qui ? Dans combien de bras avait-elle passé ? Mathilde lui parlait des Amériques où ils partiraient tous les deux dès que son notaire, empêtré dans une pagaille de lois et d'héritiers, aurait pu lui faire parvenir l'argent qu'il lui devait depuis la mort de son grand-père. « Je ne peux plus souffrir Réole. Vingt ans de plus que moi. Il m'avait éblouie. Un officier. Un marin. J'avais quinze ans. »

Elle parlait à petites phrases brèves, s'interrompait pour le serrer contre elle, l'entraînait dans des valses sans musique au milieu du salon bleu et blanc, et s'arrangeait pour tomber avec lui sur le tapis, où le peignoir s'ouvrait. « C'est toi. Toi que je veux. Toi. Toi. » Il l'interrogeait sur les hommes qui l'accompagnaient dans les cafés de la place Jean Bart, des notables avec qui elle menait grand tapage. « Rien. Des amis. Des relations. Et puis je ne te connaissais pas. » Il voulait partir pour les Amériques sans attendre. Son père comprendrait, lui avancerait l'argent nécessaire : dans ce port où accostaient des navires de toutes les mers, on brûlait toujours de s'en aller, on rêvait toujours à des ailleurs. Mathilde le retenait. « Je ne veux pas l'argent de ton père. Ce ne serait pas honnête. Dès que mon notaire aura fait entendre raison aux cousins. Ils vont bientôt céder. Alors, nous partirons. » Il la croyait. Elle le faisait valser. Ils roulaient sur le tapis. « Toi, toi. » Quand il s'était retrouvé à l'hôpital, du plomb dans la poitrine, elle n'était pas venue le voir.

Vers quelles Amériques avait-elle vogué depuis ? En quelle compagnie ? Il la regarda. Il lui sembla qu'elle pleurait, indifférente aux badauds et aux familles qui repartaient vers la ville, maintenant que la dernière goélette avait pris le large ; des femmes qui allaient faire brûler un cierge pour leur marin à la chapelle des Dunes, et qui passaient entre eux, les bousculaient.

Un des nœuds de mousseline de son chapeau s'était défait, délié par le vent, et flottait comme une traîne de mariée. Elle semblait si frêle. Il fut tenté de la serrer dans ses bras, pour la protéger. Mais ces yeux...

Elle dit :

— Pierre.

La voix douce et cassée qui répétait « Toi, toi ». Celle qui disait : « Nous partirons. Bientôt. Je te le jure. Les Amériques : tu verras. » La gifler pour en finir. Ou partir. Se mêler à tous ces groupes qui les dépassaient.

Elle répéta :

— Pierre.

— D'où viens-tu ?

D'avoir prononcé ces quatre mots, il se sentit libéré. Comme si un charme avait été rompu.

Elle se rapprocha. En dépit du vent, de l'iode marin, il reconnut son parfum de fauve.

— On ne t'a pas dit ? Le schooner hollandais qui a coulé... le dimanche du carnaval, on ne t'a pas dit ? J'étais à bord. Je venais du Canada. Je revenais. Pour toi. Mais ils m'ont mise à l'hôpital. Blessée. Je suis sortie ce matin.

— Et ton... Réole ?

Elle secoua la tête, comme pour se débarrasser d'un insecte insistant.

— Mort. En soixante-dix-huit. A Cuba.

Un gamin la heurta, qui courait pour rattraper deux femmes et faisait claquer dans le vent un foulard rouge qu'il tenait comme une grand-voile. Elle secoua encore la tête, d'un geste que Vandromme ne connaissait pas, un nouveau tic peut-être. Elle était contre lui, à présent.

— Je te raconterai, dit-elle. J'ai tant à te dire. J'ai vu des pays. Des pays... Tu ne peux pas imaginer.

Il ne voulait pas la regarder, se détournait, faisait mine d'observer les dernières goélettes, dont les voiles, loin là-bas, semblaient flotter dans le vent, éparpillées, comme des confettis blancs. Il sentait son corps presque appuyé sur lui, proche, offert. Il serra les poings, songea, l'espace d'un instant, à Alice Van Meulen que sa mère attendait le lendemain pour lui montrer une villa.

— J'ai su, pour toi, dit la jeune femme. Le chantier... Tout ce que tu as réussi. C'est bien. Ça ne me surprend pas.

Ainsi, elle s'était informée. Mais qu'avait-elle fait depuis trois ans ? Pourquoi n'avoir jamais donné de nouvelles ? Une colère le prit, brutale, impérieuse, un tremblement de tout le corps. Il s'écarta, partit, s'accrocha à un trio de vieux marins qui se racontaient des campagnes. Mais elle était derrière lui, il le sentait, elle ne le lâchait pas. Alors, il se retourna et, posément, toute colère disparue, la gifla. A droite, à gauche, et encore à droite. Elle n'avait même pas essayé de l'éviter. A nouveau, il désira la serrer dans ses bras. Elle le devina peut-être, fut contre lui, encore :

— Il le fallait, dit-elle, il le fallait. Tu as souffert. Ta blessure. On m'a dit. Je t'expliquerai. J'ai souffert aussi. Réole...

Elle secoua la tête.

Il tendit un bras vers elle, le laissa retomber. Il se sentait très las. Sa colère était oubliée. Ses rancœurs évanouies. Les valses dans le salon bleu et blanc. Le peignoir qui s'ouvrait. « Toi, toi. »

Elle lui jeta le nom d'un hôtel de la place Jean Bart. « Je t'attendrai. »

Le soir, il la rejoignit.

C'était une journée d'une belle douceur. Le ciel semblait hésiter entre plusieurs nuances de bleu, également pâles. Dans le port, une légère bise caressait les pavillons des navires empanachés de voilures blanches.

Pierre Vandromme, menant ses chevaux d'une main sûre, expliquait avec orgueil les bassins où se serraient les navires, les hangars et les quais où s'entassaient laines de l'Uruguay et de La Plata, goudrons de Suède et riz d'Asie, céréales américaines et machines anglaises. Il montrait la toute neuve écluse de l'Ouest, les grands voiliers aux noms de femmes et de nostalgie, les vapeurs aux longues cheminées. Il avait tenu à offrir ce spectacle, pour terminer, à Alice Van Meulen et au petit Félicien, comme un propriétaire fait visiter son domaine à des hôtes estimés et vaguement redoutés. Pour les impressionner peut-être.

Mais il n'était pas mécontent de les voir partir, monter dans le train de Lille. Il voulait se reprendre, s'isoler.

L'étrange journée ! Mathilde, Mathilde, Mathilde : depuis le matin, il revivait chaque instant de leur nuit d'orage. Alice Van Meulen l'avait pourtant accaparé, étonné souvent, intéressé aussi — et même attendri. Sa mère l'observait, silencieuse. Qu'avait-elle deviné ? Lorsqu'il était rentré, peu avant l'aube, elle ne dormait pas : une faible lumière passait sous sa porte. Elle s'était mise à tousser. Une sorte de message, facile à traduire : je t'ai attendu, je t'avais vu partir dans la nuit, je n'ai pas dormi. Mais au matin, pendant le petit déjeuner, pas une allusion. Elle savait qu'il ne le permettrait pas. Il avait balisé de longue date le champ de sa liberté, établi les bornes et fixé les limites. C'était les conditions de leur vie commune. Elle ne les avait jamais franchies, et ne les franchirait pas : elle avait été dressée à reconnaître l'autorité des hommes. Mais elle comptait sur cette journée, il crut le deviner, pour prendre une sorte de revanche.

Depuis le mercredi précédent, depuis qu'une lettre d'Alice lui avait confirmé sa venue, madame Vandromme s'était beaucoup agitée et affairée, pressant les servantes de ranger et de nettoyer, faisant même laver la voiture, comme si ce dimanche dût être une fête, ou une exceptionnelle cérémonie. Elle avait composé un imposant menu à base de poisson, de volaille et de *potjevleisch* — la spécialité locale, une sorte de terrine de lapin, de poulet, de lard et de veau —, acheté pour le gamin des sacs de dragées, de réglisse et de sucreries appelées « girafes », fait sortir de la cave, dès le jeudi, les meilleurs vins de Bordeaux et une bouteille de vieux rhum ramenée par elle de la Martinique trente années plus tôt.

Une heure avant l'arrivée du train, elle pressait déjà son fils de partir pour la gare. Il s'était laissé faire, pas mécontent de profiter de ce moment de solitude. La ville était calme encore, à peine animée au centre par les servantes qui couraient les boutiques, les garçons bouchers qui partaient faire leurs livraisons un immense panier au bras, les marchandes de crevettes qui criaient « Guernades, aux guernades ! » pour proposer leur marchandise aux chalands. Il avait évité la place Jean Bart — non par crainte, mais par une sorte de superstition —, la place Jean Bart où, la nuit précédente, il s'était précipité chez Mathilde.

Elle occupait deux chambres d'un hôtel confortable où l'on entendait beaucoup parler anglais. Des vêtements partout. Des robes de soie avec plissés et nœuds, des robes de broderie anglaise à volants, des lainages, des brocarts, des cachemires. Des bottines de chevreau et de drap. Des manteaux de voyage. Cette naufragée avait, dès sa sortie de l'hôpital, pillé les boutiques. Elle : à demi nue dans un peignoir de dentelles qui frissonnaient à chacun de ses mouvements. Qu'il fût venu n'avait pas paru la surprendre. Elle s'était presque jetée sur lui pour l'entraîner dans une valse — elle voulait réveiller les souvenirs. Il l'avait repoussée, brutal. D'abord s'expliquer, raconter. Il la regardait à peine, les yeux fixés sur la place où quatre becs de gaz semblaient faire un piquet d'honneur à la statue du corsaire. Elle avait parlé des heures. Presque collée contre lui, l'effleurant du bout des seins, l'envahissant d'un fort parfum qu'il ne connaissait pas. S'interrompant parfois pour esquisser un geste, s'approcher encore. Et lui : « Continue ! »

Elle disait une vie d'errance et d'aventures. La Belgique d'abord. L'Angleterre, où le marin l'avait embarquée sur un voilier en partance pour la Barbade. « J'étais obligée de le suivre. Il ne me quittait pas. Il menaçait toujours de me tuer. Fou. Il se comportait comme un fou. Plus rien à perdre. » Trois mois plus tard, il était mort à Cuba, d'un cancer. « Je n'avais plus rien. J'ai pensé revenir. Je voulais revenir. » Mais le colonel, à l'entendre, s'était fortement endetté, sous l'emprise d'un trafiquant, un Américain, et celui-ci avait exigé qu'elle le suive jusqu'au Colorado, et enfin dans les monts Caribou, sur les bords du Pacifique, où l'on trouvait de l'or. Un roman. Vandromme songeait aux invraisemblables feuilletons que publiait le *Phare de Dunkerque,* qu'il lui arrivait de lire, pour s'amuser.

Les Caribou, disait-elle, n'avaient pas tenu leurs promesses. Pourtant, ayant amassé assez d'or pour se libérer de l'Américain, elle avait voulu retrouver la France. « Te revoir. Je ne t'avais pas oublié, au contraire. Il y a eu des hommes dans ma vie, c'est vrai. Mais toi, c'est autre chose. Autre chose. Pourquoi penses-tu que j'avais choisi de revenir à Dunkerque, justement ? » Oui, pourquoi ? Il ne trouvait pas d'autre réponse. Elle paraissait sincère. Il ne parvenait pas à la croire.

Elle avait une explication pour tout. Elle justifiait ses trois années de silence : « Je devinais que tu m'en voulais, puisque j'étais partie. Je n'osais pas. J'avais honte d'avoir fui avec lui en te laissant blessé, presque mourant. Mais Réole m'avait menacée : si je ne le suivais pas, il irait t'achever, sur ton lit. Il l'aurait fait, je le connais. Après ça, on était à Cuba. Trop tard. » Un roman. Mais peut-être la vérité.

Elle se disait riche, bien qu'elle ait perdu presque tout son or dans le naufrage — « Sauf celui que j'avais gardé sur moi, dans une ceinture » —, car l'héritage de son grand-père était toujours là ; de l'hôpital elle avait écrit au notaire parisien.

Vandromme se demandait ce qu'elle espérait en s'expliquant ainsi — une humiliation qui ne lui ressemblait guère. Mais si elle avait changé ? Se retournant à l'improviste, il l'avait vue pleurer. D'abord, il s'était moqué. Ensuite, il l'avait serrée dans ses bras, se perdant dans ses cheveux dénoués, frissonnant de retrouver son corps. Ils s'étaient aimés comme on se bat. Féroces. Il était parti aussitôt. Furieux.

La ville dormait. Il avait erré le long des bassins du port, suivi par une équipe de marins allemands qui, d'avoir trop traîné dans les estaminets et les bordels des quais, ne parvenaient plus à retrouver leur bateau. Des douaniers en patrouille, qui l'avaient interpellé, éclairé de leur lanterne, s'étaient montrés surpris en le reconnaissant : que cherchait ce bourgeois, à cette heure, dans le port désert ? Rentré chez lui, il n'avait guère dormi.

Du coup, l'arrivée d'Alice Van Meulen l'avait presque réjoui. Une intruse, bien sûr. Mais qui, comme on dit, lui changerait les idées. La jeune femme, justement, l'avait étonné, révélant une fragilité qu'il n'avait pas soupçonnée : elle épiait le petit garçon timide aux yeux clairs, comme si elle craignait à chaque instant un malheur imminent ; elle paraissait anxieuse de lui arracher un mot, tentait de le faire parler à Pierre Vandromme ou à sa mère, demandait qu'on excusât son silence, cette manière qu'il avait de ne voir personne, s'affolait presque.

Elle n'avait quitté le guet (du moins en apparence) que pour une brève passe d'armes avec Vandromme au cours du repas : à propos de la navigation à vapeur ! Ils achevaient un succulent filet de poularde « à la maréchale », pané et fromagé. Jusque-là, madame Vandromme avait mené la conversation, en forme d'arbre généalogique, décrivant sa famille, l'aîné de ses fils mort à la guerre, sa fille mariée à un professeur parisien et qu'elle ne voyait guère, ses trois sœurs femmes d'usiniers à Lille et à Roubaix. Entre deux « Félicien, attention à votre couteau », « Félicien, prenez encore un morceau, je vous en prie », Alice posait des questions qui manifestaient plus qu'un intérêt poli. Et soudain, se tournant vers Vandromme :

— Je réfléchissais la semaine dernière à vos entreprises. Bien sûr, je n'ai pas à m'en mêler et je ne voudrais pas être indiscrète, mais c'est mon incorrigible curiosité : des chantiers comme le vôtre ne courent-ils pas gros risque à ne construire que des voiliers ?

Là-dessus, un sourire, comme pour prier qu'on l'excusât.

Il avait sursauté, rêvé d'allumer un cigare pour gagner du temps (sa mère n'appréciait pas qu'il fumât à table), s'était étonné encore de la capacité de la jeune femme à mettre le nez dans ses affaires, mais en posant les bonnes questions. Voilà des années qu'il s'interrogeait. La vapeur, on n'avait rien contre, à Dunkerque. Le premier cargo à vapeur, qui allait faire la ligne de Rotterdam, avait été construit par les chantiers Derycke, dans les années trente, au temps de Louis-Philippe. C'était dire... Mais il s'agissait d'un cargo, du transport de marchandises. Pour la pêche, on ne savait pas. On craignait que les remous provoqués par l'hélice éloignent le poisson, et que les fumées lui donnent un mauvais goût.

Et puis, la vapeur serait bientôt dépassée, peut-être, par le moteur électrique à piles. Il s'était intéressé à un moteur dynamo-électrique qui pouvait donner six chevaux-vapeur. L'avenir était là. Mais en attendant, quand il songeait à développer ses chantiers, il pensait plutôt à la fabrication de péniches. Leur nécessité serait de plus en plus évidente : on ne pouvait douter que le gouvernement, qui venait d'engager cinquante millions de travaux pour moderniser le port, accéderait enfin à la demande unanime de creuser entre Paris, Lille et Dunkerque un canal digne de ce nom. Sinon, le trafic des industries du Nord passerait par Ostende et Anvers — une catastrophe.

Elle avait presque ri. Cette affaire de canal du Nord, disait-elle, traînait depuis Louis XIV. A Paris, on ne s'intéressait guère à cette région, on méconnaissait ses intérêts. Et ce n'était pas près de changer.

Vandromme sentait son pied droit trembler sous la table, un signe de nervosité qu'il connaissait trop. Elle n'avait pas tout à fait tort, il le savait ; elle ne faisait qu'exprimer clairement les objections qu'il n'osait se formuler. Il revoyait Mathilde demi-nue dans ses dentelles, ses yeux à l'éclat étrange tandis qu'il la pénétrait. Il réentendait ses histoires de chercheurs d'or. Et cette Alice : la vapeur, l'électricité, les affaires. Avait-elle étudié ces questions la veille afin de le dominer plus sûrement ? Irrité d'être pris en défaut devant sa mère, il songeait aux propos de sa cousine Delvalle-Souchez, le soir du bal : « Ce n'est pas vraiment une femme. » Il comprenait mieux désormais. Alice Van Meulen était pourtant charmante, séduisante même, dans sa robe de brocart bleu garnie de ruches de velours mauve. Attendrissante aussi lorsqu'elle observait l'enfant : inquiète, tendue, malheureuse à coup sûr. Il avait presque envie, alors, de la réconforter, de la protéger. Il ne savait plus très bien où il en était, se demandait quel rôle elle jouait, si elle jouait un rôle.

Sa mère — peut-être consciente de son désarroi, mais l'œil pétillant, presque amusé — avait repris la direction de la conversation, évoqué l'assassinat, quelques jours plus tôt, du tsar Alexandre II, entraîné enfin la jeune femme à lui parler de Félicien. Vandromme, soulagé, s'était empressé, après les tartes et les sorbets, d'amener le petit garçon au salon pour lui montrer ses maquettes. Il multipliait les explications techniques qui dépassaient l'enfant toujours silencieux, espérant que la mère, de la pièce voisine, l'entendrait. Et il avait eu le sentiment de réussir, la devinant attentive à son propos tandis qu'elle faisait mine d'écouter madame Vandromme.

Alors, saisissant une maquette, une de celles qu'il préférait — elle représentait le *Victory,* le navire de Nelson à Trafalgar, un superbe vaisseau, mille marins, cent canons —, il l'avait donnée à l'enfant ébloui : « Voilà, c'est pour toi. Emporte-la. Je te la donne. » Un de ces gestes de théâtre, brusques, de ces coups de générosité un peu fous qu'il regrettait parfois, et que sa mère lui reprochait, qu'elle ne parvenait pas à comprendre. Comme le jour où, après le lancement d'une goélette sur son chantier, heureux et fier, il avait annoncé la double paie pour tout le monde, les charpentiers et les menuisiers, les tonneliers et les calfateurs. C'était la Saint-Joseph, le patron de la corporation, et l'on banquetait sur tous les chantiers voisins. Mais lui — chaleur du cœur, désir d'éblouir, volonté d'étonner ? toutes ces raisons étaient bonnes, peut-être —, il avait annoncé, après le discours du maître charpentier, la double paie pour tout le monde. Ils l'avaient regardé, stupéfaits. Avant d'applaudir. Des mois après, sa mère lui en faisait encore reproche. Et il ne parvenait pas à lui donner des explications convaincantes. Mais quoi ? Il revoyait les yeux du maître charpentier et des apprentis. Il entendait le bruit qui courait la ville. Et aujourd'hui le sourire, enfin, le sourire du petit garçon au visage si blanc qui courait vers sa mère, qui criait — enfin ! — « Maman, le bateau de Nelson ! » Les premiers mots depuis son arrivée.

Il avait fallu expliquer Nelson, Trafalgar, et le bateau. Passer ensuite au gros globe de verre qui trônait plus loin sur un lit de velours : Gaspard Malo, un industriel du lieu qui n'était jamais en retard d'une idée, l'avait fait fabriquer à Baccarat pour la première tentative de pêche à la lumière électrique ; on descendait cette lampe dans l'eau pour attirer le poisson ; le résultat s'était révélé piteux ; cela prouvait quand même qu'à Dunkerque on ne boudait pas le progrès.

Vandromme, enfin détendu, s'était même intéressé à la villa de la cousine, que l'on avait visitée après les liqueurs, et dont Alice Van Meulen s'était déclarée enchantée. C'était exactement à l'entendre, la demeure dont elle rêvait.

Plus tard, après qu'ils eurent raccompagné la vieille dame un peu lasse, il avait décidé de faire visiter à Alice et à Félicien, qui ne se séparait pas de la maquette enfermée dans un emballage de carton, ce port dont il était si fier, comme si un peu de son éclat dût rejaillir sur lui. Et puis elle ne pourrait, sur ce terrain, le dominer ou le contredire.

Ensuite, Alice et son fils embarqués dans le train de Lille, il se jugerait ridicule, puéril. Il revivrait les instants de cette journée pour s'inquiéter de l'image qu'il avait donnée, du jour sous lequel il s'était montré. Il reverrait aussi Mathilde sous lui, ses yeux dans les siens qui ne lui livraient rien d'elle. Et il se révolterait.

Mais là, conduisant ses invités à la gare au petit trot de ses chevaux, pas mécontent d'être aperçu aux côtés d'une jolie femme par quelques promeneurs du dimanche, il se sentait presque heureux.

Nez contre la vitre du wagon, l'enfant regardait défiler les champs coupés de fossés où s'égouttaient des saules, les fermes blanches tapies à ras de terre pour mieux résister au vent d'ouest, les longues poutres des houblonnières rangées en rectangle comme des fantassins, les pâtures où somnolaient des vaches.

Il se détourna soudain.

— Maman, aimez-vous les bateaux ?

Alice, surprise mais heureuse qu'il parlât, hésitait, revoyait les hautes mâtures chargées de toiles blanches, les grands vaisseaux aux noms étranges dont les reflets se déchiraient dans les eaux des bassins.

— Je crois, oui. Ils sont très jolis, les bateaux.

Elle ne connaissait rien à la vie maritime. Quelques familles d'industriels, sous le règne de Napoléon III déjà, achetaient ou louaient des villas au bord de la mer. Une de ses amies de pension, qui passait toutes ses vacances près de Calais, lui avait raconté des histoires de pêche à la crevette et de canotage. Mais chez les Rousset on ne bougeait pas : tout pour l'usine. Ensuite, après son mariage avec Florimond Van Meulen, elle avait parfois fréquenté Nice ou Menton, que les médecins recommandaient pour ses poumons. La vie d'hôtel.

— Ils sont très jolis, les bateaux, répéta l'enfant, un ton plus bas, presque absent.

Alice observait son visage pensif, les cernes bleus sous les yeux, la lèvre très ourlée, un peu féminine. Où voulait-il en venir ? Qu'avait-il en tête ? Quand il consentait à parler, c'était rarement pour lancer un mot inutile, ou irréfléchi. Il avançait dans la conversation avec précaution, mesurait l'effet de chaque phrase avant de poursuivre, et empruntait parfois d'étranges détours. Comme un petit vieillard, songeait-elle, que la vie aurait trop bousculé, jusqu'à en faire un timoré.

— Quand je serai grand, dit-il enfin, je serai marin.

Elle sourit, l'imagina en tenue d'amiral, voulut l'embrasser. Il parlait enfin comme un enfant.

Il se dégagea. Elle eut peur, soudain — et l'usine ? la brasserie ? La place de Félicien était là —, se traita aussitôt de sotte et de rêveuse. Félicien comprendrait, plus tard, que son avenir était tout tracé. Elle s'imagina lui apprenant la tenue des comptes et les techniques de fabrication, le choix des malts et la durée de la fermentation, les qualités des houblons allemands, malheureusement supérieurs aux français, les quantités de riz et de maïs qu'il faut ajouter à l'orge pour faire une bonne bière Van Meulen... Elle s'attendrit. Rêver ainsi était sa récréation, un petit bonheur qu'elle se réservait. Elle voulut encore embrasser Félicien. Il regardait la maquette du *Victory*, sortie de sa boîte de carton et qui trônait sur le siège voisin, bien calée par un manteau de voyage.

— Maman, connaissez-vous les bordés ?

Obstiné comme un Rousset, songea-t-elle. Il suivait son idée, lui expliquait déjà qu'il s'agissait des longues planches formant la coque des goélettes. « Des planches d'orme et de chêne qui viennent de la forêt de Clairmarais. » Elle s'émerveilla de sa mémoire, de l'attention qu'il portait aux choses — mais qu'il ne laissait pas deviner d'ordinaire.

— Je voudrais, dit-il en se retournant vers elle, revenir à Dunkerque dimanche prochain, pour revoir les bateaux.

Il la guettait, impatient, anxieux, soudain presque haletant, comme si tout son avenir dût dépendre de la réponse.

Ce souhait la réjouissait. Mais elle ne pouvait le réaliser. C'était impossible. Le dimanche suivant, sa mère réunirait toute la famille pour l'anniversaire d'Arthur Rousset. Une grande cérémonie familiale, à laquelle il était impossible de se dérober. Personne ne comprendrait leur absence. Elle ne pouvait même pas y songer. Et puis, elle aimait la chaleur de ces retrouvailles, le rituel des cadeaux, des exclamations de surprise et des rires. Le bonheur, c'était cela, aussi.

Elle tenta de l'expliquer à l'enfant. Il s'était détourné dès les premiers mots. Il pleurait. Elle essaya de l'attirer vers elle. Il s'échappa, fut d'un bond à la porte du compartiment — qui donnait directement sur la voie, ces trains n'avaient pas encore de couloir. Elle frémit, se précipita, craignant qu'il ne tentât d'ouvrir. Dans ses colères, aussi rares que brusques, il était capable de tout. Il se dégagea, lui fit face, les yeux noyés de larmes mais comme rétrécis de fureur, les lèvres presque décolorées, tremblantes. Furieux. Elle voulut lui saisir les mains, l'attirer à elle. Elle eût tellement aimé le consoler. Elle cherchait des mots, une idée, se prit à penser que peut-être elle pourrait expliquer à ses parents leur absence. Voilà, c'était l'issue. Ils comprendraient, ils leur pardonneraient. C'était la solution. Elle avait eu tort de ne pas y penser plus tôt. Elle était trop sotte. Rien ne valait un pleur de Félicien.

Elle allait le dire, elle ouvrait la bouche pour le dire quand l'enfant lança un grand cri, saisit la maquette du *Victory* et l'envoya, violent, contre la porte du compartiment, où elle se fracassa. Alors, elle le gifla, deux fois, trois fois, pour le faire crier encore et pleurer. Il tentait de s'échapper, s'accrochait pour les déchirer aux ruches de velours qui ornaient sa robe, essayait de lui griffer le visage. Elle se débattait.

Elle réussit enfin à l'allonger sur la banquette. Il la laissait faire, tout à coup, comme s'il renonçait. Elle voulut lui expliquer qu'elle essaierait d'éviter le repas familial. Trop tard. Il se détourna, pour être dispensé de lui répondre. Elle savait qu'il ne dirait plus un mot, et que ce silence se prolongerait durant des jours et des jours, des semaines peut-être. Elle entreprit de ramasser les débris de la maquette. Les petits tubes de cuivre qui figuraient les cent canons du *Victory* avaient roulé partout. Elle revoyait Pierre Vandromme expliquant à l'enfant que ces tubes appelés « caronades » étaient très légers, efficaces à courte distance, et que seuls les Anglais en disposaient à l'époque de Trafalgar. Le regard de l'enfant, alors, sa passion de comprendre et d'apprendre. C'était aussi le bonheur.

Elle entassait au hasard dans la boîte de carton les morceaux qu'elle ramassait. La coque n'était pas trop endommagée. Mais la mâture : du petit bois. Le grand mât et les arbres de hune en miettes. Le gaillard d'arrière fracassé. Elle entendait Vandromme raconter Nelson, en grand uniforme sous la mitraille française, tout décoré d'étoiles d'or et d'argent, rubans de couleur flottant au vent, debout sur le gaillard d'arrière pour encourager ses marins, et qui soudain tombait, raide comme une statue, le dos traversé. Et Félicien : « Les Français ont gagné, alors ? » Il ne parvenait pas à comprendre comment, son chef mourant, la flotte anglaise avait pu vaincre. Il argumentait, s'énervait, se passionnait, furieux que les Français aient été défaits. Vandromme, bien sûr, répondait en bon Dunkerquois que si Jean Bart avait été là, les Anglais n'auraient eu qu'à bien se tenir. Il avait dû raconter les exploits du corsaire. L'enfant battait des mains, enthousiaste.

A présent, il pleurait. Doucement. Apaisé quand même.

Elle avait ramassé tous les débris. Elle s'assit près de lui, avança une main hésitante vers ses cheveux. Il ne protestait pas. Elle se sentait lasse, presque épuisée. Elle se laissa aller. Le train traversa une banlieue grise où s'allongeaient d'immenses hangars de briques noircies. Elle ne voyait rien. Elle pleurait. Elle n'en pouvait plus de solitude.

Elle se disait parfois qu'elle avait trop présumé de ses forces. Elever l'enfant, soigner son mari, diriger la brasserie : seule ! Son père était venu la voir, le soir de l'enterrement de Florimond, cérémonieux, pour suggérer qu'elle lui laissât la charge de l'usine, jusqu'à la majorité de Félicien. Ce n'était pas l'affaire d'une femme, expliquait-il : bien sûr, elle avait largement démontré ses capacités, mais enfin, si le personnel et les fournisseurs s'étaient laissé mener jusqu'à présent, c'est qu'ils pressentaient, ou croyaient deviner, qu'elle n'était en réalité, à la tête de l'usine, qu'une ambassadrice de son mari, que Florimond Van Meulen, de son lit, lui dictait la conduite à tenir, les décisions à prendre. Ils se trompaient, certes. Mais l'important était ce qu'ils croyaient. Et, à présent qu'elle se trouvait seule, ils tenteraient d'en profiter, de l'abattre par tous les moyens. On pouvait compter sur Florent Moustiers, dont la brasserie était la principale concurrente des Van Meulen, pour mener la meute. Et il ne lésinerait pas sur le choix des moyens, les scrupules ne l'avaient jamais étouffé. Tandis que s'ils avaient en face d'eux Arthur Rousset, ils seraient dissuadés, ils n'essaieraient même pas. Cela n'empêcherait pas Alice de continuer à s'occuper de l'usine, puisqu'elle s'y plaisait.

Elle l'admirait de vouloir toujours augmenter son empire : comme si ses deux usines textiles, celle de Roubaix et celle de

Lille, les dépôts qu'il avait créés à Paris, la part qu'il avait prise dans le capital de la Compagnie des mines de Lens, la teinturerie et le tissage qu'il avait créés à Gand, en Belgique, la vice-présidence de la Chambre de commerce enfin, comme si toutes ces activités et cette puissance ne lui suffisaient pas. Elle l'admirait, mais s'étonnait qu'il lui fasse une telle proposition. Pouvait-il penser qu'elle trahirait les Van Meulen ? Elle leur avait donné un garçon pour continuer la chaîne familiale : elle l'élèverait et lui donnerait l'usine. C'était son devoir. Comment imaginer qu'elle puisse faire entrer la brasserie dans l'empire Rousset ? D'ailleurs, son père devrait s'en souvenir, les Van Meulen avaient disposé assez de barrières et de verrous dans le contrat de mariage et leurs testaments, pour que ce fût impossible. Et puis Florimond avait bien organisé l'opération avec une escouade de notaires et d'avocats plus nombreux que les médecins autour de son lit : la brasserie, une affaire familiale jusque-là, était devenue une société anonyme dont l'enfant possédait presque toutes les actions ; et il avait fait nommer Alice administrateur délégué, donc patronne. Combien d'hommes montraient une telle confiance en leur femme ?

L'industriel avait eu un geste de la main pour signifier que ce n'était pas la question, qu'il existait avec le droit quelques accommodements, avant de protester que, bien sûr, il n'était pas question de toucher aux intérêts de Félicien, qui était son petit-fils ; seulement de l'aider, elle, dans une passe difficile. « Mais tu es trop orgueilleuse. »

« Trop orgueilleuse. » C'était sa femme, à coup sûr, qui lui avait mis cette idée en tête. Céleste Rousset avait plusieurs fois tenté de convaincre sa fille qu'une femme devait savoir rester à sa place : « On peut inspirer, pousser. Diriger, non. Moi, avec votre père... » Alice était parfois tentée de lui donner raison. Alors, elle rêvait : ne plus avoir à décider, à arbitrer, à affronter le personnel, et les clients — Boussemart, le nouveau directeur qu'elle avait choisi, se montrait zélé et fidèle, mais manquait de caractère —, ne plus se sentir enfermée dans de stricts horaires, pouvoir enfin se consacrer entièrement à Félicien ; et peut-être alors se transformerait-il, trouverait-il le bonheur de vivre ? Mais, quoi, elle était seule. Elle n'avait pas le choix. Elle devait continuer. Ce n'était pas l'orgueil, mais la nécessité. Certes, il lui arrivait de s'avouer que la nécessité avait bon dos, qu'elle aimait diriger, commander, peser ses chances, imaginer des solutions, jouer ; qu'elle était fière, aussi, du respect jaloux et malveillant qui l'entourait. Restait pourtant cette inquiétude, lancinante : Félicien.

Il semblait dormir maintenant. Elle craignait le réveil, leur nouveau face à face. Et l'avenir. L'avenir ! Elle décida d'aller consulter son oncle, Jérôme Dehaynin, le docteur. Il ne savait pas très bien s'y prendre avec les enfants, mais elle trouverait près de lui la paix. Il était le seul à qui elle osait tout dire, dévoiler ce nœud de passions, de regrets et de volontés opposées qui l'habitait et parfois l'étouffait. Le seul. Dès demain, elle serait chez lui.

Le train entrait dans Lille. Elle laissa glisser son regard sur des arrière-cours, des baraques de bois, des murs à demi écroulés : les villes, remarqua-t-elle, se présentaient toujours au voyageur du chemin de fer sous leur jour le plus misérable et le plus laid, et cherchaient seulement à se faire belles pour qui les abordait par la route. Ce qui lui fit songer à sa propre apparence. Elle sortit miroir et fards de son nécessaire de voyage.

L'enfant avait deviné, au ralentissement du train, que l'arrivée était proche. Il se redressa, se retourna, regarda la boîte de carton, puis sa mère, mais ne dit mot.

Jérôme Dehaynin tira quelques bouffées de sa pipe de terre blanche — une habitude contractée en Algérie, du côté de Biskra et de Touggourt, où il était parti cinq ans plus tôt aider un missionnaire, un des premiers Pères blancs du cardinal Lavigerie ; dix mois plus tard on le rapatriait dare-dare parce qu'il ne supportait pas le climat et attrapait de vilaines fièvres, mais il avait pris le goût du tabac, et ne parvenait pas à s'en défaire.

— Ton Félicien, dit-il enfin, ce qu'il lui faudrait, c'est... ah, je ne sais pas. Je ne suis pas très malin, tu vois.

Il sourit. Elle avait le sentiment qu'il s'était repris, censuré, qu'il ne voulait pas livrer le fond de sa pensée. Elle se jura qu'elle le lui ferait avouer avant d'être repartie.

Il l'avait écoutée avec une extrême attention, comme toujours. Elle lui avait tout dit de son voyage, la veille, ses hauts et ses bas, Pierre Vandromme, la colère de Félicien. Elle s'étonnait souvent de se sentir si proche de lui, elle qui n'avait en tête, outre son fils, que l'usine, la production, le commerce, lui qui ne quittait ses malades — un tas de loqueteux et de pauvres hères, les plus miséreux de la ville — que pour animer des Cercles catholiques d'ouvriers, sa passion. A son arrivée, il lui avait fait un véritable cours sur l'importance des élections à la Chambre, prévues pour l'été : les républicains anticléricaux menés par l'avocat franc-maçon Jules Ferry en faisaient voir de toutes les couleurs à l'Eglise. L'année précédente, les jésuites avaient été priés par le gouvernement de se disperser ; les facultés catholiques ne pouvaient plus décerner de diplômes reconnus ; on avait, à Paris, arraché les crucifix des écoles, et une loi de monsieur Camille Sée créait l'enseignement secondaire public et laïque pour les jeunes filles. On savait bien pourquoi. Ferry lui-même avait mangé le morceau dès 1870 : « Il faut choisir, citoyens, disait-il. Il faut que la femme appartienne à la science ou qu'elle appartienne à l'Eglise. »

Elle avait failli répondre que, femme, elle aimait la science sans détester l'Eglise. Mais elle ne tenait pas à s'engager dans un débat qu'elle prévoyait interminable. La priorité, l'urgence, c'était Félicien. Elle attendait une solution, presque une recette. Ou simplement un réconfort. Dehaynin s'était levé, se plantant enfin face à la fenêtre pour regarder la rue où défilait une troupe de tourlourous en pantalons rouges et képis à pompons. C'était sans doute une habitude des Dehaynin de tourner le dos et de faire mine d'observer intensément un spectacle extérieur quand ils avaient quelque chose d'important à dire : sa mère, Céleste, en faisait autant.

— Tu l'aimes trop, ton Félicien, lâcha le docteur.

Elle ne répondit pas, le laissa venir.

— Tu te sens coupable, parce que tu l'as un peu délaissé, pendant la maladie de Florimond, et parce que tu es à l'usine du matin au soir. Alors, tu en fais trop.

— Mais tout le monde me dit le contraire. Tout le monde : maman…

— Justement. Alors pour te rattraper, quand tu es avec lui, tu le couves, tu le sais bien. D'abord, il ne voit jamais un enfant de son âge, jamais. A peine ses cousins. Ce qu'il lui faudrait, tiens, c'est la pension. Une bonne pension tenue par de bons prêtres.

La pension ? Félicien ? A aucun prix. Sous aucun prétexte. Elle ignorait tout des collèges masculins mais imaginait qu'ils ne devaient pas différer tellement de son couvent. Sœur Angélique qui chaque jour, au réfectoire, après la prière et avant la lecture, répétait : « Ne mangez pas trop, mesdemoiselles : quand le corps prend trop de forces, l'âme en perd ordinairement. » La mère supérieure qui enseignait aux jeunes filles les règles de la modestie : tenir la tête droite, yeux baissés, sans rire, ne point porter les mains au visage, ne jamais se toucher le corps sans une grande nécessité… Félicien au dressage ? Non. Jamais !

Jérôme Dehaynin s'était retourné, la regardait. Il avait compris.

— Tu étais si malheureuse au couvent? Cela fait quinze ans quand même. Les choses ont dû changer. Le progrès...

Elle haussa les épaules. Elle n'allait pas lui raconter pour la dixième fois comment, tous les soirs du carême et de l'avent, les pensionnaires devaient défiler devant la supérieure, droite comme une statue, près d'un tas de pommes de terre : celles qui n'avaient parlé ni au réfectoire, ni au dortoir, ni en classe avaient le droit de prendre une pomme de terre et de la déposer dans un sac qui serait donné aux pauvres à Pâques ou à Noël. Et gare aux élèves qui trichaient, qui mettaient une pomme de terre alors qu'elles avaient parlé. Elles étaient condamnées à une peine sévère. La première fois qu'elle lui avait décrit ce rite — c'était en 1867, lors de leur voyage à Paris, pour visiter l'Exposition universelle —, il s'était indigné, protestant que cela n'avait rien à voir avec l'Evangile de Jésus-Christ. Et chaque fois qu'elle recommençait, presque par jeu, il s'indignait encore.

Il s'était posté de nouveau face à la fenêtre. Elle s'approcha. De grands cris montaient de la rue où des employés municipaux armés d'une espèce de lasso capturaient les chiens errants pour les jeter dans une longue caisse noire montée sur essieux, que les Lillois appelaient « l' carette à quiens ».

— Tu as peut-être raison, dit-il enfin.

Sous l'œil d'un agent en longue tunique grise, un employé assommait un chien qui se débattait, un bâtard gris et roux aux immenses oreilles.

Elle tentait d'imaginer Félicien en pension. Il n'y survivrait pas. Elle voulut s'en aller. Elle s'irritait. Son oncle n'était qu'un vieux garçon sans enfant, adorable bien sûr, dévoué, aimant : mais comment avait-elle pu songer qu'il serait d'un grand secours? Et puis, le bruit de reniflement que faisait sa pipe l'agaçait.

— Tu ne devrais pas attendre l'été pour l'envoyer à Dunkerque, dit-il soudain. Le printemps est là. L'air de la mer ne peut que lui être salutaire.

— La villa n'est pas libre...

Le reniflement se fit plus insistant.

— Il y a peut-être d'autres moyens... Place-le chez Maria Vandamme. Elle acceptera peut-être. Tiens, je n'y avais pas pensé, mais c'est une bonne idée.

Il paraissait tout joyeux, soudain. Elle le soupçonnait depuis longtemps d'avoir été amoureux de l'ancienne bonne de ses parents. Témoin au mariage de Maria — à Bruxelles en 1871 — avec Blaise Riboullet, le maçon socialiste obligé de s'exiler en Belgique après la Commune, il était aussi le parrain de son fils aîné. Il s'était démené pour qu'ils puissent enfin rentrer en France, trois ans plus tôt. Maria avait choisi de s'installer à Dunkerque, peut-être pour rompre avec le passé, les années vécues à Lille ou à Denain avec Aloïs, son premier mari. Riboullet y dirigeait une petite équipe de maçons, elle élevait leurs quatre enfants. Le docteur ne manquait pas de leur rendre visite tous les trois mois. Il ne cessait de louer l'énergie, le cœur et l'intelligence de Maria. Et maintenant, cette idée : lui envoyer Félicien tout de suite. Mais Alice y trouvait mille objections. Que dirait l'enfant ? Comment réagirait-il ? Et puis Maria avait-elle seulement un peu de place pour lui ? Elle n'imaginait pas qu'il aille partager la paillasse de ces petits pauvres.

Le docteur, enthousiaste, trouvait réponse à tout. Félicien serait peut-être très heureux de se trouver mêlé aux enfants de Maria. Catherine, l'aînée, la fille qu'elle avait eue d'Aloïs Quaghebeur aurait bientôt quatorze ans, mais les trois autres, trois solides garçons qui ressemblaient à Blaise Riboullet, étaient à peu près de son âge.

— Et pour le loger, elle ne manque pas de place. Ils n'habitent pas une de ces petites maisons de bois peint, comme il y en a tant à Rosendaël, mais une grande bâtisse qui tombait en ruine et que le maçon a retapée dès leur retour. Tu aurais vu ça : en deux temps et trois mouvements, c'était réparé, pourtant cela semblait impossible.

Il s'exaltait, racontait comment Maria avait entrepris d'apprendre la lecture et l'écriture aux femmes de son quartier, comment Riboullet avait créé une coopérative de maçons maintenant très réputée, dont Maria tenait les comptes. Les gens du peuple, expliquait-il, ne manquaient pas de qualités, trop méconnues. Certains patrons, heureusement, commençaient à le comprendre. La déclaration des patrons catholiques du Nord inspirée par le père Marquigny, un jésuite, et qui admettait l'intervention de l'Etat pour réglementer le travail des femmes et des enfants, le repos dominical aussi, montrait que les esprits évoluaient. Quand on aurait mis à bas la république et ramené le roi, on pourrait rétablir un ordre social plus juste.

Elle ne l'écoutait plus, tentait d'imaginer son fils chez les Riboullet, dans un quartier de pêcheurs et d'ouvriers, un autre monde. Accepterait-il ? Tolérerait-il la nourriture ? Comment faudrait-il l'habiller ? Que diraient les Rousset ? Mille questions se mêlaient. Mais elle savait déjà qu'elle essaierait, qu'elle demanderait à Maria. Elle organisait déjà son emploi du temps, se voyait partant à Dunkerque pour les week-ends, rêvait de grands voiliers et de promenades au bord de l'eau.

La servante du docteur les tira de leurs rêves. On venait d'amener un blessé, un homme qui avait été renversé par un cheval emballé et qu'il fallait soigner de toute urgence. Dehaynin se précipita. Alors, Alice se souvint de ses premières phrases : « Ton Félicien, ce qu'il lui faudrait, c'est... » Puis le silence. Elle s'était promis de lui arracher ces mots qu'il avait rattrapés. Mais il était trop tard. Et soudain, elle devina. Ou crut deviner. « Ce qu'il lui faudrait, c'est un père. »

Un père. Se remarier. Après la mort de Florimond, sa mère, deux ou trois fois, avait tenté de le lui suggérer. Elle s'était heurtée à un mur. Pas question. Alice eût été incapable de s'en expliquer clairement mais elle s'y refusait tout entière. Elle n'essayait pas de démêler l'écheveau de ses raisons. Le souvenir de Florimond peut-être, la volonté d'indépendance, le désir de prouver qu'elle pouvait s'en tirer seule, diriger l'usine sans soutien et gérer la fortune des Van Meulen sans aide, l'ennui que lui inspiraient la plupart des hommes qu'elle rencontrait, l'agacement qu'elle provoquait chez eux et dont elle jouissait. Et puis, les hommes de son rang et de son âge étaient pourvus en épouses, les plus jeunes lui semblaient être des benêts, les plus âgés des badernes. Non merci.

Elle fit demander son cocher. L'usine l'attendait. Alice Van Meulen avait convoqué ses représentants pour frapper un grand coup, qui mettrait à mal ses concurrents. Ceux-ci, pour s'attacher la clientèle des estaminets de la région, avaient coutume de leur offrir des cadeaux de faible prix à l'occasion des fêtes de famille. La brasserie Van Meulen désormais ferait mieux : elle prêterait de l'argent aux tenanciers pour repeindre et aménager leurs établissements, à condition qu'ils n'achètent que sa bière, paierait à tous de superbes enseignes où son nom s'étalerait en lettres d'or à côté du leur, offrirait aux plus huppés des lambrequins à sa marque pour protéger leurs terrasses du soleil et de la pluie. Qui pourrait résister à une telle offensive ?

L'idée de se jeter dans cette bataille la réconfortait.

Chapitre trois

L'inspecteur Ricci grognait en se hâtant le long du quai de la Citadelle encombré de ferrailles et de fûts vides. Jamais il ne s'habituerait à ce vent. Une fois déjà, son chapeau s'était envolé et il avait dû lui courir après sous les regards rigolards de quelques « tiens bon », comme on appelait alors les dockers. Et puis, quelque chose lui disait que cette journée se terminerait mal. Depuis le matin, les mouettes ne l'avaient pas lâché. C'était peut-être un signe. Deux oiseaux d'un blanc sale, aux cris agaçants qui, le frôlant, le dépassant, tourbillonnant, avaient semblé le suivre dans tous ses déplacements.

Depuis l'enfance, Manuel Ricci guettait les signes et les présages. On racontait que la Vierge de son village, la Vierge d'Oletta, une Notre-Dame de la Pitié, avait sauvé la vie d'un bébé en criant à la mère, occupée à cuisiner, que le feu était au berceau. Et quand le curé avait décrit aux enfants du catéchisme les horreurs de l'enfer, le petit Manuel s'était dit qu'un Dieu bon et bienveillant ne pouvait laisser ses créatures, ses enfants, mourir comme ça, brusquement, par surprise, sans même leur laisser le temps de se repentir pour échapper aux flammes et aux démons, sans donner l'alarme comme l'avait fait la Vierge d'Oletta, sans les prévenir, leur faire comprendre d'un signe que le moment était venu, qu'il importait de se préparer, de multiplier les actes de contrition et d'entamer les confiteor pour assurer leur salut. Oui, mais quel signe ? Il fallait se montrer attentif, tenter de deviner.

La vie du petit Ricci était devenue un guet permanent. Il tentait d'interpréter les aboiements des chiens et les piaillements des oiseaux, s'inquiétait du plus mince événement qui dérangeait l'ordonnance des jours, s'interrogeait à la rencontre d'un inconnu, s'alarmait de la découverte d'un insecte jamais vu.

En grandissant, il avait appris à craindre moins l'enfer et la mort. Mais c'était devenu — un peu sottement, il le savait — une question d'orgueil, une affaire d'ambition : il serait le premier homme à découvrir le Signe. Un prêtre de Bastia auquel, devenu collégien, il osait confier sa conviction, avait tenté de le détourner de cette habitude avec la même obstination qu'il mettait à lui recommander de garder, la nuit, les mains au-dessus des couvertures. Sans plus de succès.

L'âge passant, Manuel Ricci avait à peu près cessé de croire en Dieu. Il s'émerveillait des progrès de la science qui reculait chaque jour les limites du mystérieux et amputait le domaine réservé à la divinité. Il lui arrivait pourtant de guetter le Signe, de chercher le sens caché d'une rencontre insolite ou d'une bizarrerie. Les deux mouettes aujourd'hui. Mais si c'était une illusion ?

Il refermait les pans de sa redingote, écartés par le vent, quand il entendit courir derrière lui.

— Monsieur l'Inspecteur. Attendez ! Monsieur l'Inspecteur.

C'était Vercoutter, un peu rouge, essoufflé.

— Justement, j'étais avec Le Grevès. On parlait de vous... Et je vous ai vu passer. Il y a du nouveau, monsieur l'Inspecteur. Et du gros. Pour le bateau du Carnaval...

Il avait saisi un des boutons de la redingote comme pour tirer Ricci à lui. Il répétait « Du gros » avec un sourire patelin.

— Du gros, monsieur l'Inspecteur. Le Grevès, il nous attend là à côté, au bistrot. On sera bien pour causer. Venez avec.

Il répétait « Venez avec », à la manière des gens du Nord qui jugent inutile d'ajouter : avec moi, ou avec nous. Une expression qui agaçait toujours Ricci. Et cette manière de le tirer par le bouton de la redingote ! Il se dégagea. Mais suivit Vercoutter jusqu'au bistrot.

En entrant, il eut un haut-le-cœur. Il n'était jamais venu là. Ce n'était pas un lieu pour notables ou fonctionnaires de haut rang. Les officiers de marine eux-mêmes ne s'y risquaient guère. Seuls des matelots désœuvrés et quelques audacieux soldats du 110e de ligne venaient tromper leur ennui et oublier leurs peines en mangeant des crêpes de sarrasin à la cassonade, arrosées de grands verres d'un alcool blanc qu'ils appelaient *schnick* et qui était dans le meilleur des cas du genièvre. On ne pouvait pas qualifier de « filles » les trois femmes qui les servaient et avaient échoué là, à bout de course, après avoir fait peut-être les beaux jours de bordels huppés : elles avaient depuis longtemps perdu tout souci de paraître et se confondaient presque avec les murs gris-vert de la salle étroite comme un couloir. Ceux qui venaient dans ce bouge savaient qu'ils ne pourraient que boire et boire encore, et ceux qui l'ignoraient le comprenaient vite. A la fin du jour, des bagarres éclataient souvent entre lignards et matelots éméchés. Alors, surgi d'on ne sait où, apparaissait une sorte de géant aux joues creuses, un sourd-muet sans âge, qui jetait les énervés sur le pavé du quai, où ils se feraient ramasser par une patrouille de policiers ou de militaires, à moins que leurs compagnons ne se chargent de les ramener. S'ils avaient cassé quelque chose, une des femmes leur faisait les poches tandis que le sourd-muet les maintenait. Pour célébrer ces retraitées du sexe, les marins avaient baptisé l'estaminet — doté peut-être d'un autre nom, plus officiel, en des temps très anciens — *Aux Six Seins.*

Saisies d'un vieux réflexe, les femmes s'étaient redressées à l'arrivée de l'inspecteur, tapotaient les épingles de leurs chignons, s'essuyaient les mains à des jupes crasseuses, ouvraient pour une ébauche de sourire des bouches édentées. Quatre marins anglais, attablés devant un monceau de crêpes, avaient levé un œil inquiet avant de reprendre une discussion hachée où revenait le nom de Valparaiso. Près d'eux, pour les provoquer peut-être, un vieux pêcheur chantonnait d'une voix fatiguée une rengaine des années soixante :

Faut toujours quand un Français s'grise
Qu'il frappe, qu'il cogne, qu'il brise,
Chacun sait ça...
Mais si la France casse les verres
Foutons-nous-en,
C'est l'Angleterre
Qui les paiera.

Les Anglais ne semblaient pas comprendre. D'autres marins dormaient, en dépit du bruit et bien qu'il ne soit pas encore midi, assommés de fatigue et peut-être d'alcool.

Ricci fit signe qu'il voulait sortir. Vercoutter insistait, le tirait jusqu'à la table où Le Grevès, un petit homme aux yeux presque roses et au teint terreux, semblait rêver entre deux prises de tabac. Ricci se laissa tomber sur un banc. Vercoutter claquait des mains pour appeler les femmes — « Vite, un verre pour monsieur l'Inspecteur » —, secouait Le Grevès, faisait l'important, s'excusait quand même :

— C'est pas que je viens souvent ici. Boire comme il y en a, je pourrais pas. Mais c'est rapport à elle (il désignait une des femmes, la plus jeune peut-être, dont on ne voyait d'abord que les seins, immenses et flasques, mal retenus par un corsage de toile bleue). Elle est de mon pays, de Zuydcoote. Quand j'étais gamin, que j'étais encore trop petit pour aller à Islande, j'avais même travaillé pour ses parents, des paysans. Elle, elle voulait pas rester à la ferme. Elle avait trouvé du travail dans une filature de lin. Et puis la filature a fermé. C'était bien avant la guerre, même avant l'Empire peut-être. Alors, elle est entrée dans un estaminet comme serveuse, pas loin d'ici. Vous savez ce que ça veut dire...

Il eut un petit rire, hésitant, mais où cascadaient les sous-entendus. Il semblait guetter un signe de complaisance, ou de complicité. L'inspecteur l'interrompit : au fait, qu'il aille au fait. Que savait-il ?

— Moi, j'ai rien vu, monsieur l'Inspecteur. Avant-hier, vous avez entendu cette nouvelle tempête ? La troisième depuis celle du carnaval. On n'arrête pas. On a dû sortir encore une fois avec le canot de sauvetage pour aller à la rescousse d'un Anglais, un trois-mâts qui venait du Chili, d'un port qui s'appelle Iquique, avec des centaines de tonneaux de nitrate de soude. Il avait talonné et s'était échoué sur un banc de sable. Quand on est arrivé sur le Brack-bank — c'est là qu'il était, l'Anglais — je me suis dit : « Savoir si on ne va pas revoir notre fameux bateau », celui que j'avais vu la nuit du carnaval. Je pensais qu'il profiterait du mauvais temps pour sortir et passer son tabac sous le nez de vos gabelous. Mais rien. J'ai rien vu. C'est Le Grevès qui a tout vu et tout su.

Il ménageait ses effets. La serveuse, sa compatriote de Zuydcoote, qui leur avait apporté verres d'alcool et chopes de bière, s'attardait près d'eux, faisant mine d'essuyer la table d'un chiffon graisseux. Les Anglais s'étaient mis à chanter — un refrain monotone, lugubre.

Le Grevès parut s'éveiller enfin.

— Moi, je l'ai vu. Il est en morceaux maintenant, ce bateau.

Il regarda l'inspecteur, pas mécontent de son effet.

— On pêchait des *plat'jes* à l'ouest, poursuivit-il (ce Breton baptisait *plat'jes* les limandes, comme un Flamand), quand la tempête nous a surpris. On a dû se mettre à l'abri à Boulogne. Et c'est là qu'après, j'ai entendu parler du bateau. Il avait été jeté à la côte, entre Boulogne et le cap Gris-Nez, et il s'est démoli sur les rochers. Le plus drôle, c'est qu'on n'a pas retrouvé un matelot, vivant ou mort. Personne. On n'a rien retrouvé du tout. Pas un filet, pas une marchandise. Comme s'il servait à rien, ce bateau.

Il s'interrompit, s'intéressa aux marins anglais qui semblaient engagés dans un concours : à qui réussirait à garder le plus longtemps une chope de bière en équilibre sur la tête, tout en dansant — un défi d'hommes ivres. L'inspecteur s'impatientait.

— Après, reprit Le Grevès, je suis allé voir. De toute façon, notre bateau à nous, il était bloqué, pas question de sortir du port. Alors, je suis allé regarder : c'était pas loin de Boulogne, et je pensais que ça vous intéresserait peut-être.

Il fixait l'inspecteur de ses yeux roux-rose, comme pour quêter une approbation. Ricci hocha la tête. Vercoutter souriait, se redressait triomphalement, jubilant.

— Vous allez être surpris, inspecteur.

Le Grevès le repoussa.

— Laisse-moi dire.

Il se pencha vers l'inspecteur comme pour lui confier un lourd secret. Il sentait la mer, la bière et le tabac.

— Je les ai trouvés, ces débris. Eh bien, ce bateau, il était juste comme je pensais, comme j'avais dit à Vercoutter : il y avait des caisses à air partout, comme sur un canot de sauvetage, pour l'empêcher de couler ; comme ça il pouvait sortir par tous les temps. Mais il était bien plus gros et bien plus long qu'un canot de sauvetage ; il était fait pour transporter des marchandises aussi. D'après les débris, j'ai pensé qu'il avait un double fond, une double cale. C'était un bateau de fraudeur, bien sûr. Mais pas des bricoleurs, hein, pas des amateurs. Des grands.

Il s'interrompit, regarda une serveuse qui s'approchait encore, lui cria de foutre le camp, que ce qu'il avait à dire à l'inspecteur ne la regardait pas. Puis il se pencha un peu plus près de Ricci.

— Ce bateau, il avait pas une marque. Pas de nom et pas de matricule, rien. C'est pas normal, hein, monsieur l'Inspecteur ? Seulement, moi, j'ai tout regardé, dans le détail — j'avais le temps, il y avait un de ces vents, et puis je me disais qu'on sait jamais — et alors, sur ce qui restait d'une membrure, j'ai vu trois petits V gravés comme ça, à la suite (du doigt, il les dessinait sur le bois graisseux de la table), comme ça vous voyez, monsieur l'Inspecteur ? Vous savez ce que ça veut dire ?

Vercoutter reprenait à son tour, encore plus jubilant :

— Vous savez ce que ça veut dire ?

L'inspecteur haussa les épaules, les regarda, interrogatif.

— C'est la marque des chantiers Vandromme, dirent-ils presque à l'unisson.

Ricci songea d'abord aux mouettes. Il s'était trompé. Elles n'annonçaient pas un malheur.

L'inspecteur Ricci hésita trois jours, se donnant des prétextes pour attendre, vérifiant auprès de ses collègues de Boulogne que l'on avait bien retrouvé les débris d'une sorte de bateau fantôme, questionnant ses indicateurs, s'informant sur les techniques de construction des navires.

Le quatrième jour, il décida d'interroger Pierre Vandromme.

Le constructeur était sur son chantier, occupé à discuter gabarits avec un maître charpentier qui esquissait des plans sur le sol.

— Voilà ce que ça ferait, disait l'homme. Vous voyez : la courbe, elle est trop forte. On peut pas demander ça au bois. On peut pas. Même le meilleur bois, il acceptera pas.

Vandromme, embarrassé, discutaillait, regrettait de devoir baisser les bras, refuser la commande d'un client qui souhaitait des goélettes plus ventrues, moins élancées que d'ordinaire. Mais il ne résistait que pour la forme : il s'était toujours fié, et ne l'avait jamais regretté, au maître charpentier Devinck, un homme qui avait appris le métier en observant les gestes de ses aînés tandis qu'il aiguisait leurs couteaux, et qui montrait maintenant les qualités d'un architecte et d'un ingénieur.

Il allait quand même lancer, sans espoir, un dernier argument, quand l'inspecteur Ricci lui toucha l'épaule.

— Veuillez m'excuser de vous importuner. J'aurais dû me faire annoncer. Je me présente : inspecteur Ricci, inspecteur des douanes... Je voulais vous demander quelques renseignements. Seulement quelques renseignements.

Vandromme emmena vers son bureau l'inspecteur qui poursuivait son discours : « Je ne vous disputerai pas trop de temps. Mais votre compétence me serait très précieuse. Chacun se plaît à la reconnaître et personnellement... »

Il trottinait entre les carcasses de voiliers aux côtés du constructeur, serrant autour de lui sa redingote pour éviter qu'elle se tache de sciure ou de calfat. Il s'appliquait à parler comme un livre, impressionné par ce notable, jeune encore, mais qui descendait d'une longue lignée d'armateurs, était parent de puissantes familles d'industriels lillois et roubaisiens, figurait parmi les fidèles du député Jean-Baptiste Trystram et appartenait, murmurait-on, à une loge maçonnique.

Une seule question l'amenait, expliqua-t-il tandis qu'ils pénétraient dans le bureau : était-il possible de construire un voilier de bonnes dimensions, capable de se risquer avec une lourde cargaison dans les plus fortes tempêtes sans courir trop de risques parce qu'on l'aurait conçu sur le modèle des canots de sauvetage ? Un rêve, répondit Vandromme, le rêve poursuivi depuis toujours par tous les constructeurs, les armateurs et les marins. Le bateau insubmersible ! Un rêve ! Un canot de sauvetage, par exemple, on parvenait presque à s'assurer qu'il flotterait toujours : on répartissait un peu partout des caisses à air et on installait un dispositif, une sorte de puits, pour vider rapidement le bateau s'il était submergé par des lames déferlantes. Mais c'était impossible pour un plus gros navire, surtout s'il devait transporter des marchandises.

Ricci l'écoutait à peine, vite débordé par des explications techniques et songeant surtout aux trois petits V gravés sur le bois du bateau fracassé. Il toussota, reprit :

— Si je puis me permettre, monsieur : est-il arrivé que l'on vous demande de construire un bateau présentant de telles caractéristiques ?

Et, comme Vandromme haussait les épaules dans un mouvement d'impatience :

— Ou bien, plutôt, plus simplement, un voilier de dimensions insolites ?

Non, le constructeur ne gardait le souvenir d'aucune commande surprenante. Parfois, un client souhaitait quelques variantes. C'était le cas de cet armateur de Saint-Malo dont il discutait les volontés avec le maître charpentier à l'arrivée de l'inspecteur. Mais s'il avait entendu la fin de leur conversation, celui-ci avait pu constater que Devinck — un homme capable de tracer, sans se tromper d'un seul tonneau, les plans de longues goélettes et des plus grands schooners — refusait de sortir des normes. Un chantier comme le sien construisait presque uniquement des goélettes de cent quarante-sept tonneaux pour la pêche à Islande, toutes exactement semblables à deux détails près : la couleur, et la tête de femme traditionnellement fixée à la tête du navire. Cette routine était lassante, et l'on accueillait avec joie toute commande un peu exceptionnelle. Mais elles étaient rares, et ne correspondaient pas, en tout cas, à ce que décrivait l'inspecteur. Celui-ci insistait : on ne transgressait donc jamais les normes ? Jamais de commande bizarre ? Non, non, répondait Vandromme agacé par l'obstination de ce petit homme aux longs cheveux noirs collés de chaque côté du crâne comme des ailes de corbeau, qui faisait tourner son chapeau entre ses mains avec une épuisante régularité.

— Et si vous me permettez encore une question, insistait Ricci, la marque de votre chantier est bien faite de trois petits V gravés à la suite, comme ceci ?

Sa main droite avait lâché le chapeau, pour ébaucher, en l'air, un dessin.

— Bien sûr. Tout le monde le sait ici. Et même beaucoup plus loin.

— Et, si vous me permettez une autre question encore, vous ne connaissez pas d'autres chantiers dont la marque ressemblerait à la vôtre ?

— N... Non. A Dunkerque, non. Dans les ports voisins, non plus. Ailleurs, plus loin, je ne sais pas. Mais pourquoi ? Pourquoi me demandez-vous cela ? Vous voulez dire qu'on aurait trouvé ma marque sur un bateau comme celui que vous décriviez tout à l'heure ?

L'inspecteur se troubla, toussota, protesta. Non, il ne s'agissait pas de cela. Mais il ne pouvait rien dire. Secret professionnel. Monsieur Vandromme devait le comprendre, et l'excuser. Il enquêtait sur une affaire compliquée. Dès qu'il pourrait en dire plus, monsieur Vandromme en serait le premier informé. Pour l'instant, hélas, il était contraint au silence.

Le constructeur, irrité, le ramena jusqu'à la porte de son bureau, observa, perplexe, la petite silhouette grise qui se hâtait entre les carcasses de goélettes et les grumes dans le chantier désert — charpentiers, scieurs de long et calfateurs observaient la pause de midi. Que signifiait cette visite ? Que mijotait ce personnage ? C'était décidément la journée des soucis. Le matin même, Mathilde lui avait fait parvenir un billet pour lui fixer un nouveau rendez-vous, lui promettant de s'expliquer, plus et mieux ; il savait qu'il s'y rendrait et il en était furieux. Il n'avait cessé de houspiller ses ouvriers, ergotant pour des riens, insultant les apprentis, et même de vieux charpentiers.

Sa mère, quand il la rejoignit pour le repas de midi, lui glissa sans mot dire une lettre : Alice Van Meulen annonçait une prochaine visite. Il se sentit cerné.

Elle disait :

— Tu imagines, Denver, une ville aussi grande que celle-ci. Elle n'existait même pas il y a trente ans. Aujourd'hui plusieurs lignes de chemin de fer y arrivent. Des tramways passent dans les rues. Quand tu lèves le nez tu vois les fils du télégraphe et du téléphone qui courent partout. Du téléphone, tu te rends compte ? Moi, de mon hôtel, je pouvais parler à mon banquier. Ici, le téléphone, rien, zéro, presque inconnu. Vous n'en avez jamais vu. Eux, il y a trois ans. A Denver. Au fin fond des Etats-Unis...

Elle racontait les blanchisseries avec leurs enseignes chinoises, les mineurs en costume de toile brune, les trappeurs caracolant sur leurs mustangs, carabine en bandoulière et revolver à la ceinture, les maisonnettes de bois le long de rues et d'avenues qui se coupaient au carré, les orgueilleux bâtiments des compagnies, les trottoirs couverts, les magasins aux immenses enseignes et aux vitrines garnies des dernières modes arrivées de New York ou même de Paris.

— Là-bas, tu n'entends parler que de mines et de minerais. D'argent, d'étain, de plomb et de zinc. Ils achètent et ils vendent des concessions, des actions, des parts de mines. Il y en a qui trouvent des *bonanzas,* de gros filons de minerai. Ils s'enrichissent en quelques jours. Ensuite, ils perdent tout. Aussi vite. Les villes, la même chose. Elles grossissent tout d'un coup parce qu'on a découvert de l'or. Ou de l'argent. Quand il n'y en a plus, tout le monde s'en va chercher fortune ailleurs. J'ai connu une de ces villes — elle s'appelle Leadville, au beau milieu de la montagne du Colorado, tu vois tout autour des montagnes enneigées, comme en Suisse. Elle avait enflé d'un seul coup. Puis s'était dépeuplée. Avant de grossir de nouveau. La première fois, dix mille hommes étaient arrivés là. Ils venaient ramasser de l'or. Et puis ils étaient repartis. Tous. Sauf deux. Deux qui s'étaient obstinés. Ils avaient continué. Ils crevaient à moitié de faim. Un jour, ils ont décidé de faire analyser des débris de rocher. Des rochers qu'ils trouvaient partout le long du torrent. C'était une espèce de plomb, plein d'argent. Alors, tout le monde est revenu. Quand j'y étais, il y avait six hôtels, deux églises, deux journaux et deux théâtres. L'un pour la comédie, et l'autre pour l'opérette. Bien mieux que le vôtre, ici. Tout usé, le vôtre. Là-bas, tout neuf.

Elle riait. Il rêvait, tentait d'imaginer. Et soudain, lui meurtrissant l'épaule :

— Comment s'appelait-il ?

— Tu me fais mal... Il est mort à Denver. A Leadville, j'étais seule. Je vivais chez une Française. Viviane. Elle avait débarqué en Californie à quinze ans. Pour chercher de l'or. Comme un homme. Habillée en homme. Et puis un jour, le gros filon s'était présenté. Pour l'exploiter, elle est restée seule au fond de sa mine. Des jours et des jours. Avec des provisions, un stock de munitions, et plusieurs revolvers. Un Canadien a essayé de la voler, elle lui a brûlé la cervelle. Ensuite, elle était riche. Elle a acheté une vigne en Californie. Et elle vendait son vin aux mineurs du Colorado. Une femme ! Tu aurais dit un homme...

Il lui reprenait l'épaule.

— Comment s'appelait-il ? L'autre jour tu me disais qu'il t'avait obligée à le suivre jusqu'aux monts Caribou...

Elle se dégageait sans songer à refermer sur elle le peignoir de lin brodé qui s'était entrouvert et laissait deviner des seins exubérants. Il s'étonnait de la retrouver si fraîche après ces années d'errance et d'aventures. Il songeait à partir, sortir de cette chambre où elle avait fait monter des huîtres d'Ostende, des petits croissants à la noix et du champagne. Mais, depuis son arrivée, elle lui parlait des Amériques comme pour ressusciter les anciens rêves, et il ne se lassait pas de l'écouter, ne l'interrompait, saisi d'une brusque colère, que pour tenter de savoir qui était l'autre, l'Américain qui avait succédé au colonel. S'il avait été le seul. Mais elle esquivait, repartait dans des récits de chasse à l'ours, des descriptions de pics déchiquetés, de montagnes fendues d'une brèche comme par un coup d'épée, de bars aux moelleux tapis, de rues où des orchestres aux cuivres discordants, montés sur de grands chariots et suivis d'une foule de mineurs, faisaient la publicité des théâtres.

Un nouveau coup de colère l'aida à partir. Il n'avait pas touché aux huîtres, ni aux croissants, ni au champagne.

Il ne l'avait pas touchée.

— Demain soir, cria-t-elle. Je te reverrai demain.

Il ne répondit pas.

Dès l'entrée, il inspecta la salle, craignant d'y trouver Mathilde. Quelle meilleure occasion de le défier en public pouvait-elle espérer ? Il était obligé, elle le savait, de paraître à ce bal organisé pour le Denier des écoles publiques. En ces jours où anticléricaux et catholiques se déchiraient, son absence eût été interprétée comme une trahison. Toute la fraction laïque de la ville se retrouvait le samedi des Rameaux au *Kursaal,* une vaste et antique salle des fêtes au bord de la plage. Impossible d'y échapper. Alors, quand Mathilde lui avait annoncé son intention de le retrouver le lendemain, il s'était dit que ce serait là.

Mais il ne voyait que des habitués. Les épouses des notables de la municipalité et de la Chambre de commerce avaient épuisé leurs couturières ou veillé fort avant, les nuits précédentes, pour faire assaut d'élégance. Sans lésiner sur le satin, la mousseline, les foulards et les velours, les nuages de tulle et les nœuds de Valenciennes. Leurs robes emperlées, les éventails de plumes, les gants en peau de Suède ou en chevreau blanc formaient un bouquet coloré qui, jugea-t-il, ne sentait pas trop sa province.

Un groupe d'hommes en noir entourait le député Trystram et le maire Ezéchiel Lebleu, catholique pratiquant mais laïque grand teint qui venait de sortir les Frères de la doctrine chrétienne d'une école communale. Ils parlaient fort. Des événements d'Afrique du Nord — quelques nomades kroumirs de Tunisie ayant fait une incursion en Algérie, Jules Ferry venait de décider une expédition qui punirait le bey et mettrait la main sur son pays —, mais surtout d'un procès jugé dans la ville, le jour même, et qui faisait sensation. Quelques mois plus tôt, le *Phare de Dunkerque,* journal de la mairie et de la Chambre de commerce, qui portait très haut l'étendard laïque, avait fait grand cas d'un outrage à la pudeur, et clairement accusé, en le qualifiant de « misérable », le curé de Rosendaël d'avoir déboutonné sa soutane pour s'exhiber dévêtu, à la nuit tombante, devant deux enfants. Emoi. Polémique. Plainte. Procès. Et le curé, reconnu innocent, venait de se voir allouer six cents francs de dommages et intérêts. Les juges, grognait-on dans le groupe, étaient trop inféodés encore au parti clérical. La lutte serait longue. Bien sûr, on avait débarrassé les régiments et les prisons de leurs aumôniers, on voyait moins dans les hospices les cornettes des sœurs de la Charité, et les murs des écoles, dans la plupart des villes, ne portaient plus de crucifix. La municipalité avait même fait sensation en créant, parmi les premières, des cours publics d'enseignement secondaire pour les jeunes filles. Mais il ne se passait pas de jour sans que le parti clérical marquât des points, avec l'appui de la magistrature ou de l'armée. Et, quoique républicaine dans sa majorité, la Chambre des députés venait encore de refuser l'institution du divorce.

Pierre Vandromme, que ces questions ne passionnaient guère, ne se joignit pas longtemps à ce chœur. Il voulait interroger le trésorier de la Chambre de commerce, Alfred Petyt, l'homme à tout faire du député Trystram, sur l'installation au port d'un phare électrique : les ports rivaux, anglais et belges, s'en étaient dotés, le cap Gris-Nez également ; pourquoi attendre ?

— Justement, dit Petyt, je voulais vous voir, Vandromme. Mais pas au sujet du phare. Non. Je voulais vous alerter...

Il lui prenait le bras pour l'entraîner vers le fond de la salle, loin de l'orchestre et des danseurs, quand le brouhaha s'interrompit, en même temps que la musique.

C'était Mathilde. Surmontée d'une haute perruque en rouleaux où couraient des rangées de perles. Parée d'une robe de gaze bleue garnie d'une infinité de volants. Dressée comme une reine et ondulant comme une voile que la brise caresse.

Un personnage en smoking et souliers vernis l'accompagnait, un homme assez âgé, que Vandromme ne connaissait pas et qui devait compter parmi ses soupirants du jour. Le couple faisait lentement le tour de la salle, bientôt suivi d'une rumeur qui ravissait visiblement la créole. Elle aperçut Vandromme, vint aussitôt vers lui, abandonnant son compagnon et ignorant la présence de Petyt.

— Invite-moi.

Il lui sembla que toute l'assistance les observait. Il hésita, ne vit pas le moyen de se dérober, pensa qu'une danse n'engageait à rien et lui permettrait d'éviter un esclandre, finit par la suivre.

Elle brillait. Radieuse. Jamais il ne l'avait vue aussi belle. Avec une douceur nouvelle dans le regard.

Et s'il s'était trompé ? Il était fier, tout à coup, de se montrer dans les bras d'une telle femme. Il songeait aux horizons qu'elle lui avait décrits, aux hommes dont elle lui parlait l'autre nuit, les aventuriers à qui les torrents servaient de routes à travers les montagnes Rocheuses et qui cherchaient l'or du Mexique jusqu'à l'Alaska, fouillant la terre et les rivières, créant des villes, explorant un monde vierge. Il rêvait à New York traversé par des chemins de fer aériens, New York où l'on construisait un pont aux piles plus hautes que des cathédrales. Ici, on hésitait à s'équiper d'un phare électrique, on se déchirait dans de médiocres querelles, ici, tout était fini. Qui pourrait mieux qu'elle lui ouvrir ce monde neuf ? Depuis trois ans — et d'abord pendant les longues journées où il traînait au lit, la poitrine défoncée —, il s'était cent fois reproché de s'être laissé prendre aux filets de cette volage. Et cent fois répondu qu'il ne l'avait pas idolâtrée seulement pour son parfum de fauve, la séduction de ses traits et son exaltation dans l'amour, mais parce qu'elle incarnait la vie même, l'avenir, et faisait de ses rêves les plus fous des projets accessibles.

Elle s'était tue d'abord, pressentant peut-être que son silence était un atout. Mais elle ne résista pas longtemps :

— Regarde-moi ces bonnes femmes. Comme elles sont fagotées. A la diable. Leurs robes, ça pend de partout. Ou bien ça va éclater : trop serré.

Elle eut un long rire, un peu gras, qui lui déplut. Par chance, les trois violons de l'orchestre, très lancés, couvraient tout.

— Les hommes, dit-elle, pareil.

Puis, plus proche :

— J'ai du nouveau. Mon notaire. Viens ce soir. On pourra partir. Cette ville : pas pour toi. Trop petit. Rien. Regarde-les. Et encore, ce sont les importants. Tout petits. Un trou. Pars. Je t'aiderai. Je connais... Et je ne vais pas t'encombrer. Promis.

L'orchestre les faisait tourner plus vite, toujours plus vite. Elle lançait ses poignards en souriant.

— Ici, c'est en retard. Toujours. Etriqué.

Partir. Créer là-bas de puissantes compagnies maritimes : le commerce entre les deux rives de l'Atlantique ne cesserait de se développer. Partir et échapper à la médiocrité. Aller au-devant du progrès.

Elle insistait, se répétait.

— Ici, des retardataires. Tu le sais bien.

Il lui en voulut de l'avoir deviné. Et soudain se révolta : il n'aimait pas qu'on lui confirmât ses craintes et qu'on soit sévère avec les siens ; il s'en réservait le privilège ; il était trop attaché à cette ville et à ce port pour accepter qu'un étranger les critiquât. En plus, Mathilde...

Il pensa la planter là, y renonça par crainte du scandale, mais profita du mouvement de la danse pour desserrer son étreinte. Elle le guettait, à nouveau silencieuse. Mais les yeux, brillants, avaient perdu toute douceur. Il imaginait les pensées des autres, les couples qui les frôlaient, les notables toujours agglutinés qui les observaient, les mères et les filles alignées sur des chaises le long des murs, qui se désespéraient de n'être pas invitées et formaient à Mathilde une haie de haine.

Il avait maintenant hâte que l'orchestre en terminât. Mais les violons s'acharnaient, comme s'ils étaient du complot. Alors il se décida, entraîna la jeune femme jusqu'au bord de la piste où son compagnon l'attendait une coupe de champagne à la main, et la laissa, lui tournant délibérément le dos, insoucieux des chuchotements qui redoublaient. L'orchestre s'était arrêté, comme s'il avait attendu sa décision.

Pierre Vandromme s'écarta doucement, avec une lenteur affectée. Le suivrait-elle ? Que faisait-elle ? Il refusait de se retourner, de la regarder. Il songea à inviter pour la prochaine danse la première venue, une de ces jeunes filles en robe blanche qui faisaient là leurs débuts et attendaient, carnet de bal à la ceinture.

On lui prit le bras. C'était Alfred Petyt, son interlocuteur de tout à l'heure :

— Voilà, Vandromme : quand nous avons été interrompus, je vous disais que je voulais vous alerter...

Il regarda autour d'eux, hésitant, laissa passer une blonde dont la robe de satin rose contenait mal les formes rebondies, reprit :

— Voilà, Vandromme. Ce que je voulais vous dire est bien ennuyeux. Pour vous, et pour nous aussi, vos amis. Notre sort est lié, vous le savez bien. Et ce qui s'est passé aujourd'hui... je veux dire : au tribunal, ces dommages et intérêts pour le curé, ce jugement montre qu'ils ne nous ménageront pas, les cléricaux... Nous sommes engagés dans un combat tellement rude que nous ne pouvons nous permettre la moindre faiblesse. La réputation de chacun est importante... Vous me comprenez.

Bien sûr, Vandromme comprenait :

— Si vous voulez dire qu'on jase à propos de mes rapports avec... avec cette dame, soyez tranquille.

Petyt faillit lâcher son lorgnon.

— Mais non, il n'est pas question de... de cette dame. Votre vie privée, mon cher...

Il eut un sourire indulgent, que Vandromme détesta.

— Non. Voilà. Ce qu'on raconte en ville... c'est... On dit que vous êtes mêlé à une grosse affaire de fraude. Voilà.

Et comme Vandromme sursautait :

— On dit que vous auriez contribué à construire un navire spécial, pour un gros réseau de trafiquants. Voilà. Un voilier tout à fait spécial. Voilà.

— Vous devez me croire, monsieur Vandromme ; mes services ont gardé la plus grande discrétion sur cette affaire ; ils sont tout à fait étrangers à cette rumeur...

Qui voulait comprendre les propos du directeur des douanes devait tendre l'oreille. Mais, peut-être pour suppléer la voix usée, les mains s'agitaient en tous sens. Des mains étranges, dont les doigts se terminaient en spatules rondes comme si quelque tortionnaire les eût aplatis. Elles fascinaient Pierre Vandromme. Il s'efforçait de ne pas les voir mais y revenait sans cesse, en oubliait presque le but de sa visite, les explications qu'il était venu chercher, les protestations qu'il avait en tête.

— Bien sûr, reprenait le directeur, nous avons enquêté sur cette affaire, et je ne vous cacherai pas que votre nom y est mêlé. (Il sortit un mouchoir pour s'éponger le front ; derrière lui, un poêle de fonte ronflait comme au cœur de l'hiver.) Mais nous l'avons fait très discrètement, vous pouvez...

— D'où vient donc que toute la ville en parle ?

Les mains montèrent vers le plafond gris.

— Toute la ville ? Comme vous y allez, cher monsieur ! Je ne puis le croire. Il est possible qu'un informateur imprudent — je ne dis pas un douanier, notez-le —, il est possible, je le répète, qu'un informateur imprudent ait laissé filtrer quelques ragots. Mais ce ne sont pas nos services. Cela dit, je ne suis pas mécontent que vous m'ayez demandé cet entretien.

Les mains s'appuyèrent au bureau ; il se redressa, fixa Vandromme.

— L'inspecteur Ricci m'avait tenu au courant, dès le premier jour. L'inspecteur est un fonctionnaire très zélé, très méticuleux, très travailleur. Un homme précieux, très précieux... D'autant que nous manquions de personnel, monsieur Vandromme, dramatiquement. Peu de gens acceptent d'être nommés ici, alors qu'on n'y vit pas plus mal qu'ailleurs, plutôt mieux même. Et l'administration est trop pauvre pour nous fournir tous les moyens nécessaires. La seule grosse dépense de la Direction générale, cette année, a été pour payer à nos matelots de nouveaux chapeaux de paille. Avec le ruban de soie noire marqué « Douanes » et les deux ancres tissées dans l'étoffe, c'est très pimpant, je vous l'accorde, mais je préférerais un effort plus sérieux...

A mesure qu'il parlait, les mains esquissaient devant lui la forme d'un chapeau, puis d'une ancre. Vandromme s'impatientait.

— Je voulais seulement savoir si vos services ont à me reprocher quelque chose de précis.

— Précis ? Il y a ce débris de navire qui porte votre marque. Mais cela n'est pas décisif, je le reconnais. A mon sentiment, ça jouerait presque en votre faveur : mettre sa marque sur un tel navire serait d'une folle imprudence. Ou d'une grande étourderie : un morceau de bois qu'on prend à la place d'un autre, par erreur...

Les doigts écrasés avaient dessiné une grande parabole dans l'espace, peut-être en signe d'indulgence.

— C'est pourquoi je n'y avais pas accordé une extrême attention, reprit le directeur. Je sais très bien que l'on peut objecter là contre.

— Moi, je vais vous le dire, pour que les choses soient claires. D'abord il vous faudrait prouver que le navire dont vous avez retrouvé les débris servait bien à la fraude...

— Nous l'avons fait. C'est vérifié. Il y avait là, de toute évidence, des coffres bourrés de tabac.

Un silence. Il semblait hésiter. Puis la main droite tomba, comme un couperet.

— Il y a un petit problème, monsieur Vandromme, un petit problème : les mâts de ce navire étaient en bois de Ljepjaïa.

— Et alors ?

— Je crois savoir que votre chantier était le seul de la région à utiliser le bois de Ljepjaïa. Les autres préfèrent le pitchpin, ce n'est pas moi qui vous l'apprendrai. Sauf, parfois, pour le mât de misaine...

— Et alors ? Et les Belges, les Anglais, les Hollandais ?

La main gauche glissa vers le plafond, comme au long d'un mât.

— L'inspecteur Ricci s'est informé. Vous êtes le seul. Connu pour cela jusqu'en Russie, à ce qu'on dit.

— Admettons. Il vous faudrait encore prouver que j'ai volontairement coopéré à la construction de ce navire...

— Cela, je...

— Et que je connaissais l'utilisation qui en serait faite.

— C'est ce que j'ai dit à l'inspecteur Ricci. Ce brave Ricci (le directeur eut un petit sourire, s'épongea de nouveau le front), vous savez, c'est un très bon...

— Permettez, monsieur le Directeur, permettez. Et si, ce bois, on me l'avait volé ?

Les mains balayèrent l'espace, de droite à gauche.

— C'est ce que j'avais pensé, figurez-vous. Mais nous avons vérifié auprès de la police municipale : vous n'avez pas porté plainte. Si on vous avait dérobé une telle quantité de bois, vous vous en seriez aperçu. Vous auriez porté plainte, bien sûr...

Les mains se posèrent sur le bureau. Triomphales.

— Vous semblez ignorer quelque chose, monsieur le Directeur, et votre inspecteur aussi. Vous semblez ignorer qu'on a souvent vu des chantiers plus ou moins marrons bricoler de nouveaux navires avec les restes d'anciens bateaux ? Les Hollandais font cela très bien. Vous le savez parfaitement. Pour tourner un règlement, il n'y a pas mieux qu'un Hollandais.

Le directeur esquissa un sourire. Les mains flottaient.

— Hélas, monsieur Vandromme, les Hollandais ne sont pas les seuls. Tout le monde s'y met. Tout le monde fraude. Savez-vous que les douaniers belges ont arrêté récemment près d'ici une très grosse dame, tellement épaisse qu'elle leur a paru suspecte ? Pourtant, les Flamandes, n'est-ce pas ?... (Il gloussa.) Eh bien, elle portait un corset en zinc plein d'alcool français pour la Belgique. Du cognac ! Un corset en zinc... Une dame de qualité pourtant. Si je vous disais son nom...

Il gloussa de nouveau, parut surpris que Vandromme ne s'amusât point de l'anecdote.

— Revenons au fait, monsieur le Directeur. Ce que je

constate, c'est que vous n'avez aucune preuve. Et je voudrais vous demander ceci : estimez-vous normal que la réputation d'un citoyen honorable, d'une famille honorable, soit entachée à partir de ragots, de quelques découvertes d'un petit inspecteur avide de se faire mousser, et qui ne connaît rien aux choses de la mer ? La République a des lois, pour punir ce type de pratiques…

Vandromme se sentait parti pour un long discours. Etrangement calme. Indigné pourtant. En face, les doigts en forme de spatules tapotaient le bureau. Irrités, impatients ou inquiets ?

— Le problème, dit le directeur des douanes, c'est que l'inspecteur Ricci m'a amené un témoin. Je ne voulais pas vous en parler. Mais puisque vous m'y poussez… Oui. Un témoin qui est formel : contre vous, monsieur Vandromme.

Les deux mains se rejoignaient. Comme un piège qui se referme.

Chapitre quatre

Maria expliquait que jamais ils n'auraient pu s'offrir une aussi grande demeure si celle-ci n'avait été près de s'effondrer. Une très ancienne maison d'armateur, disait-elle, dont les vastes magasins recevaient jadis la pacotille que les marins allaient porter aux nègres en échange d'or, de bois précieux, de manioc, et d'hommes. On construisait en ce temps-là de si beaux navires à Dunkerque qu'un maître charpentier du pays avait été convoqué à Versailles par le roi Louis XIV pour aller exposer ses méthodes aux gens des autres ports.

Jérôme Dehaynin s'amusait : à tant lire, elle avait tout appris. Il avait le cœur serré aussi, comme chaque fois qu'il la retrouvait, par le sentiment qu'elle eût pu faire tellement mieux — un grand professeur, par exemple, mais ce n'était guère possible aux femmes, même bien nées —, il s'irritait de ce qu'un destin malheureux l'ait pourvue de dons et empêchée d'en tirer le meilleur parti. Comment comprendre les desseins de la Providence ?

Alice Van Meulen observait l'ancienne bonne de ses parents. C'était si lointain : bientôt vingt ans. Mais Maria portait toujours comme une couronne ses longs cheveux blond doré. Avec plus d'assurance, peut-être. Plus de rondeur aussi — outre quelques minces plis sur le front, c'était la seule marque du temps. « Alice, vous êtes trop brusque, une vraie Maria Vandamme ! » criait parfois Céleste Rousset. Elle ne le dirait plus. A quelques gestes, au ton de la voix, Alice l'avait compris dès l'abord : Maria Vandamme était devenue douce. Enfin, presque.

Pour leur arrivée, annoncée par une lettre du docteur, elle

avait préparé des *kaneelekoukes,* des brioches à la cannelle sur lesquelles ses trois garçons et même sa fille Catherine s'étaient jetés comme des affamés. Blaise Riboullet offrait à la ronde une bière qu'Alice jugea mauvaise. Elle avait déjà décidé de mettre à profit ses séjours dans la région pour développer ses ventes.

Le docteur décrivait le caractère de Félicien, se lançait dans des explications embrouillées. Maria regardait Alice, pensive.

— Ah, dit Riboullet, j'ai connu un garçon comme ça, dans la Creuse. Il avait à peu près mon âge. Il voulait pas dire un mot, on le croyait muet. Et puis, ça l'a pris vers les dix ans. Il s'est décidé, on n'a jamais su pourquoi ni comment. Plus tard, il est monté à Paris, comme moi, pour faire le maçon. Maintenant, il fait de la politique. Même, on l'appelle l'orateur.

Il rit, vida sa chope de bière.

Alice sourit. Elle aurait voulu le remercier pour ces mots, n'osa pas. Elle se sentait bien avec eux. Elle songeait à ce que lui avait murmuré le docteur, avant leur arrivée : Jérôme Dehaynin était persuadé que Riboullet, depuis son retour, menait une activité presque clandestine, tenait des réunions discrètes avec les ouvriers du port et des chantiers de construction, essayait de les organiser dans l'ombre puisque les syndicats étaient toujours interdits. Peut-être même appartenait-il à ce parti des travailleurs socialistes que Jules Guesde avait fondé deux ans plus tôt à Marseille.

Elle aurait dû les considérer comme des ennemis, n'y parvenait pas. Bien plus, elle s'irritait de ce que Maria, avec le caractère et le tempérament qu'on lui connaissait, ne veuille pas participer aux activités politiques de son mari. « Maria, disait le docteur, Maria, c'est autre chose ; elle voit son rôle autrement. » Mais il n'avait pu l'expliquer.

Elle aurait voulu interroger l'épouse de Blaise Riboullet pour tenter de comprendre, se promit de le faire plus tard, entre femmes. S'ils acceptaient de prendre en charge Félicien, elle aurait dix occasions. Elle sentait sur elle le regard de Maria, qui la jaugeait peut-être — et s'en agaçait. Si elles avaient pu parler cœur à cœur... Mais avec ces enfants alignés sur un banc le long de la table, et ces deux hommes qui échangeaient des considérations sur l'art oratoire... Elle devinait qu'ils ne se livraient pas vraiment ; pour juger les qualités des hommes politiques de la région — les républicains lillois Testelin et Legrand, le socialiste

Delory, le chef catholique Scalbert — ils s'attachaient à la forme plus qu'au fond, comme s'ils cherchaient soigneusement à éviter tout ce qui pouvait les séparer. Elle le regrettait un peu, n'était pas loin d'y voir quelque lâcheté. Maria, au contraire, à en juger par son sourire, paraissait s'en amuser. Ce fut elle, pourtant, qui coupa court, pour reprendre la direction des opérations.

— Votre Félicien, dit-elle, je ne sais pas s'il accepterait facilement. Ici, pas de domestiques ni de gouvernante. Chacun doit s'occuper de ses affaires. Et il n'aurait pas de chambre pour lui, forcément. La maison est grande, c'est vrai, mais quand même... ça n'est pas le château de vos parents.

Elle rit. Amicale, semblait-il. Puis, de nouveau pensive :

— Madame est au courant de votre... de cela, de votre projet ?

Elle disait encore « Madame », comme vingt ans plus tôt, pour parler de Céleste Rousset, avec le même ton fermé. Mais teinté, peut-être, d'ironie.

— Mère ? Non. Vous savez, j'élève Félicien comme je l'entends.

— Mais ça déplairait peut-être à Madame...

Alice ne répondit pas, haussa les épaules. Catherine, la fille aînée de Maria, à qui sa mère avait peut-être conté ses démêlés avec les Rousset, esquissa un sourire. Le docteur avait allumé sa pipe. Blaise écrasait dans un petit broyeur une feuille de tabac à priser. Les gamins s'empiffraient de gâteaux.

Alice s'impatientait.

— Alors, dites-moi, madame Riboullet, pouvez-vous le prendre ?

Maria ne répondit pas aussitôt. Elle semblait peser en silence des pour et des contre, et, quand elle commença à parler, doucement, ce fut comme pour elle-même, comme si elle poursuivait à voix plus haute un débat intérieur, comme si elle battait le rappel de ses souvenirs pour y trouver des raisons.

— ... Et puis, il y eut Grégoire. Il ressemblait tellement à son père, dès le premier jour ! C'était une folie de l'avoir. On venait de s'installer à Bruxelles. On habitait dans une ruelle près de la rue d'Anderlecht, une vraie cour des Miracles, et Blaise ne trouvait pas de travail. Pourtant, le bâtiment marchait bien. Il y avait des échafaudages dans toute la ville, ils alignaient de nouvelles rues. Les gens disaient que Bruxelles serait mieux que

Paris. Mais quand Blaise se présentait quelque part pour demander l'embauche, les patrons le devinaient : « Tu viens de France, toi. Communeux, hein ? Tu vas pas venir mettre la pagaille ici. » On a eu Grégoire quand même. Moi, j'avais trouvé une petite chose. J'aidais une vieille laitière qui faisait sa tournée pour porter le lait tous les matins avec une charrette tirée par un gros chien. Et comme elle était à bout de souffle, un jour sur deux, incapable de se lever, je la remplaçais. Je laissais l'enfant, des heures, il ne se plaignait pas. Comme s'il avait compris. On n'avait pas repris Catherine à ce moment-là. Elle était encore à Lille. Ensuite, Julien, c'était l'opposé, il fallait toujours être avec lui, aux petits soins ; je ne pouvais pas le laisser une minute. On avait quitté le quartier de la rue d'Anderlecht, Blaise avait du travail et on était déjà mieux. Mais il voulait absolument retourner quelques jours dans son pays, en Creuse, pour revoir sa mère ; il me disait : « Je veux que tu la connaisses, tu l'aimeras et elle t'aimera ; ensuite il sera peut-être trop tard : à son âge... » Heureusement, il se trompait : elle est toujours là. On y est allé en se cachant. Une expédition : c'était au temps de Mac-Mahon, et il ne faisait pas bon avoir appartenu à la Commune... On avait laissé les trois enfants à une voisine. Quand nous sommes revenus, j'étais dévorée d'inquiétude. Je me demandais comment Julien avait supporté la séparation. Mais non : il allait très bien. Il était devenu autonome, il avait enfin acquis son indépendance.

Alice retrouvait Maria conforme à la légende qu'on se racontait chez les Rousset : parlant parfois avec recherche, avec une grande précision, comme quelqu'un qui a appris le langage dans les livres. Mais elle n'était pas tentée d'en sourire. Elle sentait bien que, mine de rien, cette lutteuse cherchait à la réconforter, lui adressait une sorte de message qui pouvait ainsi se résumer : vous n'avez pas à vous inquiéter ; avec les enfants, on ne sait jamais si ce qu'on fait est bon ou mauvais ; chacun est un cas particulier ; il n'y a pas de règle.

Maria s'était levée, pour aller chercher des gâteaux encore, semblait-il, mais s'arrêtait près du plus jeune de ses garçons, lui fourrageait dans les cheveux, bourrue et rieuse :

— Arsène, c'était encore autre chose... Et toi, Arsène, tu aimerais qu'il vienne ici, ce Félicien ? C'est à peu près ton âge, non ?

L'enfant ne répondait pas, se serrait contre elle, ronronnait presque. Un petit géant aux joues rouges. Tellement différent de Félicien. Les trois gamins se regardaient. A des gestes, à des sourires, à des riens, on sentait entre eux une complicité, un attachement profond. Alice essayait d'imaginer Félicien parmi eux, n'y parvenait pas. L'idée de l'amener dans cette famille n'était peut-être pas si bonne, après tout. Elle eut un instant de panique, fut tentée de tout planter là, de s'en aller rapidement en lançant quelques excuses. Mais Maria :

— Alors, quand le conduirez-vous jusqu'ici ce grand garçon ?

Alice fut près de pleurer. Le plus petit des Riboullet, Arsène, battait des mains, réjoui du changement qui s'annonçait. Blaise descendait à la cave, tirer au tonneau un cruchon de bière. En remontant, alors que les femmes discutaient de dates et de modalités, il lança :

— Au fait, vous m'aviez bien dit que c'était par Vandromme, le constructeur de navires, que vous aviez trouvé cette villa près de la plage ? Eh bien (il se tournait vers Jérôme Dehaynin), vos amis lui en font voir de rudes. Il a une histoire avec les douanes : on dit qu'il aurait construit un bateau pour la fraude. Vrai ou pas vrai, je ne sais pas. Mais ce qui est sûr, c'est que les cléricaux, eux, sont déchaînés. Ils ne se sont pas demandé si c'était vrai. Puisque Vandromme appartient à l'autre camp, il ne peut qu'être coupable, forcément. Alors, si vous entendiez ce qui se raconte dans la ville !

Alice, joie évanouie, décida de se rendre chez Vandromme aussitôt. Jérôme Dehaynin la suivit.

D'entendre annoncer Alice Van Meulen n'avait pas trop surpris Pierre Vandromme : il s'était presque habitué déjà à la voir surgir à tout moment. Cette fois, pourtant, et bien qu'elle fût accompagnée du docteur Dehaynin, il en fut presque satisfait. La jeune femme allait, songeait-il, détourner ses pensées de leur cours morose.

Depuis que, la veille des Rameaux, Alfred Petyt l'avait alerté, la rumeur n'avait cessé de grandir. Et il n'avait cessé de lutter. Mais il se sentait sans prise sur les chuchotements, sans arme contre les murmures et les ragots chaque jour plus fous.

Il était retourné chez le directeur des douanes ; tenant de longs discours en agitant ses doigts spatulés, le fonctionnaire ne lui en avait pas dit plus.

Il avait exigé de rencontrer l'inspecteur Ricci ; mais celui-ci s'était retranché derrière le secret de l'enquête.

Il avait demandé à voir le fameux témoin qu'on lui opposait : plus tard, plus tard, répondait le douanier ; certaines vérifications devaient être encore opérées ; d'ailleurs, aucune procédure n'était engagée, l'administration n'était pas tenue de procéder à des confrontations.

Un matin, en se cachant et suivant des détours, il avait pris le train jusqu'à Calais et, de là, s'était fait conduire au cap Gris-Nez par un fiacre, pour chercher dans les rochers les restes du navire pirate, s'il s'en trouvait. Mais les douaniers étaient passés avant lui — les pauvres, aussi, qui ramassaient tous les débris sur les grèves pour les brûler ou les revendre.

Il avait pensé porter plainte contre les diffamateurs. Mais c'eût été donner lui-même un tour public à l'affaire, lâcher la bride aux journaux qui, jusque-là, se taisaient, n'évoquaient la rumeur que par allusions embrouillées auxquelles les lecteurs les plus innocents ne devaient rien comprendre.

Le *Phare de Dunkerque,* le journal de la bourgeoisie anticléricale, se délectait à l'approche d'un procès à scandale : on devait juger à Audenarde, en Belgique, vingt-neuf Frères des écoles chrétiennes, pas moins, accusés d'attentats à la pudeur sur des enfants. Les journalistes de *l'Autorité,* le porte-parole de la bourgeoisie cléricale, seraient trop heureux de riposter avec cette histoire de douane ; ils devaient ronger leur frein en attendant qu'elle soit assez publique pour qu'ils puissent l'étaler à longueur de colonnes sans craindre les poursuites.

Vandromme avait failli écouter Mathilde, venue le retrouver la semaine précédente sur son chantier et qui lui répétait : « Tu vois : rien que des bêtises, ici. Des sornettes. Viens. » Elle s'était installée dans son bureau pour lui raconter l'histoire de George Holt, le premier homme blanc à avoir exploré les montagnes qui bordaient la vallée du Yukon, en Alaska, un pays glacial acheté par les Américains au tsar dix ans plus tôt ; George Holt en était revenu avec deux noisettes d'or données par un Indien ; assez pour flanquer la fièvre à tous les aventuriers de la planète, qui semblaient s'être donné aussitôt rendez-vous dans ce bout du monde. « Tu verras, c'est dur. Même pour un homme. Mais c'est la vie. La vraie vie. »

Il l'écoutait, songeait qu'elle avait raison, se demandait ce qui le retenait de s'accrocher à cette femme qui devait l'aimer, puisqu'elle s'obstinait, puisqu'elle s'offrait encore comme un fruit aux saveurs toujours neuves, puisqu'elle ne lui avait même pas fait reproche de l'affront subi l'autre soir au bal. Avec elle, il retrouverait une vie d'errance, à l'image de son père le navigateur que l'invalidité seule avait empêché de continuer à courir les mers, à l'image de son grand-père et de tous ses aïeux. Aucune raison ne le contraignait, lui, à s'enfermer dans ce port. Sa blessure n'était plus qu'une cicatrice blanche, il se sentait fort comme un géant des Flandres. Il échapperait enfin à la banalité du quotidien.

Et puis, par la fenêtre du bureau, il regardait son chantier, les scieurs de long juchés sur des tréteaux pour s'attaquer aux grumes, les charpentiers dressant sur leurs quilles les membrures des goélettes ou façonnant les étraves et les étambots, les calfateurs allongés sous les coques, aplatissant à coups de maillet de buis l'étoupe qui assurerait l'étanchéité du navire, d'autres charpentiers encore qui dressaient les mâts et montaient les vergues. La vraie vie était là aussi. Elle y serait plus encore s'il mettait en œuvre le projet qui traînait dans sa tête depuis quelques semaines, s'il commençait à construire de petits caboteurs à vapeur, et plus tard peut-être à moteur électrique. Siemens, en Allemagne, venait de mettre au point une locomotive électrique ; pourquoi pas des bateaux ? Construire, essayer, parier, c'était encore l'aventure.

De toute manière, il ne pouvait envisager de quitter la ville tant que cette histoire ne serait pas tirée au clair. Partir serait fuir. Presque avouer.

Mathilde n'avait pas voulu le comprendre. S'en était allée dépitée, mais toujours confiante, criant : « On en reparlera. Je t'attends. »

Elle était certaine de le revoir. Il le savait aussi. Et se le reprochait.

Il souffrait de solitude. Des amis, bien sûr, si l'on peut dire : tout le clan des notables laïques qui pour l'instant faisait front contre la rumeur ; il n'était pourtant intime avec aucun d'eux ; et s'ils étaient saisis du moindre doute, ils l'abandonneraient pour éviter d'entacher leur cause, affaiblir leur camp ; il ne leur reprochait pas, jugeait même qu'ils auraient raison, mais comprenait qu'il devrait lutter seul.

Le lendemain, justement, il allait rencontrer à Paris un de ses amis, chef de division au ministère des Finances, dont il espérait bien obtenir une intervention auprès des douaniers. En attendant, il n'était pas mécontent de la diversion que devaient, espérait-il, lui offrir Alice Van Meulen et son compagnon.

Las ! La jeune femme, les présentations à peine achevées, expliquait que son oncle et elle étaient amenés là par la rumeur, ajoutant heureusement qu'elle en était outrée, et qu'elle venait en somme offrir ses services, si du moins on pouvait, de Lille, être utile à quoi que ce fût dans cette affaire locale. La vieille madame Vandromme — qui avait aussitôt, comme cela devenait l'usage, mis toutes les servantes en alerte, commandé vins, liqueurs et café, et pas n'importe lequel, celui de la boîte bleue, et « Dépêchez-vous ma fille » — la vieille madame Vandromme se réjouissait d'une telle ardeur, faisait remarquer quand même qu'il serait préférable de ne pas propager jusqu'à Lille, serait-ce pour la démentir, une histoire qui pour l'instant n'avait pas débordé Dunkerque. Alors, Alice, un peu irritée :

— Evidemment. Mais nous connaissons à Lille — quand je dis « nous », c'est surtout mon oncle — bien des dirigeants des groupements catholiques. Il pourrait peut-être leur parler, intervenir...

Les deux hommes refusèrent de la suivre : il fallait à tout prix, disaient-ils, éviter de mêler encore plus cette affaire aux querelles de la laïcité qui ne pourraient que l'envenimer et l'aigrir. Elle se cabra. Pourquoi refusaient-ils de regarder la réalité ? La France — le Nord en tête, que Jules Ferry avait qualifié un an plus tôt de « citadelle du cléricalisme » en affirmant sa volonté d'y bâtir une autre citadelle —, la France était engagée dans une sorte de guerre civile et les deux camps faisaient flèche de tout bois ; ils se saisiraient donc de cette histoire. D'ailleurs, le mal était fait ; ils s'en étaient déjà emparés.

Les deux hommes s'obstinaient, s'accordant pour déplorer les excès d'un conflit qui les plaçait dans deux camps opposés. Pierre Vandromme, d'ailleurs, comptait beaucoup sur les démarches qu'il devait entreprendre le lendemain à Paris pour étouffer l'affaire dans l'œuf. Il s'appliqua à dévier le cours de la conversation, évoqua la visite qu'il prévoyait, lors de son séjour dans la capitale, dans les ateliers d'un ingénieur de talent, Gustave Eiffel, qui avait travaillé pour la Compagnie des matériels de chemin de fer de Bruxelles du temps où il s'appelait aussi Boenickhausen, et qui venait de construire la plupart des charpentes métalliques de la dernière Exposition universelle. Malheureusement, peut-être, les charpentes avaient moins attiré l'attention des visiteurs que la machine de M. Pictet qui débitait vingt-quatre tonnes de crème glacée par jour.

Vandromme sentit qu'Alice était intéressée. Alors, il évoqua le chantier ouvert par l'ingénieur dans le Cantal pour la construction d'un immense viaduc à Garabit, au sud de Saint-Flour, expliqua qu'il comptait interroger ce spécialiste de la poutrelle métallique sur quelques idées qu'il avait en tête pour les carcasses des navires, car pour étendre ses fabrications il lui faudrait sans doute passer du bois au métal. Alice était entrée dans le jeu, posait des questions, indiquait qu'elle connaissait les travaux d'Eiffel, et regrettait que le projet de canal reliant l'Atlantique au Pacifique en passant par le Nicaragua, auquel il devait participer, ait été repoussé deux ans plus tôt.

Jérôme Dehaynin les regardait tour à tour, éberlué. Il dut les interrompre : le train pour Lille n'attendrait pas.

Quand ils furent partis, Pierre Vandromme s'étonna. Pourquoi avait-il cherché, une fois encore, à éblouir cette Alice Van Meulen, dont la passion pour l'industrie et les sciences était vraiment incongrue chez une femme ? Il songeait à Mathilde, éprise de voyages et d'aventures. Ni l'une ni l'autre ne se cantonnaient aux rôles qu'on attribuait d'ordinaire à leur sexe. Quelques jours plus tôt, dans *la Revue scientifique,* un article sur le rôle des femmes l'avait frappé. Il le rechercha, le retrouva. C'était signé : Delaunay, de l'Académie des sciences. Il lut : « Au point de vue de l'évolution des goûts et des idées, la femme semble marcher derrière l'homme à une distance d'environ un siècle. » Pas Mathilde, en tout cas. Et encore moins Alice.

Il revoyait la jeune femme blonde, les joues presque rosées, les yeux bleu-noir brillant d'excitation, d'enthousiasme presque, tandis qu'il évoquait les projets d'extension de ses chantiers. Il avait presque oublié le venin de la rumeur.

Là-bas, vers l'est, le ciel s'était paré au ras de l'horizon d'un ruban clair où se dessinaient les roseaux. Sur la mare, une cane cria, la bavarde sans doute, celle qu'on plaçait d'ordinaire au plus loin de la hutte pour attirer par ses appels les vols de colverts. Pierre Vandromme se secoua pour se réchauffer. Il était seul. Il n'avait même pas amené le chien, un labrador anglais au poil bouclé qui répondait au nom d'Omer et appartenait au fermier. Pas question de chasser à la fin d'avril, les oiseaux couvaient, mêlés sur la mare, les canards d'appel élevés à la ferme mais aussi les migrateurs, des errants qui se sentaient pour une fois en sécurité dans ce piège, vanneaux aux ailes vertes et paons de mer tachés de roux.

Pierre Vandromme ne regrettait pas la chasse. Il s'était décidé brusquement la veille, aussitôt rentré de Paris. Las de la ville, des discussions et des rencontres. Rêvant de solitude. Il avait lancé à sa mère : « Je vais me refaire à la hutte. » Comme son père, jadis, entre deux voyages lointains — et peu importait la saison —, quand il avait encore de bonnes jambes. Parfois, le navigateur emmenait avec lui le petit garçon. Passer la nuit dans cette cabane humide et glacée, presque enterrée entre deux saules au bord d'une mare, était devenu l'un des bonheurs du jeune Pierre. Le plus souvent, ils n'échangeaient pas trois mots ; ils se trouvaient bien d'être collés l'un à l'autre pour se réchauffer, en attendant les colverts, la passée du soir puis celle du matin. Parfois le père racontait à sa manière l'histoire de ces terres saturées d'eau parce qu'elles étaient plus basses que la mer, qu'il avait fallu reconquérir par un patient travail en creusant tout un quadrillage de ruisseaux d'évacuation appelés watergangs.

— Quand le Bon Dieu a eu presque fini de faire le monde, il s'est aperçu qu'il lui manquait un peu de terre pour que, dans ce pays-ci, ce soit tout à fait bien. Bien sûr, il aurait pu en prendre aux montagnes, mais alors elles n'auraient plus été des montagnes, et on se demande où auraient vécu les chamois, les isards, et certains oiseaux comme j'en ai vu là-bas, en Amérique, qui portent des plumes de toutes les couleurs et qui ne peuvent vivre qu'à des trois ou quatre mille mètres. Bien sûr, le Bon Dieu aurait pu aussi prendre la terre d'une île, comme il y en a tant dans l'océan, mais alors tu imagines la déception des navigateurs, parce qu'il n'y a rien de plus agréable pour un marin, quand il a passé des jours et des jours entre l'eau et le ciel, que de trouver tout à coup une petite île sur son chemin. Donc, le Bon Dieu ne trouvait pas assez de terre pour empêcher la mer de venir de temps en temps recouvrir ce pays-ci. Alors, il s'est dit : « Tant pis. Mais je vais y mettre des hommes solides. » Il ne voulait pas y installer les Anglais, parce qu'ils sont trop chipoteurs, les Anglais ; ce sont de mauvais voisins, c'est pourquoi il les a tenus à l'écart, dans une île. Il ne voulait pas y mettre les Russes, parce qu'il ne fait pas assez froid par ici ; et les Russes, comme ils boivent beaucoup d'alcool, il faut bien leur trouver une excuse ; le Bon Dieu les a donc mis dans un pays froid pour leur donner cette raison, pour qu'ils puissent dire que l'alcool les réchauffe. Il ne voulait pas y mettre les Prussiens, parce que ici c'est trop beau pour des Prussiens ; et puis le Bon Dieu se méfiait, il se disait : « Si je mets les Prussiens trop près des Français, ils vont se battre, c'est certain ; ils ont déjà trop tendance à se colleter ; il vaut mieux les séparer. » Il ne voulait pas non plus y mettre des nègres, parce qu'ils se seraient gelés, bien sûr, nus comme ils sont toujours. Alors, il s'est dit : « Là, je vais mettre les Flamands. Ce sont de sacrés gaillards, les Flamands. Tellement intelligents et courageux qu'ils vont bien trouver le moyen de remédier à cette absence de terre. » Et ils ont trouvé. Le Bon Dieu avait raison. Il fait toujours bien ce qu'il fait.

Alors, le petit garçon lançait une autre question, dont il connaissait la réponse, mais il aimait l'entendre répéter encore et encore :

— Et pourquoi, le Bon Dieu, quand il a fait ce pays-ci, il ne lui a pas donné un ciel plus bleu, toujours bleu ?

— C'est la faute du vent. Parce que, au commencement, le ciel et la terre étaient collés l'un à l'autre, le ciel couché sur la terre. Et ce sont les arbres, en poussant, en grandissant, qui ont petit à petit décollé le ciel de la terre, qui l'ont repoussé toujours plus haut. Malheureusement, quand le ciel a commencé à se décoller dans cette région-ci, le vent passait par là et il a commencé à souffler. Il le faisait dans une bonne intention, cet imbécile, pour aider. Il croyait qu'en soufflant il repousserait le ciel encore plus haut. Mais voilà : en soufflant, il a fait pencher les arbres, il les a tordus, ou courbés comme ces peupliers que tu vois là-bas, si bien qu'ils n'ont pas pu faire monter le ciel jusque là-haut, là où il devient bleu. Certains jours le vent s'arrête, comme s'il avait compris, alors les arbres se redressent — du moins ceux qui ne sont pas trop vieux et tordus — et le ciel monte. Et puis, ça le reprend, alors ils se penchent, et tout est à recommencer.

Un vol de canards parfois les interrompait, le père prenait son fusil, comme à regret, visait lentement, tirait. Le plus souvent, il les oubliait ou leur faisait grâce. Père et fils rentraient bredouilles. Heureux quand même.

Comme Pierre ce matin.

Le soleil, à présent, affleurait l'horizon, chassait les brouillards. Le ciel hésitait entre blanc et mauve. Des étoiles, les plus basses, s'éteignaient. L'eau de la mare luisait doucement, se rayait des premières ombres des roseaux, démesurées. Les canards, les vanneaux et les paons de mer se tassaient, recroquevillés, d'une immobilité telle qu'on eût pu les confondre avec ces formes de bois que Pierre Vandromme et son fermier disposaient sur la mare, les nuits de chasse, pour figurer des colverts occupés à pêcher ou à dormir. On n'entendait que le frissonnement agaçant des feuilles de saule que le vent agitait.

Bientôt, les cloches sonneraient au loin, à Wahrem et à Ghyvelde. Le chant d'un coq, les cris d'une poule, ou peut-être les appels du fermier en train de sortir ses vaches, réveilleraient le petit monde de la mare. Pierre Vandromme décida de s'en aller, ramassa gourde et musette, se retrouva bientôt sur le chemin qui menait à la route en tournant dans les roseaux, presque ébloui par le soleil. La journée serait belle. La nuit avait été bonne. Il se sentait en paix avec lui-même. Décidé aussi à lutter.

Le fonctionnaire des Finances qu'il venait de rencontrer à Paris — ils avaient dîné de potage aux moules et de soles aux crevettes chez Riche, un des meilleurs restaurants des Boulevards, le bougre connaissait les bons coins où se faire inviter — lui avait assuré qu'on allait calmer Ricci. Bien sûr, on n'interromprait pas son enquête, les lois de la république devaient être respectées. Mais on lui demanderait de sortir ce fameux témoin annoncé par le directeur des douanes. Que Vandromme connaisse les charges rassemblées contre lui, c'était la moindre des choses. Alors, il serait en mesure de se défendre si c'était nécessaire, si cet échafaudage de présomptions et d'accusations ne s'effondrait pas seul. C'était dit très formellement, entre deux lampées d'un alerte vin de Bouzy rouge que Louis Bignon, le maître du restaurant Riche, avait lancé à Paris. Pourtant, Vandromme avait cru deviner chez son interlocuteur une vague réserve. Presque rien : l'emploi, dans la conversation, de deux ou trois conditionnels qui ne se seraient pas imposés si l'on avait eu en lui une totale confiance ; une allusion aussi aux élections législatives prévues pour l'été et pour lesquelles, disait le fonctionnaire, « l'opposition royaliste et cléricale tirerait parti du moindre incident ; nous ne pouvons donc nous permettre le moindre faux pas ».

Vandromme avait compris que, de ce côté aussi, l'aide serait limitée. Et faisant, dans la nuit, au bord de la mare, le compte de ses alliés, il avait conclu qu'une seule personne, en somme, l'avait spontanément assuré d'un appui inconditionnel : le domino rouge du bal du carnaval, cette Alice Van Meulen qui semblait vouloir s'installer désormais dans sa vie. Mais c'était une femme. Du bord clérical. Et dont les intentions étaient obscures. En la voyant surgir, les premières fois, il s'était demandé ce qu'elle cherchait. L'épouser ? Devenir sa maîtresse ? Ou rien. Il eût préféré rien. Pour avoir la paix.

Ce qu'elle cherchait, le savait-elle ? Il avait cru un moment n'être pour elle qu'un caprice de femme habituée désormais à commander des hommes, et qui s'en amusait, voulait s'offrir celui-là après celui-ci. Parfois il songeait au contraire qu'elle n'était qu'une enfant, habituée à voir tout plier devant ses volontés, et qui le voulait comme un jouet.

A moins que.

A moins que rien. Il ne voulait pas y penser plus.

Pourtant, ce matin, marchant dans le soleil vers la ferme où il retrouverait sa voiture et son cheval, il devait bien s'avouer que toutes les fois où il avait évoqué la jeune femme dans les veilles et le demi-sommeil de la nuit, il n'avait éprouvé que tendresse et plaisir. Mais il préféra chasser cette idée, et surtout ce qu'elle pourrait impliquer. Il avait déjà trop de soucis. D'abord se défendre. Et si possible attaquer.

Quand il rentra chez lui, sa mère lui tendit un pli, qu'un gamin venait d'apporter. C'était un article d'un petit journal — une feuille hebdomadaire intitulée *l'Esprit du Nord,* réalisée par un unique rédacteur, et très peu diffusée — qui le mettait en cause nommément, cette fois, à propos, disait le journaliste, d'une « gigantesque affaire de fraude ». Il en fut presque satisfait. D'abord lutter.

Chapitre cinq

De la pointe du couteau, Maria traça une croix sur le pain rond avant d'y découper de larges tartines pour les enfants.

— Il n'a pas fait trop de difficultés pour venir ? demanda-t-elle.

En attendant le moment de goûter, le petit Arsène avait emmené Félicien explorer les dépendances de la maison, où Blaise Riboullet rangeait des matériaux.

— Non. Pas vraiment.

En réalité, quand Alice lui avait annoncé son intention de le placer chez les Riboullet, en lui présentant ce séjour comme des vacances au bord de la mer, près de ce port où il pourrait admirer les navires qu'il aimait tant, l'enfant n'avait rien dit. Plus silencieux que jamais. Le visage immobile — « comme un masque mortuaire », avait-elle songé, déchirée. Refusant de répondre lorsqu'elle lui avait demandé quels vêtements et quels objets il voulait emporter. Et tandis que la bonne faisait ses bagages, il affectait de ne pas la voir, les yeux obstinément fixés sur une vieille carte des environs de Menton dénichée dans un tiroir.

Maria alla vers l'armoire, en tira un pot de confiture marqué d'une étiquette où l'on lisait « Rhubarbe ». C'était écrit en lettres superbes, « à la ronde », comme on disait alors. Alice l'imagina s'appliquant à calligraphier le moindre texte, imitant les instituteurs. Son frère, Henri, lui avait dix fois raconté comment il apprenait à lire à la bonne de ses parents, en se cachant tous deux dans un réduit — la porte ouverte pourtant afin qu'elle puisse entendre les bruits de la maison, répondre au premier appel et parer à la moindre alerte —, comment elle répétait après lui p-e, pe, et v-u, vu, brûlant les étapes, avide d'apprendre et de comprendre, s'étonnant parfois qu'il soit incapable de répondre à ses questions sur le fonctionnement de l'univers, les astres, les étoiles, et la nuit. Tout cela, ce merveilleux effort devenu légendaire chez les Rousset et dans leur entourage, tout cela pour écrire « Rhubarbe » sur un pot de confiture, en faisant peut-être violence à ses mains. Alice ne les avait pas remarquées jusque-là : de grosses mains calleuses et rouges, endurcies et déformées par le travail. Avec, au bout des doigts, des plaques de corne brune rayées de noir — de minces lignes qui étaient autant de cicatrices, la trace de tous les coups qu'elle s'était portés, au pouce surtout, en épluchant les légumes, en coupant le pain, ou en écorchant le poisson. Comment pouvait-on écrire aussi bien « Rhubarbe » avec des doigts ainsi mutilés ?

Alice se dit, le cœur serré, que cette vie était gâchée. Pourtant, cette femme semblait heureuse. Elle se promit de l'interroger plus tard, rêva de devenir son amie bien que Maria ne soit, en somme, qu'une ouvrière.

Elle fut sur le point de lui révéler ses désirs d'amitié. Elle se sentait en confiance là, dans cette grande cuisine où les deux garçons reviendraient bientôt goûter — à son arrivée elle n'avait pas vu les autres fils de Maria, ni Catherine, pas plus que Blaise Riboullet occupé sur un chantier.

— Quand même, dit Maria, je ne l'ai pas entendu prononcer un seul mot, votre Félicien. Quand je l'ai embrassé, il n'a pas bougé. Rien. Il était immobile et presque insensible. Et quand Arsène l'a emmené, il a presque dû le tirer. Vous êtes sûre qu'il ne fera pas de difficultés pour rester ? Comprenez-moi : ce n'est pas que je ne souhaite pas le garder. Au contraire. Et vous ne m'avez pas caché que ce serait difficile. Mais je m'inquiète, moi aussi.

Alice lui fut reconnaissante pour ce « Moi aussi ». Et avoua : le silence total, absolu, depuis qu'il avait été question de ce voyage et de ce séjour.

— Bah, dit Maria, c'est peut-être mieux que s'il avait dit non. Il faut prendre ce que l'on a.

Alice n'aimait pas cette phrase pour ce qu'elle laissait supposer de résignation. Mais qui pouvait imaginer une Maria Vandamme (elle l'appelait toujours Maria Vandamme, elle ne pouvait lui donner le nom de Riboullet), qui pouvait imaginer une Maria Vandamme résignée ? Ce « Il faut prendre ce que l'on a » signifiait peut-être « Il faut le prendre pour le transformer » ; c'était peut-être l'affirmation d'une profonde espérance ?

Elle s'aperçut que Maria continuait de parler sans qu'elle l'écoutât. Et se raccrocha à ses propos, comme elle put. Il était question de Catherine, l'aînée, la fille d'Aloïs, le cocher.

— Bien sûr, je l'avais revue plusieurs fois, en cachette. Je passais la frontière à pied. Je connaissais des endroits, du côté de Baisieux. Je ne voulais pas prendre le train de chemin de fer, je craignais d'être interrogée par la police : ils recherchaient Blaise, vous savez, depuis la Commune. Bref, je ne souhaitais pas les rencontrer... Elle était bien, Catherine, chez la gouvernante de votre oncle. Bien soignée et aimée. Mais dès que je l'ai pu, je l'ai ramenée à Bruxelles, avec nous. Nous avons franchi la frontière à pied, toutes les deux. Elle était courageuse... La nuit... Nous avons même failli être prises par une patrouille. Ils sont passés à un mètre de nous ; nous étions cachées derrière une haie ; et l'enfant n'a rien dit. Ce qui m'inquiétait, moi, c'était moins les douaniers ou les policiers que la suite : je me demandais comment allaient s'établir les relations entre Catherine et Blaise. Blaise, je savais qu'il l'aimerait comme sa fille, mais cette enfant avait été trop bousculée, elle ne devait plus savoir très bien où elle en était. Et puis, elle allait découvrir un petit frère : j'avais déjà eu Grégoire, à ce moment-là. Une folie ! J'étais inquiète. Eh bien, je ne dirais pas que cela s'est fait en un jour, mais ils ont tous fini par s'entendre très bien. L'amour permet tout.

« L'amour permet tout. » A cette phrase, Alice avait sursauté, admirative, presque gênée aussi : Maria disait ces mots avec un naturel qui les lavait de toute grandiloquence, mais cette simplicité, songea-t-elle, confinait à l'impudeur. Alice ne s'imaginait pas prononçant de tels mots devant ses relations lilloises, ou même au cours d'un repas de famille chez les Rousset. Peut-être avait-elle trop vite vieilli ?

Maria s'était interrompue, comme pour respecter son silence. Elle sortait d'un petit placard sous la fenêtre une cruche de lait, et s'apprêtait à verser le contenu dans une casserole quand le petit Arsène fit irruption dans la cuisine.

— Maman... maman.

Il s'interrompit en regardant Alice qui s'était dressée, inquiète déjà.

— Eh bien quoi, mon garçon ?

Maria avait reposé la cruche.

— Félicien...

— Il ne lui est rien arrivé, au moins ?

Alice avait crié. Le gamin la regardait, hésitant.

— Non. C'est pas ça. Mais il a mis de la... du caca partout.

Elles se précipitèrent, Arsène dans leurs jambes qui expliquait que Félicien, après l'avoir suivi sans rien dire, avait fini par demander où il pouvait faire « sa grande commission ». Le gamin lui avait montré l'endroit, était parti jouer. Et à son retour, personne ! Mais une odeur ! Félicien avait barbouillé tout le couloir, et l'escalier qui montait aux chambres.

— Je me demande comment il a fait pour rattraper son caca, disait Arsène, presque comique.

Alice pleurait. Désespérée, et humiliée. Partir. Fuir.

— Va me chercher un seau d'eau, cria Maria au gamin. Ensuite tu m'amèneras un balai et du savon. Et une brosse aussi. Et des chiffons.

Quand il fut parti, elle serra Alice contre elle. Sans un mot. La jeune femme se dégagea.

Partir. Fuir. Retrouver Félicien, et disparaître. Elle formait les projets les plus fous : abandonner la brasserie, quitter Lille pour se consacrer uniquement à l'enfant. Réussir Félicien était plus important que tout.

Elle regardait les murs, peints de clair, que son fils avait souillés de longues traînées brunes. Maria était repartie vers la cour. On l'entendait houspiller le petit Arsène pour qu'il se dépêche. Ils réapparurent, avec brosses et balais. Alice s'accrocha à Maria :

— Et Félicien ? Je veux voir Félicien. Pourvu que...

Maria eut un regard vers le plafond :

— Il est là-haut. Dans une chambre. Ou dans le grenier. Où voulez-vous qu'il aille ? S'il était sorti, Arsène l'aurait vu passer dans la cour. Mais ne craignez rien. Là-haut, il ne peut rien lui arriver.

— Je vais le chercher. Je... Nous allons partir. Je vous défraierai pour cela... les dégâts. Mais il vaut mieux que nous repartions tout de suite. Tout de suite. Excusez-moi. Vous me comprenez...

Maria avait mouillé une brosse, nettoyait le mur.

— Vous voyez : ce n'est rien. Ça s'enlève bien. Aidez-moi plutôt.

Alice prit un chiffon, le reposa, hésita. Se précipita enfin vers l'escalier. Elle avait trop tardé déjà. Emmener Félicien. Disparaître. Tout était trop triste. Et ridicule.

— Madame !

Ce cri sonnait comme un ordre. Alice s'arrêta net. Redescendit. Furieuse contre elle-même.

Maria lui tendait la brosse, silencieuse. Elle la prit. Et commença à frotter avec une sorte de rage.

Un peu plus tard, comme elles avaient nettoyé la moitié du couloir, Maria dit d'une voix douce :

— Pensez donc : il doit avoir honte de ce qu'il a fait. Honte à rougir comme un coquelicot. Dans ces cas-là, on préfère rester seul. Il faut lui laisser le temps de se rattraper.

Que voulait-elle dire ? Alice fut près de l'interroger, n'y parvint pas. Elle pleurait. Elle se sentait cernée par le malheur, ne voyait plus d'avenir à Félicien, calculait qu'en se débarrassant de la brasserie et du négoce de grains elle pourrait constituer des revenus qui leur permettraient de vivre très largement jusqu'à la fin de leurs jours ; ils s'établiraient à la campagne, elle veillerait sur lui nuit et jour, et s'il avait des crises comme celle-ci, personne n'en saurait rien. Voilà, c'était la solution. Une solution de désespoir sans doute, mais elle n'en voyait guère d'autre ; elle avait présumé de ses forces en croyant possible de mener de front l'éducation d'un enfant et la direction d'une usine. Lui avait-on assez répété, pourtant, à commencer par ses parents, qu'elle en faisait trop, que diriger des ouvriers — surtout en ces temps troublés —, contrôler les comptes, observer et prévoir le mouvement des affaires n'étaient pas un travail de femme, et qu'elle le paierait un jour. C'était Félicien qui payait, son fils, le fils de Florimond, ce qu'elle avait de plus cher au monde.

Elle brossait à gestes vifs et maladroits — elle ignorait à peu près tout des tâches ménagères — sans se soucier des éclaboussures qui tachaient sa robe de drap et de velours vert. Elle s'appliquait à ne laisser subsister sur ce mur aucune trace. En terminer au plus vite. Emmener Félicien. Et dès demain, à Lille, elle irait voir Florent Moustiers, son principal concurrent : il n'y regarderait pas à deux fois avant de prendre la brasserie en location ou en gérance — elle ne pouvait vendre les biens de Félicien —, il serait trop heureux d'en terminer avec cette femme qui lui tenait la dragée haute. D'ailleurs, elle lui raconterait que des Anglais étaient déjà sur l'affaire, prêts à conclure — ou des Belges, oui, des Belges. Elle s'imagina menant la négociation, refusant ses propositions, l'amenant à augmenter ses prix, l'entraînant dans une escalade : il s'agissait de défendre l'intérêt de Félicien, de lui assurer une vie confortable, des revenus élevés. Mais elle ne céderait pas à Moustiers le commerce de grains. Ce serait trop. Il flairerait quelque chose et, dès lors, ne se laisserait plus aisément manœuvrer. Elle s'y prendrait à deux fois, liquiderait en deux temps. Pour le grain, elle trouverait sans doute preneur du côté de Paris : les Grands Moulins peut-être, ou Darblay.

Elle ne pleurait plus. A demi réconfortée par les projets qu'elle échafaudait, même s'il s'agissait d'organiser une défaite. Elle imagina soudain ce que diraient, ce que penseraient Florent Moustiers, et aussi les employés de la brasserie, et ses représentants, s'ils la voyaient dans ce couloir, s'ils pouvaient assister à ce spectacle : Alice Van Meulen, la patronne, occupée à gratter la merde de son fils en compagnie de l'ancienne bonne de ses parents. Et cette idée l'amusa presque. Elle eût souhaité soudain qu'ils soient tous là, à la regarder, pour les défier.

Maria, qui s'était attaquée à l'escalier, s'interrompit, se retourna vers elle.

— Vous avez pleuré, dit-elle. C'est bien. Moi, il m'a fallu longtemps pour comprendre qu'on ne devait pas avoir honte de ses larmes. Jusqu'au jour où j'ai rencontré un vieil homme — il s'appelait Baleine, un vieux marin dunkerquois, un de ces jours quand vous reviendrez voir Félicien je vous raconterai ses aventures, c'était un personnage extraordinaire, je l'aimais comme un père —, et ce vieil homme disait toujours : pour être heureux, il faut savoir pleurer. Je ne l'ai jamais oublié. Avec Blaise, nous parlons souvent de lui.

En l'entendant dire « Quand vous reviendrez voir Félicien », Alice avait sursauté.

Maria poursuivait :

— Moi, ce qui me retenait de pleurer, je ne l'ai jamais bien su. Je m'étais trop endurcie peut-être. Je m'étais fait une carapace. Et c'est comme si je n'existais plus, comme s'il n'y avait plus que la carapace.

Elle avait repris ses chiffons, parlait en travaillant, doucement, comme pour elle-même, sans regarder Alice.

La jeune femme se contenait à peine. D'entendre philosopher cette ancienne bonne, elle était partagée entre l'admiration, l'ironie, et la révolte. La révolte finit par l'emporter. Maria essayait de lui en imposer, voilà tout. Elle se comportait en souveraine, prodigue de conseils et généreuse, parce qu'elle la sentait humiliée.

— Vous n'aurez pas l'occasion de me raconter les exploits de votre vieux marin, parce que Félicien ne restera pas ici. C'est impossible. Je vais l'emmener tout de suite. Et ne craignez rien : je vous défraierai ; je vous rembourserai.

Dès les premiers mots, Maria s'était retournée. Les mains sur les hanches, plantée sur les marches de l'escalier, elle regardait Alice autrement, comme si elle la voyait pour la première fois.

Puis, s'essuyant les mains sur la jupe :

— J'ai promis à votre oncle de m'occuper de votre Félicien. Et ce n'est pas parce qu'il a mis un peu de merde sur les murs que je vais abandonner.

— Félicien n'est pas à mon oncle. Il est à moi, figurez-vous. A moi.

— C'est vrai, vous me faisiez dire des bêtises. Quand on est trop malheureux, on raconte n'importe quoi. J'aurais dû le comprendre au lieu de vous répondre sur le même ton.

C'était plus d'indulgence qu'Alice n'en pouvait supporter : cette femme trouverait tous les moyens de lui donner la leçon.

— Il n'y a rien à comprendre, explosa-t-elle. Je vais reprendre Félicien. Vous savez bien qu'il ne peut rester ici.

— Allez donc au diable avec votre Félicien ! Je ne vous ai rien demandé, moi... Rien demandé. Emmenez-le, puisque vous y tenez.

Elles se faisaient face. Hérissées.

Le petit Arsène, disparu tandis qu'elles nettoyaient, revint, attiré sans doute par le bruit de la dispute. Alice songea que, là-haut, Félicien aussi devait les écouter. Elle en fut mortifiée et peinée. L'emmener tout de suite. Fuir. Disparaître.

— Venez, chuchota Maria.

Elle la prit par la main. Alice se laissa entraîner jusqu'à la cour.

— Ecoutez, dit Maria, vous êtes libre bien sûr (elle parlait d'une toute petite voix, presque comme une enfant timide). Vous êtes libre d'emmener votre fils si vous pensez que c'est mieux ainsi. Et c'est probablement ce qu'il a voulu en mettant toute cette... toute cette merde partout. Mais ce n'est peut-être pas ce qu'il veut maintenant. Ce qu'il veut, est-ce qu'il le sait bien ?... Faites comme bon vous semble. Mais moi, je regretterai qu'on n'ait pas essayé. J'étais prête à essayer : ça lui ferait peut-être beaucoup de bien, à votre Félicien, de se trouver avec des enfants de son âge. Il verrait la vie autrement. Ça ne coûte rien d'essayer.

Alice regardait les grands bâtiments où Blaise Riboullet avait entreposé des planches, des briques, et des poutres d'échafaudage, essayait d'imaginer Félicien courant là-dedans avec le petit Arsène.

— Ça ne coûte rien d'essayer, répétait Maria.

— Je pourrais lui demander s'il veut...

— Ne lui demandez rien. Comment voulez-vous qu'il vous réponde ? Ce qu'il veut, il n'en sait rien. Imaginez dans quel état il doit être...

Alice fit quelques pas vers le couloir. Indécise. Maria lui prit le bras, l'emmena un peu plus loin, vers la cuisine. Alice s'abandonnait.

— A mon avis, dit Maria, il faudrait que vous partiez maintenant, tout de suite. Mais seule. Quand vous serez partie, j'enverrai Arsène le chercher. Avec un autre enfant, il aura moins honte. Et même, entre eux, cette histoire de... cette histoire de merde les amusera peut-être. On ne sait pas.

Elle eut un petit rire.

— Dès demain, dit-elle, je vous écrirai pour vous dire comment ça s'est passé. Et si ça se passe mal, vous reviendrez le chercher.

Alice imaginait la lettre de Maria, superbement écrite, à la ronde, comme l'étiquette du pot de confiture. Elle se sentait lasse à présent, et soulagée.

Mais elle décida qu'elle n'attendrait pas la lettre. Ce serait trop long. Si Félicien, décidément, ne supportait pas d'être séparé d'elle et mêlé aux Riboullet, il fallait qu'elle puisse le reprendre immédiatement. Elle resterait donc à Dunkerque pour la nuit, et repasserait le lendemain — sous n'importe quel prétexte, en disant par exemple qu'elle avait raté son train — pour prendre des nouvelles. A Lille, la gouvernante et la miss s'inquiéteraient de son absence ; et l'on s'étonnerait à la brasserie le lendemain. Mais, bah !... Elle télégraphierait.

Elle prit rapidement congé, jeta le nom d'un hôtel au cocher de la voiture de louage qui l'attendait, s'affala sur la banquette, épuisée. Elle aurait voulu courir chez Pierre Vandromme. Elle y avait songé, en quittant Maria, comme à une libération. Pour y renoncer aussitôt : que lui dirait-elle en présence de sa mère ? A quelle conversation, à quelles paroles convenues serait-elle condamnée ? Elle se sentait seule au monde.

Elle avait repoussé, brusque, son assiette de filets de sole ravigote et semoncé le serveur en gilet noir et long tablier blanc : les échalotes, le vin blanc et l'estragon dont le cuisinier avait abondamment fourni sa sauce ne pouvaient dissimuler l'odeur écœurante d'un poisson qui avait dû traîner des journées entières sur les quais avant de trouver preneur — à moins qu'il ne soit venu en diligence de Dieppe ou d'Ostende. Un comble pour le restaurant du plus grand hôtel de Dunkerque !

Le garçon s'était presque plié sous l'averse, comme pour faire admirer ses cheveux pommadés terminés par des accroche-cœurs : que Madame se rassure, on allait lui apporter un gâteau de morue dont elle ferait ses délices. A la table voisine, les dîneurs s'étaient tus un instant, amusés par l'algarade, ou intrigués par cette solitaire inconnue. A leur entrée dans la salle, ils avaient tous salué, cérémonieux mais familiers, une autre femme, seule aussi mais qui semblait avoir là ses habitudes. Une beauté au charme agressif, portant jupe noire et corsage en foulard des Indes, qu'Alice Van Meulen avait aussitôt jugée vulgaire.

D'évidence, les six hommes ne s'étaient point réunis là pour faire la cour aux belles. A peine avaient-ils, en consultant le menu, souri à l'évocation de turbans de caille aux laitues dont l'un d'eux, un homme au long visage sévère, disait avoir dîné chez Freycinet quand celui-ci était encore président du Conseil. Ils s'étaient lancés presque aussitôt dans un débat politique. Alice, qui essayait de l'écouter pour éviter de réfléchir, avait compris qu'il s'agissait de préparer les élections de l'été. L'un des convives regrettait que Jules Ferry se soit lancé dans l'expédition de Tunisie au beau milieu d'une année électorale ; il allait provoquer des remous en Algérie, et des inquiétudes dans le pays ; et puis, comme disait Clemenceau, il ne fallait songer qu'aux provinces perdues d'Alsace et de Lorraine, tout ce qui détournait d'elles le regard était mauvais. Les autres se récriaient : toute extension de la France en Afrique était une bonne affaire pour le commerce et ce n'était pas ici, dans un port, qu'on allait s'en plaindre : « Regardez les Anglais. Ils s'installent partout. Pas si bêtes... » Alice avait vite cessé d'entendre.

Elle songeait à Félicien, tentait de l'imaginer couché sur le petit lit qu'elle avait entrevu dans la chambre d'Arsène et de Julien, se demandait comment Maria était parvenue à lui faire quitter le grenier, et s'il avait enfin accepté de dire quelques mots. Elle se reprochait de l'avoir laissé, craignait qu'il eût provoqué un autre esclandre, résistait mal à l'envie d'aller le rechercher dans l'instant — l'hôtel lui trouverait bien une voiture, et tant pis pour le ridicule —, se persuadait que Blaise Riboullet ne supporterait pas longtemps une telle perturbation de sa vie familiale : Maria, d'évidence, agissait ainsi par reconnaissance envers le docteur Dehaynin (et peut-être trouvait-elle là, obscurément, le terrain d'une revanche sur les Rousset). Mais Blaise ? Comment regardait-il celui qui n'était pour lui, à n'en pas douter, qu'un fils de bourgeois, un enfant trop gâté à la vie trop facile ?

Le garçon la tira de ses inquiétudes, qui apportait, avec révérences, un gâteau de morue en forme de couronne. A la table voisine un petit homme répétait, d'un fort accent flamand, « C'est le maître d'école prussien qui a gagné la guerre » ; les dîneurs discutaient maintenant des projets de loi que Jules Ferry venait de déposer et qui instauraient l'enseignement gratuit et obligatoire pour tous les enfants. D'autres clients étaient entrés, qu'elle n'avait pas remarqués d'abord, des officiers de marine, des Anglais semblait-il, qui parlaient fort. Un couple âgé aussi que l'on avait relégué dans un coin, près de la porte des cuisines. Un train venait peut-être d'arriver : par une baie qui donnait sur le couloir de l'hôtel, elle aperçut des voyageurs embarrassés de bagages. L'autre solitaire, la femme au corsage de foulard des Indes, les regardait aussi, en bavardant avec le maître d'hôtel.

Alice entama à peine le gâteau de morue, bien qu'elle l'eût

jugé bon. Elle était à nouveau tout occupée par le souci de Félicien. Elle le voyait vomissant son repas, comme il l'avait fait tant de fois à Lille, dans leur grand hôtel du boulevard Vauban, quand la miss le grondait ou qu'une servante le contrariait. Elle se reprochait de n'avoir pas détaillé à Maria toutes les précautions à prendre, tous les faux pas à éviter, et même tous les aliments qu'il ne supportait pas. Elle le ferait dès le lendemain matin, elle se le promettait, et dès ce soir elle dresserait, dans sa chambre d'hôtel, une liste de ses recommandations. Ainsi Maria saurait à quoi s'en tenir. Si du moins il s'avérait possible de lui laisser le petit garçon. Alice en doutait. Mais elle songea que dresser cette liste occuperait une nuit qui risquait d'être longue, sans sommeil.

Elle eut soudain le désir de s'y mettre aussitôt. Et d'abord d'en finir avec ce trop long repas. Se retrouver seule, loin de ces discoureurs.

Alors qu'elle se redressait pour appeler le serveur, elle aperçut dans le couloir, à travers la baie, une silhouette familière. Cet homme occupé à discuter avec le concierge de l'hôtel, c'était Pierre Vandromme. Aucun doute. Il était venu vers elle. Mais comment savait-il ?... Elle se sentit dénouée, libérée. Elle allait se lever, courir vers lui, lui dire... Elle s'arrêta, paralysée. La femme au corsage de foulard était déjà à la porte, s'accrochait au bras de Vandromme, animée et rieuse, l'entraînait enfin vers le grand escalier de bois verni qui montait aux chambres.

Il l'accablait de questions. Elle lui racontait l'Amérique. Il ne lui avait pas encore avoué que ce serait la dernière fois, qu'il avait décidé de lui résister désormais, que c'était pour lui une question de — comment dire ? — de liberté. Voilà : de liberté.

D'autres soirs, il lui avait fait dire les chercheurs d'or courbés au bord des rivières et des ruisseaux, le regard fixe, comme hallucinés, faisant tourner et retourner des mélanges de sable et d'eau dans leurs batées — des bassines de fer — afin d'isoler les précieuses paillettes. D'autres soirs, il lui avait fait décrire les trains immenses, somptueusement chauffés l'hiver par de grands poêles placés à chaque extrémité des compartiments, et des tuyaux d'eau chaude circulant d'une banquette à l'autre — un luxe inconnu. Ou les chevaux traînant, sur les lacs gelés, d'étranges machines à scier la glace, dont les morceaux étaient aussitôt emmenés vers les villes par des voitures spécialement équipées. Ou les grands hôtels de bois capitonnés de lourdes tentures. Ou les Indiens Tétons qui adoraient le Soleil.

Ce soir, il s'était fait répéter sa visite à Edison. Elle l'avait surpris, puis fasciné, deux semaines plus tôt, en lui parlant d'une visite qu'elle prétendait avoir rendue à Menlo Park — trois heures de New York par le train — à l'inventeur du téléphone et du phonographe, alors accaparé par des recherches sur les lampes électriques. « Un bel homme, Edison. Jeune. Pas trente-cinq ans. Un grand front. Des yeux lumineux... » Et son laboratoire ? Alors, elle racontait le laboratoire, dans la campagne au pied d'une côte, les chaudières à vapeur sous un hangar. Puis, brusque : « Viens. Tu pourras voir Edison. Je t'emmènerai. Tu lui parleras. Les Américains, pas comme ici. Simples. Rencontrer les gens, même les génies : facile. Un autre monde. La vraie vie. »

Ainsi parlait-elle d'ordinaire. Et lui soupçonnait des demi-mensonges mais se laissait bercer de rêves, ne répondait pas, ne disait rien. Ce soir, elle n'avait pas repris ses appels, son chant du départ. Elle le sentait différent, ailleurs, se demandait pourquoi il l'interrogeait sans cesse mais n'écoutait pas ses réponses, comme s'il cherchait à gagner du temps.

Elle se colla contre lui.

— Toi, tu me caches quelque chose. C'est ton histoire de fraude ? D'autres ennuis ?

Il frissonna. Le temps était venu.

— Malade ?

Il fit non, de la tête. Puis, vite, comme on plonge ou comme on se tue :

— Je ne viendrai plus, Mathilde...

Alors seulement elle remarqua qu'en entrant dans la chambre il n'avait même pas ouvert sa redingote. Elle y vit une preuve de sa détermination, qui la désespéra. Elle comprit qu'il n'avait attendu que pour rassembler ses forces, raidir sa volonté. Elle fut aussitôt sur lui, mains en avant pour lui arracher les boutons — comme si, en écartant les pans de son vêtement, elle obtiendrait l'assurance de le garder. Il s'était levé, lui saisit les poignets.

— Mathilde... Ecoute-moi, Mathilde.

Elle se débattait, n'entendait rien, ne voulait rien écouter. Dix fois, depuis leurs retrouvailles, il lui avait annoncé son intention de la quitter. Ou bien, il lançait des allusions à un avenir dont elle était exclue. Elle ne le croyait jamais tout à fait. Elle était certaine de gagner, à la fin des fins. Elle se sentait forte de toutes ces années où le désir des hommes s'était fixé sur elle, où elle les avait vaincus. Ici, à Paris, aux Antilles, aux Amériques. Partout. Mais aucun ne lui avait fait éprouver la plénitude qu'elle ressentait auprès de ce Flamand — surtout depuis son retour. Elle avait même aimé qu'il lui résistât : ce combat exacerbait son plaisir de lutter, et sa volonté de vaincre. Elle ne pourrait supporter sa défaite. Et ce soir, elle comprenait qu'elle était vaincue.

— Ecoute-moi, Mathilde.

Elle s'était laissée tomber à ses pieds, les mains sur les oreilles, pour ne rien entendre. Il allait donner des raisons, bien sûr — les hommes donnent toujours des raisons ; comme si les raisons avaient un sens, comme si les raisons étaient des excuses, comme si elles cicatrisaient les plaies, empêchaient le mal, et permettaient d'oublier. Au diable, avec ses raisons !

— Sors !

Elle avait rugi. Redressée.

— Dehors !

Il fit un pas vers la porte, se ravisa. Cette détresse, qu'il devinait sincère, le bouleversait. Mais elle ne le ferait pas dévier. Il ne resterait pas, ne reviendrait pas : il se reprochait chacune de ses visites dans cette chambre, et même ses questions sur l'Amérique ce soir, comme autant de faiblesses. Il fut tenté, un instant, de la reprendre dans ses bras, d'esquisser une caresse de consolation — qu'elle était belle, dans sa fureur et ses larmes ! — mais pensa qu'il s'y perdrait, que tout serait à recommencer, qu'il lui faudrait redire les mots de la rupture, les mots de la blessure, et plus brutalement, sans attendre, sans faire le détour par l'Amérique, Edison, et le téléphone.

— Dehors !

Elle s'était relevée, le repoussait.

Alors, il s'emporta. Il se laissa aller à une colère qui l'aiderait.

— Ne renverse pas les rôles. Ce n'est pas toi qui me chasses. C'est moi qui m'en vais. Tu comprends : c'est moi.

Il entretenait sa colère en songeant à son désespoir, trois ans plus tôt, quand sur son lit d'hôpital il avait appris le départ de Mathilde. Elle l'avait abandonné, et voilà qu'elle voulait le reprendre, comme une enfant qui redécouvre avec passion un jouet longtemps oublié. Comment avait-il pu, un seul instant, le supporter, l'admettre ?

Il répéta une fois de plus :

— Tu comprends : c'est moi qui m'en vais.

En partant, il fit claquer la porte. Si fort que les cloisons tremblèrent.

Elle pensa qu'elle ne l'avait jamais tant aimé.

Maintenant, elle serait vieille.

Alice aimait la caresse insinuante du vent. Cette nuit de mai était douce. Le clapotis de l'eau contre les coques des navires faisait une musique apaisante.

Après l'arrivée de Pierre Vandromme, elle n'avait pu se résoudre à grimper dans sa chambre à l'hôtel. Elle était partie au hasard, sans même se couvrir d'un manteau, et s'était retrouvée à l'entrée du port, sur un quai où s'alignaient des pièces de vin.

Au long des rues chichement éclairées, elle s'était lancé des insultes. Sotte. Elle était sotte. Ce Vandromme avait une maîtresse : et puis après ? C'était son droit. Il ne lui devait rien. Que s'était-elle imaginé ? D'ailleurs, elle ne s'était rien imaginé. Elle connaissait la vérité depuis toujours : sa solitude. Idiote. Elle était idiote. Personne ne l'aiderait. Personne ne pouvait l'aider. Ni ce Vandromme, ni Maria Vandamme. Chacun devait se débrouiller pour porter son fardeau, tracer sa route. Naïve. Elle était naïve. Vandromme ne l'avait pas attendue, bien sûr. Il n'était pas arrivé à trente ans, trente-deux ans peut-être, sans connaître d'autres femmes. Et puis après...

Après, tout devenait clair soudain. Evident. Une vérité qu'elle avait refusé de prendre en compte jusque-là, mais qui aurait dû l'aveugler : ce Vandromme, depuis des semaines, elle le voulait à elle, pour elle, elle ne pouvait plus concevoir l'avenir sans lui, elle...

Non. Elle refusa d'abord le mot aimer, qui lui était venu à l'esprit. Le repoussa très loin. Crut s'en tirer par la moquerie, la dérision. « Ma fille, tu es encore plus stupide que tu le pensais.

Une enfant je te dis. Une petite pensionnaire qui rêve le soir, au couvent, dans son lit de fer. » Elle se parlait, comme le matin à sa toilette, devant le miroir : « Tu n'es qu'une enfant. Que diraient-ils, les Darblay et Florent Moustiers, que diraient tes concurrents et tes fournisseurs, les employés de la brasserie et du négoce de grains, s'ils savaient ? S'ils t'avaient vue tout à l'heure, armée d'une brosse et occupée à nettoyer la merde en compagnie de ton ancienne bonne ? Et maintenant, s'ils t'apercevaient courant dans les rues de cette ville parce que tu es amoureuse ? Alice Van Meulen amoureuse ! Et déjà déçue parce que l'homme qu'elle aime en aime une autre, comme dans les romans. »

Elle s'aperçut qu'elle avait employé le verbe aimer, qu'il était revenu, qu'il s'était imposé, parce qu'il n'en existait pas d'autre qui correspondît mieux à ses sentiments, et qu'elle aurait beau faire, essayer de se mentir, ou inventer des faux-semblants, elle aimait, elle aimait, oui elle aimait Pierre Vandromme.

Alors, le souvenir de Florimond. Des images heurtées : leur mariage, la mise en bière, leur première nuit, son poids sur elle, il était si tendre, et puis cette toux comme un présage qui l'avait rejeté de côté, leur bonheur quand même à la naissance de Félicien. Florimond, Félicien. L'enfant que la vie avait bousculé, mutilé et qu'elle avait laissé aux mains d'étrangers dans une maison inconnue. Demain, à la première heure, oui, demain, elle irait le rechercher. A moins que. Et que dirait-il, Félicien, que penserait-il, que deviendrait-il si un jour elle s'unissait à Pierre Vandromme ? Impossible. C'était impossible : il en mourrait de jalousie. Il s'obstinerait dans son mal, s'inventerait de nouvelles souffrances, se crucifierait. A moins que. Elle revoyait le sourire du petit garçon qui criait : « Maman, le bateau de Nelson ! », qui se faisait expliquer par Vandromme les goélettes, et les dundees et les schooners.

Elle se traita de sotte à nouveau : la jalousie de Félicien n'aurait guère de motif, puisque Pierre Vandromme, en charge d'une maîtresse — plutôt vulgaire, certes, mais qui savait séduire les hommes, cela se devinait, et qui ne le lâcherait pas si facilement —, Pierre Vandromme, donc, se souciait peu d'Alice Van Meulen. Félicien n'avait donc rien à craindre. Au contraire. Demain, elle irait le rechercher, et désormais elle n'existerait plus que pour lui. Adieu la brasserie, les grains, les rêves. Pourtant, son oncle, l'autre jour : « Ce qu'il lui faudrait, à

Félicien, c'est un père. » Un homme auprès duquel il puisse grandir, se former. Mais non, il n'avait pas dit : « Ce qu'il lui faudrait, c'est un père » ; il s'était interrompu, il n'avait pas terminé sa phrase. C'était elle qui l'avait complétée, qui avait cru deviner. Peut-être parce que déjà ?... « Ce qu'il lui faudrait... » C'était à devenir folle.

Elle tenta de prier, aligna des formules, des bribes de « Notre Père » et de « Je vous salue Marie », abandonna, rageuse, supplia Dieu et la Vierge de l'éclairer. Leur ordonna plutôt. Un ultimatum. Où étaient le devoir, le bonheur, la raison ? « On peut toujours être heureux. » Qui avait dit cela ? Oui, c'était une phrase de Maria Vandamme, que son oncle lui avait répétée au soir de son mariage, quatorze ans plus tôt, un siècle plus tôt, alors qu'il venait d'examiner Florimond, blafard, mains crispées, abattu par l'une de ces crises qui allaient l'emporter. « On peut toujours être heureux. » Facile à dire. Comme les sermons des curés. Et son oncle qui osait lui répéter cela en un tel moment. Il n'avait pas tout à fait tort, pourtant, le docteur : elle avait connu le bonheur avec Florimond, elle avait été heureuse. Dans l'angoisse, à chaque minute. Un bonheur sans avenir, elle l'avait toujours su. Mais l'amour... « L'amour permet tout. » C'était encore une phrase de Maria, cet après-midi même. Elle avait sans doute pêché cette maxime dans un livre, comme le reste. Mais si elle devait diriger une usine, commander des ouvriers, traiter avec des banquiers et des clients qui n'ont qu'une idée en tête, vous tromper pour vous voler, elle saurait qu'on ne mène pas sa vie à coups de maximes pêchées dans les livres. On se débat comme on peut. « L'amour permet tout. » Des mots. Peut-être. A moins que.

Elle ne parvenait plus à démêler l'embrouillamini de ses sentiments et de ses idées. Elle se sentit lasse. Et décida soudain d'oublier ses soucis et ses peines. Elle s'apaisait, goûtait la paix de la nuit, tendait son visage à la douceur du vent. Et s'attendrit d'être amoureuse. Jeune. Demain, elle aviserait. Elle lutterait. On peut toujours être heureux.

Elle voulut rentrer à l'hôtel, tourna le dos au bassin et à ses navires. La ville était presque silencieuse, bien qu'il ne fût pas encore minuit. Quelques marins se hâtaient vers leur bord. Les becs de gaz jetaient des lueurs glauques sur les façades des maisons de brique, et les vitrines des magasins où s'annonçaient en lettres d'or vins fins et pâtisseries, fourrures et articles de Paris.

Elle s'orientait facilement, en se guidant sur la grande tour, proche de l'église Saint-Eloi. Elle faillit trébucher sur le corps d'un homme affalé au bord du trottoir, un marin semblait-il, qui puait la bière à dix mètres, ne semblait souffrir que d'ivresse et gémissait en appelant sa mère.

Elle sursauta en arrivant sur la place, où les cafés jetaient des flaques de lumière. Elle allait entrer dans l'hôtel, quand la porte s'ouvrit, brusquement. C'était Pierre Vandromme.

Ils se regardèrent, stupéfaits.

Alors :

— Monsieur Vandromme, dit-elle, je voudrais vous épouser.

Et elle entra, le plantant là.

Ensuite, dans sa chambre d'hôtel, elle hésita entre rire et larmes. C'était bien d'elle cette manière de lancer l'assaut. Mais d'ordinaire, elle calculait les risques, mesurait les obstacles, choisissait le temps et le lieu. Cette fois, une force l'avait entraînée. Il lui fallait annoncer qu'elle aimait Pierre Vandromme, parce qu'elle en était éblouie comme une jeune fille. Il lui fallait le faire savoir. Et pourquoi pas à lui, justement, puisqu'il se trouvait là comme par miracle, puisqu'il n'était pas resté chez cette femme plus d'une heure, ou peut-être deux, mais pas plus de deux en tout cas, ce qui signifiait peut-être... Ce qui signifiait quoi ? Rien. « Tu te fais des illusions, Alice. Te voilà repartie à rêver. »

Le plus simple eût été de demander la réponse à Pierre Vandromme. Mais si elle l'avait laissé là, interloqué, à la porte de l'hôtel, c'est qu'elle ne tenait pas à en savoir plus. Pour le moment. Garder ses chances et ses rêves. Ses rêves fous. Elle était folle. On ne se jette pas ainsi à la tête d'un homme. Une femme se donne, se laisse conquérir, ou s'offre à la rigueur. Mais ne demande pas un homme en mariage. Jamais. « Tu ne fais rien comme les autres, Alice. »

Elle s'en faisait reproche, mais elle en était fière. Elle s'alarmait (si elle avait gâché toutes ses chances !), se réjouissait (du moins, les choses étaient claires), s'inquiétait (et Félicien ?), rêvait d'un compagnonnage, d'un bonheur reconstruit.

Elle fut tentée de repartir dans les rues à la recherche de Vandromme, ou d'aller interroger la femme qu'il avait rencontrée (contre quelques francs, le concierge de l'hôtel lui indiquerait sa chambre), jugea les deux hypothèses également impossibles, se jeta enfin sur le lit. Elle savait qu'elle ne dormirait pas de la nuit.

Le premier soir, Félicien ne voulut pas quitter le grenier. Maria hésitait : le descendre de force serait l'humilier, le refermer à jamais peut-être ; le laisser là accroîtrait son sentiment d'abandon et lui donnerait une sorte de victoire. Elle avait opté pour une solution boiteuse : monter au grenier, parmi les caisses et les sacs, un matelas et des couvertures, une chaise aussi, enfin le repas du soir, pain, potage, et aussi une *pannekouke*, une galette chaude — parce que c'était lui.

— Il y a un vrai lit pour toi, en bas, dans la chambre d'Arsène. Tu y serais mieux. Bien mieux. Et tu pourrais jouer avec lui. Il est gentil, Arsène.

Silence. L'enfant se dissimulait derrière un sac de ciment, sur ses gardes, et s'était enfui dès qu'elle avait tenté de l'approcher. A désespérer. Mais elle avait promis. Elle essaierait.

Remontée un peu plus tard, elle avait trouvé du changement. Des caisses étaient tirées en carré, comme pour faire une cage, ou un petit fortin. Il n'avait touché ni à la soupe ni au pain. Mais plus trace de la *pannekouke* — avalée sans doute. Elle respira, décida de s'asseoir, et de parler. Elle le sentait aux aguets dans sa cage, son fortin. Que dire ?

— Il faudra m'appeler Maria. Maria. Mon mari s'appelle Blaise. Tu connais mon fils Arsène. Mais tu verras aussi Catherine, ma fille. Une grande fille : quatorze ans déjà. Et puis deux autres garçons, un peu plus grands que toi : Grégoire, et Julien. Ils sont très gentils, tu verras. Tu te souviendras ? Catherine, Grégoire, Julien et Arsène. Mais Arsène, tu le connais, tu l'as vu.

Elle avait le sentiment de parler au mur, était pourtant sûre, sans le voir, qu'il écoutait derrière sa rangée de caisses. Elle cherchait un moyen d'établir le contact, ne trouvait pas. Au bruit qu'elle fit en se levant répondit un choc, comme si, craignant qu'elle vînt le chercher et cherchant à fuir, il se heurtait à la cage où il s'était lui-même enfermé.

— Ne crains rien. Je ne t'obligerai pas. Si tu préfères rester dans ta maison, tu peux.

Silence. Elle reprit le bol de soupe, laissa le pain, demeura un instant immobile, hésitant toujours. Et aperçut soudain la tête de Félicien qui dépassait derrière ses fortifications. Rêvait-elle ? Il semblait avoir ébauché un petit sourire, craintif, vite défait. Elle décida que c'était un vrai sourire — parce que cela l'aiderait. Elle en avait besoin. Très.

En redescendant, elle se sentit pourtant lasse. Et puis elle dut affronter les questions de Blaise et des enfants qui finissaient sans elle de manger. Que répondre ? Bien qu'il ne le manifestât guère, elle sentait que Blaise n'approuvait pas sa décision de garder Félicien après l'incident de l'après-midi, toute cette merde qu'il avait répandue sur le mur, et dont les enfants riaient et s'offusquaient à la fois.

Elle remonta après avoir expédié à la hâte son propre repas. Munie d'un chandelier. Bien que la nuit ne soit pas tout à fait venue encore, l'obscurité du grenier pourrait effrayer l'enfant.

Le pain avait disparu — sans doute emporté dans la cage-fortin. Elle dit « Bonsoir, Félicien », s'assit sur la chaise, se mit à tricoter — après l'été viendrait l'hiver, elle s'était mis en tête de pourvoir en chandails neufs mari et enfants, cela lui coûterait bien des soirées. Elle guettait le moindre bruit.

Silence.

— Un jour, dit-elle, tu viendras avec moi pêcher des crevettes à la mer. Tu verras comme c'est amusant. On part le matin, très tôt, quand le soleil est à peine levé. Il fait doux. Il n'y a pas de vent. On met des bottes pour entrer dans l'eau. Parce qu'on marche dans l'eau, en poussant un grand filet à crevettes, sur le sable. As-tu déjà vu un grand filet à crevettes ?

Elle n'espérait pas grand-chose, attendit pourtant. Silence. Alors, elle commença à décrire le filet, passa aux coquillages, aux crabes, aux moules qui s'accrochaient aux blocs de pierre de l'estacade, aux poissons que les pêcheurs, sur la jetée, ramenaient dans les filets carrés qu'ils faisaient descendre et remonter de la mer à l'aide d'un treuil. Elle parla longtemps, s'interrompit seulement quand la bougie fut presque éteinte, se redressa alors en silence, s'approcha de la cage-fortin. Il dormait. Paisible, semblait-il. Elle pensa l'emporter — il ne se réveillerait pas, dans son premier sommeil. Mais le lendemain, il jugerait qu'elle avait triché. Elle ne voulait pas se laisser mener par ce gamin, mais elle ne le tromperait pas. Elle redescendit.

Elle dormit mal.

Au matin, elle le trouva dans la grande salle. Assoupi, assis sur un banc, la tête sur la table. Elle respira mieux.

Il s'éveilla à l'arrivée de Blaise qui se préparait à partir au travail, poussa un léger cri, parut effrayé, courut se cacher derrière le gros poêle de fonte où Maria faisait chauffer le lait de la famille — elle nota avec espoir qu'il avait cherché refuge près d'elle.

C'est là que les enfants le trouvèrent, quand ils descendirent à leur tour. Il ne répondit pas à leurs bonjours. Il les regardait avec curiosité pourtant. Tandis qu'ils déjeunaient, Maria lui montra qui était Catherine, qui était Julien et qui était Grégoire. Il l'écoutait. Elle lui indiqua sa place à table, le bol qui l'attendait, les tartines, et la confiture de rhubarbe. Il se tenait comme une statue. Il l'observa avec une extrême attention quand elle les fit défiler devant elle, vérifiant la propreté de leurs mains, de leurs oreilles et de leur nez avant leur départ pour l'école. Mais ne bougea toujours pas.

Elle les accompagna jusqu'à la rue comme chaque matin. Alice Van Meulen descendait justement d'un fiacre, blanche, les yeux battus, demandant des nouvelles de la nuit. Maria le rassura en mentant un peu, la repoussa — « Il est préférable que vous ne le voyiez pas aujourd'hui ; laissez-lui le temps de s'habituer » —, s'en débarrassa aussi vite que le permettait la politesse.

Quand elle rentra dans la grande salle, il avait disparu. Le bol était vide, une tartine manquait ; des traînées de confiture, sur la table, semblaient montrer qu'il y avait goûté.

Elle monta au grenier, ne le vit pas. Mais l'entendit respirer, dans sa cage-fortin.

— Tu devrais sortir, dit-elle, les lapins vivent dans des cages, mais pas les petits garçons.

Elle regretta cette phrase aussitôt. Puis pensa qu'elle avait tort de la regretter. Puis décida qu'elle ne savait pas. Comment faire ? Aucun des livres qu'elle avait lus — et Dieu sait si elle en dévorait — ne décrivait une telle situation, ni ne donnait de recettes pour en sortir. Elle essaya d'imaginer ce que pensait le petit garçon, retrouva de très anciennes images qu'elle croyait enfouies au plus profond, son effroi, sa terreur quand, à quatre ans, on l'avait sortie de l'orphelinat pour la placer chez des fermiers, les Vangraefschepe. Alors, elle dit, à tout hasard :

— Je t'aime bien, tu sais, Félicien. Ta maman aussi t'aime bien. Et tu verras, ici, ils t'aimeront tous bien.

Elle avait soudain envie de pleurer, se traita d'idiote. Puis :

— Tu dois te laver, comme les autres. Tu trouveras une cuvette d'eau, du savon et une toile dans la chambre d'Arsène, puisque c'est ta chambre aussi. Mais si tu as l'habitude d'être lavé, si tu veux que je le fasse, tu n'as qu'à descendre avec moi.

Il ne bougea pas.

Elle descendit, attendit un instant au bas de l'escalier. Rien. Un peu plus tard, elle entendit remuer à l'étage. Puis le silence de nouveau. Après un moment, elle monta à la chambre d'Arsène. Il y avait de l'eau partout, jusque sur les murs. Mais apparemment, il s'était lavé. Elle prit des feuilles de papier et un crayon, alla les poser sur la chaise, au grenier.

— Tiens, comme cela, tu pourras dessiner.

Silence. Elle eut à nouveau envie de pleurer. Mais ne se traita pas d'idiote. Se laissa aller.

Il ne se montra pas de la matinée. Elle l'oublia presque. Elle avait assez à faire avec la cuisine et le nettoyage du rez-de-chaussée.

Quand les enfants rentrèrent de l'école, ils l'interrogèrent : que faisait-il ? Où était-il ? Elle haussa les épaules. En signe d'ignorance — mais aussi de dépit. Si Alice Van Meulen s'était présentée à ce moment, elle lui eût volontiers rendu son fils. Elle se demandait comment se comporter pour le repas de midi — un énorme ragoût de haricots mijoté avec des os de mouton. Félicien aurait le même menu que les autres, c'était convenu avec sa mère. Fallait-il lui porter sa part au grenier ? Elle monta. Trouva, tout en haut de l'escalier, une feuille de papier. C'était un dessin, qu'il lui offrait. Des lignes verticales et horizontales, tracées avec violence, enfermant un étrange animal aux longues oreilles. Elle comprit enfin : un lapin dans une cage ! Que signifiait ce message : protestation, ou complicité ? Elle pencha pour la complicité, voulut croire qu'il lui adressait une plaisanterie qu'elle seule pourrait comprendre.

Elle le retrouva au grenier. Il ne se cachait pas. Il se tenait debout au milieu de son carré de caisses, et lui adressa un petit signe amical, avec un vrai sourire. Mais quand elle tenta de s'approcher, il tendit la main, paume en avant, comme pour l'écarter. Elle n'insista pas.

— Félicien, dit-elle, ils sont arrivés pour manger. Viendras-tu avec eux ? Ils seraient très contents. Moi aussi. Et tu dois avoir faim. Viendras-tu avec eux ?

Il fit non, de la tête. Elle n'avait pas gagné encore.

— Alors, tu me rejoindras quand ils seront partis ? Je te garderai ta part bien chaude ?

Il secoua doucement la tête de haut en bas pour un petit oui, hésitant. Elle avait quand même avancé.

— Je leur dirai que tu ne descends pas parce que tu es malade.

Il eut un petit sourire, pour la remercier. Elle pensa que tout serait plus simple s'il était seul avec elle, sans les enfants. Mais justement, si elle l'avait en charge, c'était aussi pour qu'il puisse se frotter à des gens de son âge.

Il apparut dès qu'ils furent repartis pour l'école, courut directement au bout de la table, où elle avait mis son couvert, se laissa approcher quand elle vint le servir, portant la marmite de ragoût. Elle s'assit près de lui, l'interrogea sur ses cousins, les enfants de Léonie. Il ne répondit pas. Il semblait affamé, avalait comme un glouton pommes de terre et haricots. Des filets de sauce coulaient de sa bouche. Elle se promit d'y veiller plus tard. Chaque chose en son temps. D'abord rompre ce silence. Elle l'interrogea sur la brasserie : s'y rendait-il souvent avec sa maman ? Savait-il comment on fabriquait la bière ? Il mangeait toujours, tendait son assiette pour qu'elle le serve encore. Elle hésita : cela ferait trop. Et puis tant pis. Elle lui servit encore une demi-louche.

— La prochaine fois, il faudra me dire merci. Quand on reçoit quelque chose, il faut toujours dire merci.

Il la regarda surpris, peut-être inquiet, sans cesser de manger. Elle ne supportait pas ce silence. Parler, parler, à n'importe quel propos. Elle lui expliqua la maison, la disposition des pièces. Il ne semblait pas très intéressé. Il partit dès qu'il eut vidé son assiette, remonta.

Un peu plus tard, vaisselle terminée, elle le rejoignit. Il semblait l'attendre. Elle franchit le barrage de caisses. Il ne s'y opposa point. Il avait vomi. Elle alla chercher un seau d'eau, une brosse, un balai, et deux serpillières — qu'elle appelait wassingues, comme la plupart des ménagères du pays. Elle lui en tendit une.

— Il faut m'aider à nettoyer. Tu as sali, tu dois nettoyer.

Il se mit au travail, lentement d'abord, puis avec une sorte de rage. Quand ils eurent terminé, il lui sourit, avec une interrogation dans le regard.

— Tu as bien travaillé. C'est bien. Maintenant tu vas descendre avec moi. Je vais te nettoyer : tu t'en es mis partout.

Elle lui prit la main pour redescendre. Il ne résista pas. Tandis qu'elle le lavait, elle lui raconta l'histoire de Jean Bart, le Dunkerquois, qui avait si souvent battu les Anglais. Il écoutait avec passion, semblait-il. Elle s'interrompit au beau milieu d'un glorieux épisode — Jean Bart sortant du port à la tête de son escadre, et forçant le blocus des flottes anglaise et hollandaise.

— Il faudra bien que tu me parles, dit-elle. Ce sera difficile la première fois, je le comprends. Mais il vaudrait mieux que tu commences avec moi. Ce sera encore plus difficile quand les autres seront là. Et plus tu attends, plus ce sera difficile.

Il parut terrorisé. Elle reprit la suite du récit. Elle avait à peine fini de raconter comment Jean Bart, ayant échappé aux deux flottes qui le poursuivaient, avait mis le grappin, non loin de la Norvège, sur dix navires anglais en route pour la Russie, que l'enfant disparaissait, regagnait son refuge.

Elle était épuisée. Elle songea, sans savoir pourquoi, à la grand-mère de Félicien, Céleste Rousset, son ancienne patronne. Elle chercha un livre, le feuilleta, le reposa, décida d'aller faire les chambres.

Il redescendit quand il l'entendit au premier étage. Il la regardait balayer. Après quelques minutes, il repartit, revint avec un chiffon et commença d'essuyer les murs. Il la suivit de chambre en chambre. Quand ils eurent terminé, elle le remercia. Les yeux de l'enfant brillaient. Elle pensa avoir gagné.

— Avais-tu déjà essuyé des murs ?

Pas de réponse. Mais elle se dit que sa question était idiote et, peut-être, n'en méritait pas.

— Aimerais-tu continuer à en essuyer avec moi, en bas ?

Rien. Les yeux, pourtant, brillaient toujours.

— Viens.

Ils poursuivirent le nettoyage. Elle balayait, il essuyait les murs. Elle songea à nouveau à Céleste Rousset — « Si elle voyait son petit-fils faisant mon ménage... » — mais ne trouva pas grand réconfort à cette idée. Il fallait repartir à l'assaut.

— Dis-moi un mot, un seul mot. Quand tu l'auras dit, tout sera plus facile. Dis n'importe quoi. Un seul mot. Et après ça ira. Tiens : dis « Maria » par exemple. Maria, c'est moi. C'est facile à dire Ma-ri-a.

Toujours rien. Il n'arrêtait pas d'essuyer, avec application, comme s'il trouvait là un bon prétexte à se taire.

Elle eut une autre idée.

— Je vais parler, je vais dire n'importe quoi, et pendant que je parlerai, tu prononceras mon nom, ou un autre mot, si tu préfères. Comme cela, ce que tu diras ne fera pas de bruit.

Elle recommença sans le regarder, à raconter la pêche aux crevettes, les crabes, les coquillages, et les moules accrochées aux pierres de l'estacade — se reprochant de manquer d'imagination, mais ne trouvant rien d'autre à dire. Elle était trop tendue sans doute, sur le qui-vive, aux aguets. Elle n'entendit rien. Elle se retourna vers lui. Elle n'en pouvait plus, elle allait le frapper. Elle vit qu'il pleurait.

Elle reprit souffle, longtemps, comme si elle sortait de l'eau après une noyade.

— Bon, dit-elle. On recommencera tout à l'heure. Tu finiras par y arriver, tu verras. Et après tu penseras : Mon Dieu, comme c'était facile. Et tu seras très content.

Elle le serra contre elle, l'embrassa sur le front. Il se laissait faire. Il pleurait toujours.

Quand les enfants rentrèrent de l'école, il disparut. Elle l'appela pour le goûter. Il revint. But son bol de lait en même temps qu'eux. Ils se parlaient, racontaient des histoires de classe, de voisins, de jeux, en l'observant du coin de l'œil. A la fin, le petit Arsène lui demanda s'il viendrait jouer avec lui : son père lui avait fabriqué un jeu de quilles, qui était devenu sa passion.

Félicien parut effrayé, prêt à fuir. Maria fit signe à son fils de ne pas insister.

La soirée apporta peu de progrès. Tandis qu'elle surveillait les devoirs de ses enfants — un bonheur, d'habitude —, il ne bougea pas. Même lorsque, le regardant, les aînés des garçons étouffèrent quelques petits rires bêtes. Elle était furieuse, les aurait volontiers giflés — mais c'eût été souligner à l'excès la bêtise de leur geste.

Il disparut à l'arrivée de Blaise, revint pourtant participer au repas familial. Avec quelque retard. Et toujours silencieux. Et toujours attentif. Ne perdant sans doute pas une parole du maçon qui expliquait aux enfants qu'on venait de commencer, du côté de Boulogne, les travaux de percement d'un tunnel sous la Manche, comme celui qu'on était en train de creuser en Suisse sous une montagne appelée Saint-Gothard et qui serait long de quinze kilomètres.

Quand Maria envoya les enfants au lit, il parut hésiter, se dirigea enfin vers le grenier. Elle le rattrapa prestement.

— Viens, tu vas coucher dans un vrai lit. Ton lit. Dans la chambre d'Arsène.

Il tenta de se dégager. Mais n'y mit pas trop de conviction.

Quand il fut déshabillé, elle dit des prières, auxquelles il ne se joignit pas, le borda comme un tout-petit. Il s'accrocha à son cou pour l'embrasser. Puis, brusque — et boudeur, semblait-il —, lui tourna le dos pour contempler le mur.

Elle dormit mieux.

Le lendemain, il était de nouveau dans la grande salle. Le visage plus reposé que la veille. Toujours aux aguets. Mais l'œil apaisé.

Les enfants semblaient presque habitués déjà à cette présence silencieuse. Ils avalèrent leur déjeuner sans trop se soucier de lui. Puis remontèrent s'habiller. Quand Grégoire, l'aîné des garçons, réapparut dans la salle, il était coiffé d'un bonnet à pompon rouge, portait une vareuse et un pantalon bleu sombre. Alors, la voix de Félicien s'éleva :

— Qu'est... qu'est-ce que c'est ?

— C'est sa tenue de petit soldat, répondit Maria après un temps.

Son premier mouvement — maîtrisé à grand-peine — avait été

de se précipiter pour l'embrasser. Les enfants s'étaient figés, attendaient, comme bouleversés par un miracle.

— Tous les samedis, poursuivit-elle, tous les samedis matin, à l'école publique, les grands garçons font l'exercice — mais pas avec de vrais fusils bien sûr, avec des fusils de bois — pour se préparer ; parce que plus tard ils seront soldats. La France a besoin de ses soldats pour se défendre.

Félicien sourit, satisfait. Grégoire s'était approché, lui donnait son béret à pompon rouge. Il s'en coiffa, chercha un miroir pour se regarder, s'admira quand Arsène lui en tendit un.

Quand les enfants furent partis, elle l'embrassa.

— Tu vois, ça n'était pas si difficile.

Il sourit encore, répéta « Maria, Maria ».

— Allez, va te laver.

Elle était soulagée. Mais pensa que c'était seulement le début d'une longue route.

Chapitre six

Arthur Rousset avait posé les mains sur les genoux, et les retournait. Les pouces commençaient d'explorer doucement les mains. Des gestes qu'Alice connaissait bien, qui appartenaient à la légende familiale. Cette manie, son père l'avait prise quand, jeune industriel, il cherchait des morceaux de corne qui s'étaient formés aux doigts du temps qu'il lançait la navette du métier à tisser : une manière de retrouver ses origines pour mesurer le chemin parcouru, savourer la réussite. Aujourd'hui un tic qui permettait de gagner du temps, parfois un signe d'embarras.

— Voyez-vous, dit-il enfin, je préférerais ne rien avoir à demander à Philibert Vrau. Pas en ce moment.

— Parce que ?...

— Ah ! C'est compliqué...

Il se lança dans une longue explication ; une affaire qu'il était en train de monter, qui risquait de porter préjudice à Philibert Vrau, fabricant de fil à coudre — « le fil au chinois ». Il ne voulait donc pas devenir son obligé.

Philibert Vrau comptait parmi les fondateurs du Comité catholique, l' « évêque laïc » de Lille, disait-on. C'est pourquoi, à son retour de Dunkerque, Alice avait voulu le prier d'intervenir : homme intègre et pieux, il comprendrait la nécessité de mettre un terme aux ragots, de couper les ailes à la rumeur qui salissait Pierre Vandromme ; la simple honnêteté le commandait. Mais, n'ayant jamais rencontré l'industriel, elle pensait que son père pourrait jouer les intermédiaires utiles.

— Vous devriez, suggéra Arthur Rousset, en toucher un mot à

votre oncle Jérôme. Il connaît Philibert Vrau. Mieux que moi, même.

— Je le sais bien. Mais on l'écoutera moins que vous, père. On pensera qu'il est encore en train de défendre la veuve et l'orphelin, que sa bonté et son indulgence le perdront, qu'il se laisse trop influencer. On dira : « Ah ! ce brave docteur Dehaynin… » Et on ne sera pas étonné de le voir plaider cette cause. Il en a tant plaidé… Vous, en revanche…

Elle allait dire « Vous les surprendrez », s'interrompit.

Il la regarda, avec un petit sourire, comme s'il l'avait devinée.

— Vous pourriez aussi, dit-il après un moment, prendre contact avec Marguerite Delvalle-Souchez. Elle est bien introduite au Comité catholique, et même au Comité royaliste.

Bien sûr, Alice y avait songé. Elle s'était même précipitée chez la vieille femme dès son retour à Lille. Marguerite Delvalle-Souchez, retranchée dans son salon encombré de sièges capitonnés et de bibelots, avait souri en apprenant l'objet de sa visite — ainsi la petite Alice Van Meulen s'intéressait toujours à ce Pierre Vandromme rencontré chez elle au bal de carnaval ! — mais argué d'une influenza tenace pour expliquer qu'elle ne pouvait rien. Ou presque. Et, après une nouvelle quinte de toux : « Je connais cette histoire. Il s'est montré bien imprudent, mon petit cousin Vandromme. » Bref, elle doutait. Pour le moins. Alice s'était hâtée de prendre congé.

Son père, à présent :

— Etes-vous certaine qu'il n'est pour rien dans cette histoire, ce… ce Vandromme ?

Les pouces continuaient de caresser les doigts. L'embarras.

Et maintenant, sa mère :

— S'il y a quelque chose entre ce monsieur et vous, Alice, vous devez nous le dire.

Elle fut tentée de rire. Cette question-là, elle l'attendait depuis qu'elle avait surgi chez eux à l'improviste à la fin de leur repas.

— Comprenez-nous, reprenait Céleste. Dans les affaires, il est essentiel de sauvegarder sa réputation. Vous le savez bien. Surtout pour une femme. Vous connaissez votre situation. Ce qu'on raconte…

Elle chuchotait presque. Elle avait beaucoup vieilli depuis la mort du premier-né de sa fille Léonie, un garçon prénommé Charles, emporté à seize ans par la tuberculose. Comme Florimond. Elle gardait fière allure sous son casque de cheveux blancs. Mais les mains tremblaient, les yeux semblaient toujours baignés de larmes.

Elle ne pensait pas vraiment ce qu'elle venait de dire — Alice l'aurait juré. Elle estimait seulement que son devoir était d'aider son mari, toujours, de l'appuyer devant tous, y compris ses propres enfants. Alors, pour le tirer d'embarras, parce qu'elle le sentait perplexe, elle avait trouvé cette diversion, qui lui permettait aussi, peut-être, de satisfaire sa curiosité.

Arthur Rousset avait sorti un cigare, le chauffait à la flamme du chandelier.

— Si encore, dit-il, les affaires marchaient bien.

Cette phrase aussi était un tic — un signe de vieillesse, jugeait Alice. En réalité, les affaires marchaient très bien. Roubaix, où il avait maintenant sa plus grosse entreprise, était devenue une des capitales mondiales de la laine et la nouvelle loi douanière arrachée par les industriels aux députés allait protéger désormais sa production des concurrences anglaise et belge. Rousset, avisé comme à l'ordinaire, avait quand même, deux ans plus tôt, créé une teinturerie et un tissage de l'autre côté de la frontière, à Gand. Il s'interrogeait maintenant sur la possibilité de s'installer chez le tsar — « La Russie, un pays d'avenir, où les Français sont reçus à bras ouverts ». Et, dérogeant aux règles du patronat local où l'on ne se mariait qu'entre soi, il avait accueilli avec joie — sans doute favorisé — l'union d'un de ses fils avec une Alsacienne, héritière d'un grand manufacturier qui, après l'annexion de sa province par les Prussiens, avait choisi d'émigrer en France avec tout son personnel pour créer à Evreux une immense usine, la première à utiliser les métiers à tisser automatiques à grande vitesse.

Au tour de Céleste :

— On dit que ce monsieur Vandromme est franc-maçon ?

Elle avait pris ses renseignements. Ou bien la rumeur les avait atteints, déjà. On jasait à Lille autant qu'à Dunkerque. Raison de plus pour tout stopper, si c'était encore possible. Du moins, faire de son mieux.

Alors, elle leur dit qu'elle aimait cet homme, et qu'elle ne l'aurait pas aimé s'il n'avait pas été digne d'une totale confiance. Mais leur cacha qu'elle le lui avait dit, un soir, devant la porte d'un hôtel, sans lui laisser la possibilité de répondre, peut-être parce qu'elle craignait sa réponse. Et qu'elle ne l'avait pas revu depuis — c'était seulement deux jours plus tôt, mais il aurait pu lui écrire, et ne l'avait pas fait.

Elle ajouta qu'elle le défendrait de toute manière, quels que soient ses sentiments à lui, parce que c'était simple justice.

Elle leur cacha aussi l'épisode de la femme au corsage de foulard, à l'hôtel.

Ils s'étaient serrés l'un contre l'autre pour l'écouter. Un peu effrayés, peut-être. Céleste Rousset pleurait à petits coups. Arthur avait posé son cigare, qui se consumait lentement.

— Bon, dit-il enfin. J'irai voir Philibert Vrau.

Un temps, puis :

— Après tout, l'affaire dont je parlais, je pourrai aussi bien la conclure avec lui.

En entrant dans le salon de l'abbé Merlot, Alice s'était demandé s'il rêvait à l'épiscopat : tous les fauteuils, et aussi le grand canapé qui longeait le mur du fond sous un affreux tableau représentant Jérusalem, étaient tendus de velours mauve. Puis elle s'était accusée de mauvaises pensées : à son âge, le vieil homme ne pouvait plus attendre crosse et mitre. Peut-être l'influence dont il jouissait dans tous les cercles catholiques lui suffisait-elle : il avait été l'un des premiers animateurs de l'Œuvre des écoles primaires libres créée dès la laïcisation des écoles chrétiennes de Lille — en 1868, sous l'Empire ; les laïques n'avaient pas attendu la république.

Il s'était à peine remué à son arrivée, montrant pour s'excuser une jambe raide comme un bâton qui l'empêchait même de se tenir correctement assis. Et bien qu'il soit resté ensuite immobile, il l'avait impressionnée par un sentiment d'énergie, de vitalité, de vivacité, dont elle avait fini par trouver la raison : les yeux. A l'affût derrière un minuscule binocle. D'un gris étincelant. Capables d'exprimer tour à tour, sans qu'un pli de son visage bougeât, l'indulgence ou l'ironie, la compréhension ou la colère.

Le prêtre ne s'était pas montré surpris en apprenant le but de sa visite. Savait-il ? Rien dans ses propos ne le laissait supposer. Il exprimait surtout son impuissance :

— Nous ne pouvons pas grand-chose... L'Eglise et les anticléricaux : deux forces en mouvement l'une contre l'autre. Cela fait des victimes, forcément. Ce monsieur Vandromme est peut-être une victime. Dans une guerre, les combattants ne sont pas seuls à souffrir, les autres aussi. Je ne sais pas s'il fait partie des combattants... ou des autres. On me dit qu'il est franc-maçon.

— Franc-maçon ou pas, il a droit à la justice. Si ces accusations sont fausses...

Elle avait presque crié, se le reprocha. Les yeux dans les yeux du prêtre, ce qu'elle ne regretta pas.

— Une guerre, poursuivit l'abbé comme s'il n'avait pas entendu l'interruption. Elle dure depuis un siècle. C'est la guerre de Cent Ans.

Il répéta : « C'est la guerre de Cent Ans », comme s'il était content d'avoir trouvé cette formule, toussota, reprit :

— La France s'arrache à l'Eglise. Ils croient pouvoir se passer de religion. Mais ils établissent une autre religion. Vous avez vu ce qu'ils ont fait l'an dernier, ici à Lille, quand ils ont voulu fêter l'anniversaire de la Bastille : ils ont installé dans la rue des petits bustes de leur Marianne, avec des cierges et des fleurs, comme des reposoirs. Le culte de Marianne contre celui de Marie. Mais le culte de Marianne ne durera pas. Parce qu'il n'y a pas d'enfer dans leur nouvelle religion. Alors, ça ne peut pas tenir. Et comment feront-ils, dans cinquante ans ? Ils s'apercevront, leurs fils s'apercevront qu'une société sans religion, une société où on ne croit pas à l'enfer, ça se défait par tous les bords. Mais il sera trop tard. Le mal sera fait. Alors, on va lutter. Nous n'avons pas le choix. Il faut nous défendre. Défendre la société aussi.

— Pas en utilisant n'importe quelle arme. L'Evangile...

Elle avait encore crié. Toujours les yeux dans les yeux. Il ne s'interrompit même pas.

— Je connais un jeune abbé qui prétend qu'une grande occasion a été perdue en quarante-huit. Peut-être... Tous les curés de Lille s'étaient rendus chez le nouveau préfet mis en place par la révolution pour proclamer leur adhésion à la République. Cela paraît incroyable maintenant. Tout le monde s'embrassait. Et puis, trois mois plus tard, les choses ont mal tourné. La guerre a repris. Je ne sais pas ce qu'il aurait fallu faire pour l'éviter. C'était impossible peut-être. La fatalité.

— Il n'y a pas de fatalité.

Cette fois, il s'était interrompu. Il toussota.

— Vous êtes jeune, mon enfant...

Elle fut tentée de briser là. Se ravisa. Insista :

— Même si c'est une guerre, comme vous le dites, on doit

toujours faire l'impossible pour sauver ceux qui peuvent l'être... On ramasse les blessés sur les champs de bataille.

— Vous croyez peut-être que ceux d'en face nous font grâce, eux ? Savez-vous ce que chantaient les enfants de l'école laïque à Paris, le 14 juillet de l'an passé ? Ils chantaient sur l'air de leur *Marseillaise :* « Hachez, hachez tous les curés ! Pour en faire des pâtés ! » Des pâtés de curés !...

Les yeux semblaient rire. Comme si ce refrain, quoi qu'il dît, l'amusait. Il toussa encore.

— L'autre jour, reprit-il, à l'église Saint-Jacques de La Villette, des vauriens, des voyous — je ne peux pas leur trouver d'autres noms — ont mis du nitrate d'argent dans les bénitiers. On craint pour la vue de plusieurs enfants. Voilà la guerre qu'on nous mène.

Il la vit près de se lever. Eut pour la première fois un geste. De la main, qu'il leva très haut, si haut qu'elle crut qu'il voulait la bénir.

— Attendez, mon enfant, attendez. Votre monsieur Vandromme, je veux bien essayer de faire quelque chose pour lui. On peut calmer un journaliste ou deux, apaiser quelques excités dans des réunions. Mais c'est tout. Pas plus. Ne croyez pas que nous dirigeons le mouvement, au Comité catholique ou à celui des écoles. Nous ne sommes pas comme le centurion de l'Evangile qui dit à son soldat « Viens » et l'autre vient, ou « Va » et l'autre va. Le plus souvent, c'est nous qui sommes obligés de suivre, et si nous suivons c'est pour calmer... Pas toujours, c'est vrai...

Les yeux, soudain, étaient féroces. Elle ne put le supporter, détourna les siens. Il fit comme s'il ne l'avait pas remarqué.

— Cette histoire de fraude à laquelle serait mêlé monsieur Vandromme, ce n'est pas nous qui l'avons inventée. Et nous ne l'avons pas propagée les premiers. Que quelques-uns de nos amis l'aient utilisée par la suite, j'en conviens. L'occasion, comprenez-vous, l'occasion... Ils ont peut-être eu tort. Mais à présent, que faire ? La rumeur, madame, quand elle est lancée, elle n'a plus besoin de servants ou d'acolytes. La rumeur, elle court toute seule.

— Les malades sont moins épuisants que les confrères.

Jérôme Dehaynin, furieux, s'expliqua. Les malades : sangsues, pommades, conseils d'hygiène et huile de foie de morue pour fortifier les enfants, leur donner les moyens de résister à la tuberculose. La plupart du temps on ne pouvait guère plus. La routine.

Mais les confrères ! Il venait de s'empoigner à l'hôpital avec un vieux médecin qui refusait de panser les plaies d'un blessé et se réjouissait qu'elles soient pleines de pus, signe évident de guérison prochaine. « Pourtant, Pasteur a montré que les plaies étaient infectées par des microbes, et que l'air frais ne tuait pas les microbes. »

Alice avait failli l'interrompre pour lui rappeler que Pasteur, à Lille précisément, s'était aussi intéressé à la fabrication de la bière. Mais elle s'en était gardée. Elle aimait entendre son oncle raconter les combats de la science. Il le savait, et en profitait.

— Si l'air guérissait les plaies, dit-il, les indigènes du Sahara, surtout les enfants qui vivent presque nus comme des négrillons, devraient tous être en bonne santé. Pourtant, là-bas, j'en ai coupé des doigts, et des mains, et des pieds, parce que les plaies étaient infectées...

Il évoqua le cas d'un garçon arabe trouvé dans un campement au sud de Touggourt, au milieu d'une plaine de pierres, et qui n'était qu'une plaie.

— Je l'ai lavé avec du cognac — je n'avais rien d'autre, il hurlait ! — et pansé avec la culotte de son père : ils appellent ça un saroual. Une semaine après, il était presque guéri. Les plaies cicatrisaient. Les parents nous ont offert, en remerciement, un grand couscoussou, un plat de là-bas, avec du mouton et de la citrouille...

Cette fois, elle l'interrompit. Elle n'aimait pas qu'il évoquât trop longtemps son séjour africain. Elle croyait deviner en lui une nostalgie, un regret inavoué de n'avoir pu demeurer au Sahara. Et puis, c'était de Pierre Vandromme qu'elle venait l'entretenir. Puisque la rumeur avait atteint Lille, les réserves de Jérôme Dehaynin n'étaient plus de mise. Il fallait contre-attaquer. Sur tous les terrains. Elle raconta sa visite à l'abbé Merlot, évoqua la démarche que son père effectuerait chez Philibert Vrau.

— Et toi, mon oncle, il faut t'y mettre, maintenant. Dans les réunions où tu vas, il faut expliquer qu'on n'a pas le droit de salir un innocent...

— Je sais ce qu'ils me répondront. Ils me diront : « Vous, docteur, vous êtes trop bon, trop indulgent, vous ne voyez pas le mal. » C'est ce qu'ils disent toujours.

— Certains écoutent quand même...

— Mais ils me diront : « Avez-vous des preuves ? »

— Des preuves ? Ce sont les accusateurs qui doivent les fournir.

— Justement, ils en ont : cet inspecteur des douanes, ce Corse dont j'ai oublié le nom, prétend avoir un témoin.

— Mais il ne l'a pas montré. Il le cache. C'est bien la preuve qu'il n'est pas très sûr de lui. Et pendant ce temps-là... on peut raconter n'importe quoi sur un homme, le salir, le couvrir de boue...

— C'est ce que Gambetta appelle la justice républicaine !

Il rit, amer, s'interrompit : la gouvernante amenait une carafe de madère et deux verres. Il servit Alice, sortit sa pipe de terre blanche, la bourra soigneusement, rêveur. Elle respectait son silence, pensait qu'il songeait aux moyens de la contre-attaque. Soudain :

— Tu sais ce qu'il m'a dit, l'autre, tout à l'heure, à propos des microbes ! Il m'a dit : « Si vous croyez en Dieu, Dehaynin, si vous êtes catholique, vous ne pouvez pas croire à l'existence des microbes ; il est impossible que le Bon Dieu ait créé des êtres minuscules pour empoisonner les hommes. » Voilà ce qu'il m'a dit. Tu te rends compte ?

Elle était interdite. Furieuse d'abord, qu'il n'ait pas prêté plus d'attention à sa requête. Puis, inclinant vers l'indulgence : s'il y revenait ainsi, alors que d'ordinaire il écoutait sa nièce avec une extrême attention, c'est que cette question, d'évidence, l'avait troublé et le tracassait encore. Plusieurs fois il lui avait dit ses discussions avec des confrères républicains et libres penseurs — la plupart des médecins étaient de ce bord — qui ne pouvaient comprendre qu'un catholique fervent soit aussi un ferme partisan du progrès scientifique. Il n'avait pas de réponse assurée, en souffrait, se montrait pourtant confiant : « On finira par trouver. Les microbes, c'est comme le diable, Dieu ne les a pas voulus. Il y a des explications, j'en suis certain. On les trouvera. Pour l'instant, c'est la science qui est à l'attaque. Elle est pleine d'orgueil. Il y a de quoi. Mais on finira par s'apercevoir qu'elle ne peut pas tout. »

Elle le laissa à ses réflexions, goûta au madère qu'elle trouva détestable, avec un petit goût de poussière — il devrait mieux soigner sa cave et sa table —, songea à Félicien qu'elle retournerait voir le surlendemain à Dunkerque, proposa enfin au docteur de l'y accompagner — ainsi il reverrait les Riboullet, et l'enfant serait sans doute heureux de le retrouver. C'était impossible : il avait promis de faire ce jour-là une conférence sur l'hygiène au Cercle catholique d'ouvriers de Tourcoing.

Il se leva, fit face à la fenêtre pour observer la rue, comme chaque fois qu'il voulait lui dire une chose importante.

Elle attendait. Il tira quelques bouffées de sa pipe, l'appela près de lui. Sur la chaussée un tramway tiré par des chevaux venait de dérailler, la terre ayant envahi les rails creux, et le conducteur avait appelé les voyageurs à lui prêter main-forte pour remettre la grosse voiture en place. Dans l'affaire, un gaillard en redingote avait glissé, laissant échapper son haut-de-forme que le vent emportait. Des enfants lui couraient après, entre les voitures.

— Si les rues étaient mieux nettoyées, cela n'arriverait pas, dit le docteur. Je me demande ce qui va se passer avec le tramway à vapeur quand il va rouler entre Lille et Roubaix. Quitter les rails à cette vitesse, tu imagines ?

Puis, brusque :

— Ce Vandromme, tu voudrais l'épouser ?

Cela se voyait donc ? Elle se sentit rougir, pensa que c'était la première fois, que jamais elle ne s'était laissé ainsi deviner.

Chapitre sept

Etroit boyau bordé de maisons étroites et ventrues, toujours sombre quel que soit le ciel, la rue Saint-Gilles serpentait au cœur de Dunkerque. Un vestige. Peuplée d'enfants, de chiens, et de poulets qui disputaient quelque immondice aux moineaux. Egayée par le linge que les ménagères avaient mis à sécher, d'une fenêtre à l'autre, et qui s'égouttait sur les passants. D'interminables charrettes de brasseurs parvenaient à s'y glisser, toutes sonnantes de ferrailles entrechoquées et alourdies de tonneaux qui se détachaient parfois à grand fracas pour rouler sur les pavés pointus. Des livreurs poussaient, sur des voitures à bras, des pyramides de légumes ou de verdures, de vieux meubles, ou des fouillis de vêtements usés. Des poissonnières et des maraîchers criaient leur marchandise, échangeaient avec leurs clientes — en flamand, en français — bonjours et quolibets.

Pour Pierre Vandromme, qui y passait rarement, c'était chaque fois un spectacle nouveau. Il s'amusa d'une enseigne, jamais vue jusque-là, qui annonçait : *Raccommodage en tout genre, étamage des gamelles pour la troupe à vingt centimes,* s'étonna ensuite de trouver devant une porte quatre bottes de paille disposées en croix — il pensait disparue depuis quelques années cette manière d'annoncer qu'une mort venait d'endeuiller la maison, et de manifester sa richesse en mutipliant le nombre de bottes. Mais il ne s'attarda point. Il cherchait le rédacteur de *l'Esprit du Nord,* la feuille qui, la première, l'avait mis publiquement en cause : un personnage nommé Singer, arrivé dans la ville au lendemain de la guerre.

Il finit par le trouver, dans l'arrière-cour d'une assez vaste demeure qui avait peut-être eu grande allure au temps où les corsaires dunkerquois faisaient la nique aux Anglais, et qui était à présent occupée en façade par un marchand de légumes, de pain d'épice et de tablettes de sucre. Seule une pancarte de carton annonçait qu'il fallait emprunter un couloir gluant d'humidité pour trouver le bureau du journal, et son imprimerie. Vandromme frappa à une porte fraîchement repeinte dont l'éclat étonnait, prêta l'oreille, n'entendit que le grincement d'une machine, frappa encore, décida d'entrer.

Au fond de l'unique pièce, un grand échalas noir aux yeux morts faisait tourner la roue d'une presse d'imprimerie. Vandromme cherchait le rédacteur, le crut absent, le découvrit enfin accroupi derrière un casier, occupé à récupérer de petits caractères de plomb qui avaient roulé sur le sol. L'homme sourit en apercevant le constructeur, pas autrement surpris de cette visite, semblait-il.

— Faites excuse, dit-il en se redressant. Je suis trop seul ici, tout m'est à charge : la presse libre n'a que des moyens limités. Et je ne peux pas compter sur Stanislas — il ne connaît que la machine. Ses yeux...

Le Noir sourit, content sans doute qu'on parlât de lui, fit grincer la roue avec une nouvelle ardeur.

Le journaliste s'était empressé d'enfiler une redingote, s'installait derrière un bureau d'acajou et de cuivre qui provenait sans doute d'un bateau, indiquait au constructeur un fauteuil de velours rouge fané. Il secoua une tignasse de longs cheveux, ajusta un lorgnon, regarda Pierre Vandromme avec curiosité et un rien d'insolence.

Attendant.

Dix fois, vingt fois la veille, et encore le matin sur le chemin, Pierre Vandromme s'était répété le discours qu'il tiendrait à cet homme qu'il ne connaissait guère. Il avait préparé des répliques, envisagé des tactiques pour en venir à bout, l'impressionner, lui faire lâcher ce qu'il savait. Mais rien ne se passe jamais comme on l'a prévu. Toutes les tactiques, soudain, lui semblaient dérisoires. Il décida d'attendre aussi, pensant que l'autre finirait par se découvrir.

Singer essuyait son lorgnon, méticuleux, au pan de sa redingote, soufflait sur le verre pour y déposer une légère buée, frottait encore. Il s'interrompit enfin, replaça son lorgnon, eut un coup d'œil vers le Noir, revint à Vandromme. Le sourire, un peu plus insolent, découvrit des dents superbes.

— Eh bien, dit-il, vous m'avez vu.

Silence.

Vandromme se sentait presque détendu. Il ne détestait pas ces sortes de luttes. Mais se prit soudain à songer qu'il perdait son temps. Sur les cinq continents, des hommes s'acharnaient à faire l'inventaire du monde, à connaître l'inconnaissable, à rendre l'humanité maîtresse de l'univers. Partout s'engageait la grande bataille de la science et du progrès. Et il était occupé, lui, à régler des comptes avec un gratte-papier de bas étage, il se trouvait empêtré dans un filet de ragots et de calomnies, empêché de participer à la grande aventure de l'ère moderne. Il regarda encore Singer. Et sut ce qu'était la haine.

L'autre faisait mine de ranger quelques papiers, épars sur le bureau. Puis il se redressa, fit face.

— Je suppose que vous vouliez seulement me voir, puisque vous me regardez en silence. Je le comprends : vous ne m'avez jamais remarqué. Dans aucune réunion, aucune cérémonie où nous nous sommes trouvés ensemble. Il est vrai que je ne suis pas grand-chose. Et pourtant, vous êtes là.

Singer ne souriait plus. Une de ses paupières s'agitait, comme affolée. Vandromme respira mieux. Il se pencha en avant, essaya de former un sourire moqueur afin de rendre insolence pour insolence, mais n'y parvint pas.

Le journaliste s'était redressé.

— Trêve de plaisanterie, lâcha-t-il enfin. Dites-moi combien...

— Combien quoi ?

La paupière s'arrêta.

— Combien m'offrez-vous ?

Vandromme se garda de répondre. Il voulait savoir jusqu'où cet homme pousserait l'impudence. Mais Singer prenait son temps. On n'entendait plus, à nouveau, que le grincement de la roue, de plus en plus rapide, le choc de la presse et, au-dehors, les cris d'une femme qui rameutait sa marmaille.

Le journaliste toussa. Sa main droite tapotait le bureau. La paupière avait repris son mouvement.

— J'ai des frais, finit-il par dire. De très gros frais. Vous voyez, Stanislas : il est en train d'imprimer le prochain numéro de *l'Esprit du Nord.* Cela représente beaucoup d'argent : le papier, l'encre, le travail de Stanislas, le mien... Je voudrais bien pouvoir vous dire : « Monsieur Vandromme, je peux vous être utile, et je ne vous demanderai rien en échange », mais c'est impossible, comprenez-vous ? La presse libre doit faire face à des frais chaque jour plus élevés. Alors, si vous souhaitez la publication d'un article qui parle de manière positive de votre chantier... ou de tout autre sujet... je serai obligé de vous demander une légère rémunération. Calculée au plus juste, bien entendu.

Il sourit à nouveau. Répéta « Au plus juste » avec une sorte de satisfaction. La paupière, pourtant, bougeait. Vandromme avait enfoncé les mains dans les poches, par prudence. Les poings serrés. Rester calme.

Le journaliste s'était levé, allait chercher une feuille sur la presse, la montrait de loin...

— Dans le numéro qu'imprime Stanislas, il y a justement un article qui vous concerne. Supposez que vous ne souhaitiez pas le voir paraître... Un problème identique se poserait. Tout ce papier gâché, cette encre, ce travail. Cela représente quelques francs. Je calculerai au plus juste, je vous l'ai dit.

— Et si je portais plainte ? Le chantage est puni par la loi.

Rester calme. Résister au désir de sortir les poings des poches.

Le sourire de Singer se fit plus éclatant encore. Mais la paupière battait la chamade.

— Pourquoi parlez-vous de chantage ? Il s'agit tout simplement d'un échange de services. Le juge serait bien embarrassé d'y trouver la moindre trace de chantage... et il ne s'en occuperait pas avant quelques mois, bien sûr ; vous savez que ces choses-là ne sont pas très rapides. Et ce n'est pas Stanislas qui...

La roue tournait de plus en plus vite. Le Noir semblait absent. Le journaliste se pencha vers Vandromme, condescendant.

— Vous n'êtes pas le premier, vous n'êtes pas le seul. Stanislas en a vu défiler d'autres, ici. Enfin, quand je dis « voir »... D'ailleurs, il n'entend pas plus qu'il ne voit. Il n'est pas sourd, ne croyez pas cela. Mais la machine... Et puis il oublie.

— Admettons que je paie. Qu'est-ce qui se passera ?

Le sourire s'élargit encore. L'œil restait aux aguets.

— On détruit les feuilles déjà imprimées. Devant vous si vous le souhaitez. Stanislas sait faire cela très bien. Il a un peu d'expérience, je crois vous l'avoir expliqué. On disperse aussi les caractères de plomb. Ainsi, vous serez tranquille.

Le journaliste se redressa. On entendait, pas très loin, la sirène d'une usine. Il devait être midi. Il attendait, faisait mine de se nettoyer le bout des doigts encrassés.

— Quand j'étais à Paris..., commença-t-il.

Il s'interrompit, prit une plume dans un gros encrier de verre torsadé, aligna quelques chiffres sur une feuille, regarda Vandromme.

— Je me demande comment je vais remplir mon journal si je retire cet article... Je me demande... J'ai bien une histoire... Oui, ce serait bien. Tenez : pour vous être agréable, je pourrais raconter ce qui est arrivé à l'hôpital. Vous n'êtes pas au courant ? Une religieuse qui avait quitté son service pour aller prier à la chapelle et qui a laissé mourir un malade. C'est une histoire édifiante, en son genre.

Il parut étonné quand les mains de Pierre Vandromme lui agrippèrent le cou, par-dessus le bureau d'acajou, se laissa aussitôt tomber. Blanc comme plâtre. Cherchant son souffle. Vandromme l'avait déjà lâché, hésitait. Partir ?

Singer reprenait place derrière le bureau, arrangeait son col, redressait sa cravate noire, esquissait un sourire mince. Les lèvres blanches. La paupière abattue.

— Je ne vous comprends pas, monsieur Vandromme. Cet... euh, cet intérêt pour les nonnes me paraît tout à fait inattendu chez vous.

— Personne ne vous a jamais flanqué une correction ? Personne ne vous a jamais cassé...

Le sourire s'élargit.

— Vous voulez rire ? D'ordinaire, j'ai affaire à des gens sérieux, qui connaissent leurs intérêts, mesurent les risques qu'ils courent. Beaucoup mieux que vous je dois le dire, monsieur Vandromme, beaucoup mieux.

Il se caressait le cou, semblait y trouver quelque plaisir.

— Mais je suis certain que vous comprendrez quand vous aurez lu.

Il reprit son journal, le tendit à Vandromme. Sous le titre « Le constructeur Vandromme bientôt inculpé ? » l'article n'annonçait rien de plus que le précédent. Toujours la même histoire d'épave portant la marque du chantier, toujours la même allusion à un mystérieux témoin. La nouveauté était une tentative d'amalgame avec une affaire de fraude qui faisait grand bruit depuis quelques jours : une brigade de douaniers avait saisi sur un canal une bélandre chargée de sept cent soixante-dix-huit kilos de tabac belge dissimulé dans de longues boîtes de fer-blanc encastrées entre les membrures du bateau, sous un chargement de bâches. L'article suggérait à mots couverts que Vandromme, connu pour sa compétence en ces matières, pouvait également avoir prêté la main à ce trafic-là. Et parlait au passage, comme par hasard, d'une mystérieuse veuve de colonel arrivée dans la ville depuis peu.

Alors, le constructeur s'emporta, saisit Singer par les revers de sa redingote pour le pousser jusqu'au mur, et lui cogner la tête. Mais l'autre avait du réflexe. Il se débattit, agile et rapide — une anguille —, fit glisser son adversaire. Ils se retrouvèrent à terre. Enlacés. Roulant du mur au bureau. Singer, en tombant, avait appelé « Stanislas ! Stanislas ! » mais la machine grinçait toujours, répétant feuille après feuille que Vandromme serait bientôt inculpé pour complicité de fraude. Ils furent un instant immobiles, leurs forces se faisant équilibre, haletants, presque bouche à bouche. Puis Singer prit le dessus, maintenant Vandromme cloué au sol, bras en croix. Le constructeur étouffait. Il lança la tête en avant contre celle de Singer pour l'assommer, se libéra, d'un coup. Il crut que tout son sang lui montait au front. Il voyait rouge, distinguait à peine le journaliste maintenant allongé à terre, s'agenouilla sur sa poitrine. A l'autre d'étouffer.

— Qui ? demanda Vandromme.

Singer réussit à lui cracher au visage. Furieux.

— Qui ?

— Qui, quoi ?

— Qui vous a donné ces détails ? Qui vous a payé pour les publier ?

Nouveau crachat. Vandromme libéra sa main droite, gifla le journaliste. Posément. Trois fois. Puis le regretta. Il n'aimait pas frapper. Mais il voulait savoir.

— Qui ?

Une mouche s'était posée sur le front de Singer qui saignait légèrement depuis le coup de tête de Vandromme. Il se secoua pour la chasser, parut hésiter, comprit qu'il ne s'en tirerait pas sans lâcher au moins une parcelle de vérité. Vandromme devina qu'il fléchissait, qu'il allait céder. Il resserra son étreinte.

— L'histoire, grinça Singer, c'est un marin qui la colporte, un pêcheur. Il s'appelle Le Grevès. Mais lâchez-moi... J'étouffe.

Il était violet, trempé de sueur. Vandromme le laissa. Le Noir faisait toujours tourner sa roue — était-il possible qu'il n'ait rien entendu ? Les feuilles s'accumulaient, qui alimenteraient les ragots. Les détruire serait vain. Singer recommencerait. Pour tordre le cou à la rumeur, il fallait remonter à la source.

En regagnant la rue, Vandromme constata qu'il saignait, lui aussi. Une griffure à la joue, une autre au front, qui le brûlait. Et une manche de sa redingote pendait, déchirée. Il en sourit. Il était presque heureux.

Vandromme n'eut pas de peine à retrouver Le Grevès. En quittant la rue Saint-Gilles, il se rendit au Minck, où se rassemblaient toujours les pêcheurs. Quelques vieux navigateurs y chauffaient leurs os au soleil, parmi les poissardes. Le Grevès, ils le connaissaient. Un bon marin, bien qu'il ne soit pas du pays. Et pas mauvais bougre, seulement un peu trop porté sur le vin — la bière lui ferait moins de mal, le rouge le rongeait. Pour l'heure, il était en mer. Mais il ne tarderait pas à rentrer : la marée commande le marin. De toute manière, il serait facile à dénicher ; il habitait dans la ruelle aux pommes, juste à côté du marché aux verdures.

C'était au rez-de-chaussée d'une vieille maison de brique, une grande pièce, d'une rare propreté, où couraient une douzaine d'enfants. La femme de Le Grevès, une grosse blonde au visage blanc, avait aussitôt expliqué qu'ils n'étaient pas tous les siens, qu'elle gardait ceux de sa voisine du premier qui n'allait pas tarder à accoucher d'un septième. La mère Guette-au-Trou, comme on appelait la sage-femme, venait d'arriver, cela ne tarderait pas : « Zelie Baeteman, elle les fait toujours en rien de temps... Hop ! ça glisse entre les jambes. Moi, il faut des heures et parfois des jours. Faut croire qu'ils se sentent bien dans mon ventre. »

Elle riait, bonasse, sortait un chiffon, pour essuyer sa table — pourtant d'une netteté parfaite, — ne demandait même pas ce que ce monsieur en redingote et gibus voulait à son mari.

Vandromme préféra attendre devant la porte, et entraîner le marin dans un bistrot proche.

Guère intimidé, Le Grevès ne se fit pas prier pour raconter ce qu'il savait. Peu de chose en vérité.

— Ce journaliste, dit-il, moi je ne l'ai vu qu'une fois. C'est plutôt Vercoutter qui lui a parlé et qui a raconté l'affaire partout. Vercoutter, c'est un fort en gueule, comme on dit. Tout le monde le sait. C'est même pour cela qu'il va plus pêcher à Islande. Il dit qu'il ne veut plus y aller parce qu'il était sur la *Dunkerquoise* quand elle a été prise dans les glaces, et qu'il ne veut pas risquer sa peau pour presque rien. Mais c'est pas vrai. L'année d'après, il a encore embarqué pour Islande. Sur la *Décidée.* Et là-bas, ça s'est mal passé. Vous savez comment on pêche : tout l'équipage est rangé le long de la lisse, chacun remue sa ligne pour faire bouger l'hameçon ; et celui qui a pris une morue, il lui coupe la langue et il jette cette langue dans le panier, entre ses bottes, avant de lancer la morue dans la cale. Après, c'est le second qui compte les langues dans le panier du matelot, pour la paye, et qui le dit au capitaine. Mais Vercoutter, il en avait après le second, un certain Vuylstecker. Il pouvait pas le sentir. Il a commencé à se disputer avec. Il disait que Vuylstecker se trompait exprès dans son compte de langues. Il gueulait tellement que ça s'est mal fini avec le capitaine. Et quand la *Décidée* est rentrée au port, il avait mis des moustaches à la tête de femme. Vous savez ce que ça veut dire ?

Vandromme savait : dessiner des moustaches à la figure féminine placée à la proue des goélettes était la pire injure qu'un matelot puisse adresser à son capitaine.

— Après, dit Le Grevès, il a plus trouvé d'embarquement. Pas étonnant. Les armateurs et les capitaines s'étaient passé le mot. Vous croyez que ça l'a guéri, Vercoutter ? Pas du tout. Il a continué à faire le malin. Un fort en gueule, je vous dis...

— Singer, le journaliste, a écrit que la douane possédait un témoin... Vous l'avez vu ?

Le Grevès eut un signe de la main pour indiquer qu'il ne savait pas lire.

— Avec ce témoin, reprit Vandromme, ils pourraient prouver que je suis mêlé à cette histoire de fraude, paraît-il. D'après vous, c'est Vercoutter ?

— Vercoutter ? Il en sait moins que moi, d'abord. Qui est-ce qui a trouvé le bateau au cap Gris-Nez, hein ? C'est Le Grevès.

Pas Vercoutter. Après, il a été raconter partout qu'il avait tout découvert. Un fort en gueule, je vous dis...

Vandromme appela le patron, un retraité de la marine qui portait des médailles en sautoir sur une blouse bleue, commanda deux pintes de bière — « de la bonne, hein ? »

— Vous allez voir, dit l'homme, j'en ai de la nouvelle. Et celle-là, monsieur, c'est quelque chose. Elle vient de Lille. De la brasserie Van Meulen. Tous ceux qui l'ont goûtée...

Ainsi, elle avait commencé à vendre dans la région ! Il revit Alice, la nuit, sur la place Jean-Bart : « Monsieur Vandromme, je voudrais vous épouser. » Il l'avait trouvée belle, et jugée folle.

« Monsieur Vandromme, je voudrais vous épouser. » On n'a pas idée. Une femme ! C'était la conséquence du progrès ?

A moins qu'elle ait voulu se moquer ? Que faisait-elle ce soir-là dans la ville, sur cette place ? Elle n'avait pas paru étonnée de le trouver à la porte de cet hôtel, au beau milieu de la nuit. Le guettait-elle ?

Le premier moment de surprise passé, il avait pensé la suivre, lui courir après pour l'interroger. Mais s'il rencontrait Mathilde dans le couloir ? Un instant il s'était imaginé pris entre les deux femmes. Quelle scène ! Il s'était décidé à rentrer rapidement chez lui, un tourbillon de questions dans la tête.

Le lendemain, il se demandait si c'était un rêve. Finissait, un moment, par s'en persuader. En était à la fois soulagé et déçu.

Mais les questions revenaient. Chaque jour. Non, il n'avait pas rêvé : « Monsieur Vandromme, je voudrais vous épouser. » Les cheveux dénoués qui lui faisaient, dans la nuit, un halo lumineux. « Monsieur Vandromme... »

Que dirait-il, que ferait-il quand il la reverrait, quand elle reviendrait ? Car elle reviendrait, bien sûr. Il enrageait. Et le plus souvent décidait qu'il lui dirait son fait, ses quatre vérités. Qu'elle le laisse en paix !

Il s'aperçut qu'il n'écoutait plus Le Grevès. Le Breton, pour quelque obscure raison, était en train d'évoquer le temps où il servait sur la *Couronne,* le bâtiment-école des canonniers de la Royale, qui avait été lancé sous l'Empire.

— Alors, ce témoin ?

— Mais je ne sais pas, moi, monsieur Vandromme.

Il avait vidé d'un trait sa pinte de bière, roulait une chique de tabac, la calait dans sa joue, répétait :

— Je ne sais pas, moi, monsieur Vandromme.

— Et si c'était vous, justement, le témoin dont ils parlent tous ?

— Moi, monsieur Vandromme, je vous le jure sur la tête de mes enfants, par toutes les Saintes Vierges de Bretagne, et vous pouvez même y ajouter celle d'ici, tiens, je vous le jure : je ne sais rien de plus que ce que je vous ai dit. J'ai vu les morceaux de bateau sur les rochers du Gris-Nez avec la marque de votre chantier. C'est tout.

C'était tout, et cela ne suffirait pas à faire condamner un homme. En quittant Le Grevès, après lui avoir offert encore deux ou trois pintes, et dix fois reposé les mêmes questions, Vandromme se demandait si le mystérieux témoin existait vraiment. Et si l'inspecteur Ricci avait lancé ce bruit pour l'effrayer, l'amener à se découvrir ?

Le cocher se retourna, souleva son gibus, demanda où Madame voulait se rendre. Alice eut un geste vague : qu'il avance, on verrait bien.

— Madame veut voir le port, peut-être ?

Va pour le port. Elle se laissa glisser sur la banquette de cuir élimé, percée aux coins. Il fit claquer son fouet, lança quelques mots en flamand à son cheval gris, qui sembla hésiter, puis se mit en route, à pas économes.

Elle l'avait presque fait galoper depuis la gare jusqu'à la maison des Riboullet. Mais Maria : « Il est parti à la messe avec les grands. Il va bien. Pourtant, je crois que vous ne devriez pas le voir aujourd'hui. Ça n'a pas été très facile. Il commence seulement à s'habituer. Alors, s'il vous voit, tout sera à recommencer peut-être. Revenez la semaine prochaine : il y aura moins de risques. Félicien sera mieux intégré. Il faut lui laisser le temps de s'intégrer. »

Elle avait répété plusieurs fois : intégré. Elle s'émerveillait des mots, comme toujours. Alice en était agacée — mais surtout désemparée de ne pouvoir passer la journée avec son fils. Elle avait insisté, plaidé pour le voir seulement deux heures, une heure, dix minutes au retour de la messe. Maria : « Je ne peux pas vous en empêcher, évidemment. C'est votre enfant, et je ne veux pas vous l'enlever. C'est vous qui me l'avez confié. Si vous préférez que je vous le rende, je ne m'y opposerai pas, bien sûr. Mais il vaudrait mieux lui laisser le temps de s'intégrer. »

Encore ce mot. Alice s'était sentie dépossédée, presque mutilée. Elle comprenait bien, pourtant, les raisons de Maria.

Elle était repartie brusquement, ordonnant au cocher de la mener à l'église. Là, se cachant de pilier en pilier, sous les regards étonnés des fidèles, elle avait cherché son fils. On le remarquait aisément ; ses vêtements cossus le distinguaient de ses voisins, faisaient presque une tache. Il paraissait s'ennuyer, tournait la tête en tous sens, observait, curieux, les vitraux et les hautes voûtes gothiques, le prêtre en chasuble d'or occupé à encenser l'autel, le bedeau en grand uniforme et bicorne à plumes qui s'amusait à taper la pierre de sa longue hallebarde. Elle s'était enfuie, de peur qu'il ne l'aperçût.

Puis : que faire ? Aller chez Vandromme ? Que dirait-il ? Que penserait-il ? Et sa mère ? Impossible de revoir cet homme qu'elle avait demandé en mariage — car c'était bien cela : à l'encontre de toutes les règles, elle l'avait demandé en mariage —, impossible de le revoir aussi longtemps qu'il n'aurait pas donné une réponse, adressé un message.

Donc, elle errait. Le cocher la faisait passer devant le vieil hôtel de ville, qui se donnait des allures de temple grec, l'amenait le long d'un quai où se dressait une forêt de mâts et de vergues. Ils longeaient des wagons en attente de chargement, des hangars où s'entassaient ballots et colis, barres de fer et sacs de ciment. Son regard glissait sur des vapeurs, des bricks, des sloops et des trois-mâts appelés *Fearless, Earnest, Mistery, Marie et Joseph, Fervent, Garibaldi.* Elle s'était amusée un instant de la diversité de ces noms, et interrogée sur leur sens. Mais revenaient toujours, obsédantes, l'image de Félicien dans l'église et celle de Vandromme sur la place, éberlué, interloqué, abasourdi quand elle lui avait dit : « Je voudrais vous épouser. »

L'envie la saisissait de revenir chez les Riboullet, de reprendre son enfant — pour la journée, pour une heure — ou de courir chez Vandromme : « Voilà. Je suis venue parce que j'ai besoin d'une réponse. Quand on entend ce que vous avez entendu, on doit au moins répondre : oui, ou non, ou peut-être, ou plus tard. Peu importe, mais une réponse. » Ou bien, elle lui parlerait de son affaire, de la rumeur, lui dirait les démarches accomplies à Lille — Philibert Vrau, Marguerite Delvalle-Souchez, l'abbé Merlot, Jérôme Dehaynin — et pas un mot de la déclaration qu'elle lui avait lancée à la tête le soir sur la place. Mais il ne serait pas dupe, bien sûr, il se ferait des idées, il verrait là un prétexte, serait convaincu qu'elle ne rêvait, encore et toujours, que de se jeter à son cou.

Quittant le port, le cocher avait ramené le fiacre vers la ville, où des familles endimanchées s'arrêtaient au retour de la messe dans des pâtisseries ou des cafés. Il se retournait, interrogateur : et maintenant ? Elle lui fit signe d'avancer. Peu importait. Il relança son cheval, haussant les épaules.

Elle voulut oublier Félicien et Vandromme, songea que ses affaires feraient une efficace diversion. Tous ses représentants devaient se retrouver à Lille le lendemain pour dresser un premier bilan de la bataille engagée le mois précédent. La partie était presque gagnée déjà, elle le savait : de Valenciennes à Boulogne et Amiens étaient venues des demandes de tenanciers, grands et petits : elle paierait l'aménagement de leurs cafés ou de leurs estaminets, et désormais ils ne pourraient plus débiter que la bière Van Meulen. Mais elle se demandait s'il ne fallait pas aller plus loin, profiter de ce réseau pour distribuer d'autres boissons, des sirops, des eaux minérales dont la consommation augmentait régulièrement, du vin aussi qu'elle ferait venir de Bordeaux et d'Algérie, par Dunkerque. Elle se promit d'interroger là-dessus ses représentants. Elle avait découvert qu'ils appréciaient d'être consultés, même si, pour la plupart, ils n'osaient la contredire. Elle les recrutait jeunes, et passés par les écoles, leur expliquait que le temps des bonimenteurs était terminé, qu'ils n'étaient pas des camelots, et encore moins des piliers de cabarets, mais des agents commerciaux, qu'ils devaient établir des fichiers, suivre minutieusement les ventes de chacun des débits de boissons de leurs secteurs, repérer toute anomalie dans la consommation, prospecter chaque semaine de nouveaux clients.

Elle aimait se retrouver parmi eux, diriger ces jeunes hommes qui, entre eux, l'appelaient « la patronne ». Elle était moins à l'aise avec les responsables de la brasserie — chef de chaudière, chef de cave, chef de canetterie — peut-être parce qu'il s'agissait d'hommes mûrs qui avaient fait leurs débuts au temps de Philippe Van Meulen, le père de Florimond, et acceptaient toujours mal, en dépit des années, d'être gouvernés par une femme.

Un conflit l'opposait depuis des semaines au chef de la canetterie, à propos d'une machine à laver les bouteilles qu'elle avait décidé d'acheter après en avoir vu fonctionner un modèle à

Londres l'année précédente. Elle l'y avait envoyé à son tour, sans réussir à le convaincre. Il assurait que ces machines lavaient mal, rinçaient mal, donneraient donc à la bière un mauvais goût de savon — et puis, il faudrait mettre à la porte les trois quarts des femmes employées jusque-là à cette tâche. Que deviendraient-elles ? « Elles trouveront du travail ailleurs, avait répondu Alice, l'industrie est partout en plein développement. Ou bien elles resteront chez elles, à s'occuper de leurs enfants ; ce ne serait pas si mal. »

A ces mots, le chef de service, un homme à cheveux blancs, déjà grand-père et qui dépassait largement les soixante ans, l'avait regardée, surpris et presque amusé. Elle se demandait ce qu'il avait en tête. Puis : « Ah ! Vous pensez que moi aussi... Mais moi, ce n'est pas la même chose. Je n'ai pas le choix. Qui ferait marcher la brasserie ? Et puis, il y a du monde pour s'occuper de mon fils, il ne court pas les rues. »

Là-dessus, elle avait vite enchaîné en expliquant que si l'on ne modernisait pas l'usine, celle-ci mourrait. Bien sûr, les Français consommaient toujours plus de bière, mais il faudrait de moins en moins de brasseries pour assurer la production. « Il y a trois fois plus de brasseries en France qu'en Autriche-Hongrie et nous faisons trois fois moins de bière. Ça ne pourra pas durer. Alors, il s'agit de s'armer pour être parmi ceux qui resteront. » Le vieil homme l'écoutait en silence, avec respect mais un brin d'ironie dans le sourire. Elle l'avait quitté brusquement, un peu vexée.

Le souvenir de cet incident la ramena à Félicien. Répéterait-elle aujourd'hui que sa situation personnelle ne pouvait guère se comparer à celle de ses ouvrières ? L'enfant ne payait-il pas le prix des satisfactions qu'elle s'offrait à la tête de la brasserie et du négoce de grains ? Pourtant, quand elle s'était inquiétée des difficultés du petit garçon, Jérôme Dehaynin, dont elle appréciait le bon sens et la pondération, avait lui-même recommandé une solution qui l'écartait d'elle encore plus. Où étaient le vrai, le sûr ? Existaient-ils ? Les jeunes femmes de son âge, celles qu'elle avait connues au couvent, chez les religieuses, ne voyaient pas plus leurs enfants, confiés à des bonnes, des nurses, des gouvernantes, des précepteurs et des institutrices, ou expédiés en pension. Elles n'avaient sur les bras ni usine ni négoce, commandaient des escouades de domestiques, et quand Alice les rencontrait — rarement — elles se disaient débordées, surchargées du matin au soir de mille tâches, occupées à l'extrême, ne disposant pas de la moindre minute. Elle les méprisait, se savait détestée par elles, suspectée de mœurs légères comme toute femme de ce milieu ayant une vie professionnelle, s'en irritait souvent et en ressentait parfois une délicieuse satisfaction.

Oui, mais Félicien ? L'interrogation revenait encore. Elle décida de la repousser. Elle verrait plus tard à organiser autrement ses journées ; un délai lui était donné, peut-être, s'il restait quelque temps chez les Riboullet. Un de ses talents était là, dont elle tirait fierté : dans cette faculté d'oublier ses soucis et ses difficultés — de les mettre, comme elle disait, « dans un tiroir de mon cerveau », un tiroir que d'ordinaire elle ouvrait et fermait à volonté. Elle songea, presque avec amusement, avec amertume aussi, que ces derniers temps le tiroir montrait une fâcheuse propension à s'ouvrir seul. Mais, voilà : il s'agissait de Félicien. Et si jamais Vandromme... Elle osait à peine se formuler la question, une boule d'angoisse dans la gorge, mais quel sentiment de bonheur aussi : et si jamais elle épousait Vandromme... ? Elle revoyait le constructeur et l'enfant, le grand Flamand robuste aux cheveux blond-blanc coupés en brosse et l'enfant malingre à la chevelure de fille. Pour la dixième fois, la centième peut-être depuis la nuit où, sur ce port, elle avait découvert qu'elle aimait le Dunkerquois — c'était quand, déjà ? Il y a trois jours ? quatre ? une éternité, même pas une semaine — elle revivait la même scène, Vandromme dans son salon expliquant les maquettes, racontant les batailles de Nelson.

— Madame, madame...

Le cocher l'interpellait, expliquait qu'il devait manger, son cheval aussi, que le carillon de la tour avait sonné midi depuis belle lurette, que d'ailleurs elle pouvait regarder autour d'elle, on ne voyait plus personne dans les rues, mis à part deux cyclistes en veston court, culottes et bas noirs qui se hâtaient sur leurs immenses machines, parce que tout le monde était à table ou allait s'y mettre.

— Si Madame le veut, je peux la reprendre cet après-midi. Mais Parfait — Parfait, c'est mon cheval —, il est trop fatigué. En attendant, Madame va bien manger un peu ? Où faut-il conduire Madame ?

Il semblait s'apitoyer. Comme s'il devinait son désarroi.

Le prochain train ne partirait pas avant deux heures. Elle

donna le nom des Arcades, sur la place Jean-Bart, le restaurant où elle avait dîné l'autre soir, le seul qu'elle connût en cette ville.

Elle y trouva la femme au corsage en foulard des Indes. Portant cette fois une superbe robe de soie grise garnie de volants de tulle. Mais le regard cassé — « comme si elle avait eu un malheur », songea Alice, avec un soupçon de plaisir. Et son imagination aussitôt s'emballa.

La salle était presque vide. Deux marins galonnés — des Allemands ou des Hollandais, à en juger par leur accent — arrosaient de bière brune un grand plat de poissons frits en lançant des œillades intéressées à leur voisine en robe de soie. Dans un autre coin, quatre officiers en dolman bleu ciel à brandebourgs et pantalon garance menaient grand tapage : peut-être appartenaient-ils aux renforts — cinquante mille hommes — que le gouvernement avait décidé de dépêcher en Algérie où les tribus se montraient de plus en plus remuantes, et dont une partie devait passer par Dunkerque.

Apercevant « l'autre », comme elle l'appelait, Alice avait été tentée d'aller lui parler, de l'interroger sur ses relations avec Vandromme. Absurde, bien sûr. Que dirait celui-ci, s'il l'apprenait ? Mais elle l'observa pendant tout le repas, n'accordant guère d'attention au pot-au-feu qu'elle avait commandé.

« L'autre », décidément une habituée, bavardait avec le maître d'hôtel et les garçons en long tablier blanc, qui paraissaient s'ennuyer dans cette grande salle vide, traînassaient dans son coin, près des cuisines et de la caissière en corsage noir, au chignon mal noué, qui trônait sur une sorte d'estrade.

L'un d'eux avait sorti un petit journal que ses camarades se passaient avec des gloussements, des exclamations étonnées. « L'autre », apparemment, les questionnait — Alice, trop éloignée, ne pouvait entendre —, voulait connaître la raison de tant d'intérêt. Mais ils s'écartaient, refusaient, faisaient mine de cacher la feuille, la confièrent enfin à la caissière. La scène se répéta : gloussements, exclamations. Alors, la femme en robe de soie se leva pour aller vers la caisse. Les marins s'étaient tus, les officiers aussi, qui l'admiraient : elle avançait comme en dansant, nonchalante, émouvante de grâce, Alice elle-même devait le reconnaître.

Elle réussit enfin à obtenir le journal, et l'emporta.

Les garçons s'étaient dispersés, admonestés par le maître

d'hôtel, activaient les cuisines, amenaient des cigares et des alcools aux officiers, du café pour Alice. Elle interrogea celui qui l'avait servi : que signifiait toute cette scène ? Un article, expliqua-t-il, publié par une petite feuille locale spécialisée dans les révélations scabreuses, et qui faisait grand bruit dans la ville.

Elle sut aussitôt qu'il s'agissait de Vandromme.

La femme en robe de soie avait quitté la salle.

Alice lui courut après.

— Que puis-je pour vous, madame ?

De près, elle était encore plus séduisante. Mais la voix, chantante, se cassait au bout de la phrase. Et les yeux, durs, se dérobaient.

Alice reprit son souffle. Elle avait prestement grimpé les escaliers de bois ciré, puis trotté au long du gris corridor, au risque de s'empêtrer dans ses jupes, avant d'apercevoir Mathilde à la porte de sa chambre, prête à rentrer. Et alors même qu'elle l'interpellait, elle s'était sentie ridicule. Que dire ?

— Que puis-je pour vous, madame ? répétait Mathilde.

Agacée, semblait-il.

Alice montra le journal que la créole tenait toujours à la main.

— C'est à propos de... de cet article.

— De Pierre... De monsieur Vandromme ? Entrez.

Elle avait à peine paru étonnée, s'était reprise aussitôt. Et s'effaçait pour faire pénétrer Alice dans la chambre où un fouillis de robes, de corsages, de capelines ou de dentelles et de chapeaux à fleurs, jetés à la diable sur le lit et sur le sol ou débordant de deux immenses malles de voyage, semblait annoncer un très prochain départ.

Alice en fut réconfortée. Et pensa soudain que tout s'éclairait. Elle partit à l'assaut.

— C'est vous, bien sûr...

— Quoi ?

— C'est vous qui avez inspiré cet article, pour salir monsieur Vandromme, parce qu'il vous avait abandonnée, parce qu'il avait rompu. Vous avez voulu vous venger.

Elle parlait trop vite, comme toujours, se le reprochait, comme toujours, se disait qu'elle perdrait cette bataille si elle ne parvenait pas à se maîtriser mieux. Après tout, rien ne prouvait que Vandromme ait rompu.

Dès les premiers mots, Mathilde, qui avait fait mine de s'asseoir, s'était redressée et rapprochée. Stupéfaite, cette fois.

— Que me chantez-vous là ? Et d'abord, qui êtes-vous ? Qui vous donne le droit ?

Elle se rapprocha encore. Elles étaient à se toucher.

— Le droit ? C'est que je l'aime, madame, je l'aime !

Alice avait crié, soudain. Et Mathilde reculé ; comme giflée.

Elles se regardèrent, silencieuses.

Mathilde ramassa deux bottines de chevreau laissées sur un fauteuil, les jeta au loin.

— C'était donc cela, murmura-t-elle enfin.

Puis, redressée :

— Et lui, il vous aime ? Il vous l'a dit ? Il va vous épouser, peut-être ?

Alice esquissa un geste vague, pour se dispenser de répondre. Elle était partagée entre la pitié et la colère, devinait une vraie souffrance mais imaginait Mathilde attisant la rumeur, la répandant par la ville.

L'autre quêtait une réponse, s'accrochait au bras d'Alice :

— Il vous l'a dit ? Il vous l'a dit ?

Elle fit « Oui », dans un murmure, pour assurer sa victoire. Se détesta de l'avoir fait. Mais ne put se résoudre à se rétracter.

Mathilde était repartie vers le fauteuil, s'y laissa tomber, et jeta le journal.

— Bien sûr, fit-elle enfin, chuchotant presque comme si elle se parlait à elle-même, vous lui ferez des enfants. Vous aurez une grande maison, un château peut-être. Il deviendra un de ces bons bourgeois. Un de ces empâtés qui laissent chaque soir leur femme pour se rendre à leur cercle, ou dans des cafés où ils discutent de Jules Ferry et du complot clérical. Parfois ils préfèrent une autre compagnie, celle d'une fille de filature à qui ils laissent quelques francs parce qu'elle a la peau fraîche. Vous le saurez, mais vous le laisserez faire. Parce que vous n'aurez pas de choix. Et puis vous préférerez que ce soit l'une de ces filles, plutôt que l'une de vos amies.

— Taisez-vous !

— Vous ne manquerez de rien. Vous pourrez vous pavaner en robes superbes dans votre miteux théâtre ou aux concerts du parc de la Marine. Vous serez riches : il est courageux et s'entend à faire rentrer l'argent. Mais vous vous ennuierez. Comme des morts vivants.

— Taisez-vous !

— Moi, je lui offrais une autre vie. Des mondes à explorer. Des pays à découvrir. Des jours qui ne ressemblent jamais au jour d'avant. Une aventure que vous ne pouvez même pas imaginer. La vraie vie ! Vous allez le rapetisser, vous m'entendez. Le raboter. Lui couper les ailes. Le réduire. Le ligoter. Le...

— Mais taisez-vous donc !...

Alice s'était précipitée vers le fauteuil, saisissait les poignets de Mathilde, l'obligeait à se relever. Furieuse.

Elles se firent face. Haletantes. Souffle contre souffle.

— Ecoutez-moi, lança Alice. Ecoutez-moi seulement trois minutes, et après vous pourrez me dire tout ce que vous voudrez. Après tout, s'il vous a abandonnée, je conçois que vous en soyez malheureuse. Mais écoutez-moi : si vous aviez dirigé une usine, commandé des hommes, risqué chaque jour d'être ridiculisée parce que vous avez commis une erreur, cherché chaque jour une idée nouvelle pour lutter contre vos concurrents, imaginé chaque jour le moyen d'améliorer votre fabrication, affronté chaque jour les clients et les fournisseurs, vous sauriez que c'est aussi la vie, et quelle vie !

L'autre la regardait, surprise à nouveau. Mais railleuse.

— Et qui vous permet d'en parler si bien ?

— Parce que c'est la mienne. Je ne sais pas à quoi vous faites allusion quand vous parlez de pays à découvrir, et d'aventure. Mais l'aventure existe ici aussi. Et soyez sans crainte : Pierre, je ne vais pas le ligoter, je veux le pousser au contraire, je souhaite qu'il voie grand, qu'il soit grand, qu'il développe ses affaires, qu'il invente, et qu'il crée, et qu'il...

Des coups contre la porte l'interrompirent. C'était une domestique de l'hôtel qui venait offrir ses services à Mathilde pour l'aider à remplir ses malles : dans quelques minutes, la voiture de place serait là pour les emporter. Mathilde la congédia.

Alice avait ramassé le journal, allait le lire.

— Laissez, dit Mathilde, ça ne vaut pas la peine. Seulement des racontars. Ils m'ont même mêlée à cette histoire...

Elle semblait lasse soudain. Brisée.

Elle se détourna, alla vers une armoire où pendaient encore des vêtements et s'employa à la vider. Elle jetait sur le lit des robes de linon, de brocart et de soie, un manteau de pluie en surah, des toilettes de voyage en mohair et en alpaga, des corsages de mousseline, des dessous de batiste, de percale et de dentelles. Alice s'était penchée sur une malle, tentait de mettre un peu d'ordre dans cet entassement de jupes, de caracos et de jaquettes.

Elles s'activaient, silencieuses, comme des machines.

— Je ne sais pas ce que vous savez, lança Mathilde après un moment.

Elle s'énervait à plier une robe de soie jaune et gris toute en plissés et en drapés, encombrée de larges nœuds plats.

— Je ne sais pas ce que vous savez, reprit-elle doucement. Mais moi, je l'aime. Quand je l'ai connu, il m'amusait. Je l'aimais peut-être. Je ne sais pas. Et puis, la vie. Trois ans après, retour. Un défi : j'ai cru que je le reprendrai. Et c'est moi. Prise. Comme à vingt ans. Moi. Alors qu'en Amérique...

Alice tentait de comprendre, s'agaçait de cette cascade de phrases hachées, s'ingéniait à les compléter. Mathilde s'acharnait sur la robe, avec une sorte de rage.

— Je l'aime, répéta-t-elle. Comme à vingt ans. Moi !

Elle jeta le vêtement dans la malle.

— Je m'en vais. Vous avez gagné.

— Je ne sais pas, murmura Alice. Il ne m'a rien dit.

Au sourire qu'elle crut deviner chez Mathilde, elle regretta cet aveu. Puis se ravisa. Elle éprouvait presque de la sympathie pour cette vaincue.

Elle jugeait ridicule aussi de se trouver enfermée dans une chambre d'hôtel avec une inconnue.

— Excusez-moi, dit-elle, je n'aurais jamais dû venir ici.

En même temps, elle se penchait vers Mathilde, comme pour l'embrasser. L'autre se déroba, recula.

— Votre nom ? demanda-t-elle.

— Alice Van Meulen.

— Alice Van Meulen, dit Mathilde, je vous hais.

La servante ouvrit la porte : la voiture était là, qui attendait. Les deux femmes se défièrent. Alice pensa qu'elles auraient pu être amies. Et tourna les talons.

— Apportez-nous du café, pas n'importe lequel, celui de la boîte bleue. Et puis des liqueurs. Et des gâteaux aussi. Et dépêchez-vous ma fille.

Pas plus que son fils, la vieille dame Vandromme ne s'étonnait de voir surgir Alice Van Meulen à la fin du repas du dimanche. C'était presque un rite. Elle fut pourtant surprise, cette fois, par la gêne de la jeune femme, tellement assurée d'ordinaire ; par l'embarras de son fils aussi. Elle l'avait vu, lors des précédentes visites d'Alice, balancer entre grogne et plaisir. Elle lui découvrait maintenant une sorte de timidité, le sentait agacé, presque fébrile, pas mécontent pourtant. Que s'était-il passé qu'elle ignorait ?

Dans la semaine, elle avait entrepris son fils à propos de Mathilde. Le bruit de leur liaison lui était revenu. Une vieille connaissance avait débarqué un beau jour à la villa, une autre « dame du grand mât », comme les matelots au long cours appelaient la femme du capitaine lorsqu'elle accompagnait son mari le temps d'une traversée. Elles s'étaient connues jadis aux Antilles et au Chili — bien heureuses d'être deux femmes du même âge et de la même ville dans ce monde d'hommes et ces contrées perdues. Devenues veuves et rentrées au pays, elles se retrouvaient rarement. Seulement voilà : l'autre avait beaucoup à dire, et à interroger. La vieille dame Vandromme s'attendait à entendre les échos de la rumeur, une nouvelle version de l'histoire du navire fraudeur. Mais non. On lui parlait de Mathilde — « Ces créoles, de belles filles, c'est vrai, mais nous le savons, vous et moi, elles se fanent vite. Il devrait se méfier, votre Pierre : la beauté n'a qu'un temps. Mais il ne veut pas l'épouser, sans doute ? Il pourrait : elle est veuve. Son colonel — un bel homme, lui — est mort, à ce qu'on dit. Mais votre Pierre, hein, ce n'est pas son idée de l'épouser ? Lui, c'est l'amusement, hein ? Il n'a pas tort, hein ? Assez de soucis, comme cela. »

Là-dessus, des précisions — sur les visites à l'hôtel le soir — qui ne permettaient guère le doute ; d'autant que les sorties nocturnes de son fils ne pouvaient échapper à la vieille dame. Elle avait repoussé l'autre vers la porte, furieuse. Et tenté le soir même de mettre Pierre en garde.

Ne pas se mêler des affaires de son fils était sa règle d'or. Mais c'était trop, cette fois : cette Joséphine, ou Mathilde, avait failli provoquer la mort de Pierre trois ans plus tôt, et ne s'était guère plus souciée de lui, ensuite, que d'un chien errant. Quel but poursuivait-elle en revenant le poursuivre, l'aguicher, le provoquer ? Et lui s'était laissé prendre comme un gamin. Méfiance. Méfiance.

Il s'était borné à répondre que la méfiance, il n'en manquait pas. Et qu'il savait ce qu'il avait à faire. « Point final. » Elle n'avait guère apprécié ce « point final », s'était retirée aussitôt, boudeuse, dans sa chambre, rudoyant les servantes, qui se succédaient, curieuses, pour demander si Madame ne manquait de rien.

Et voilà qu'aujourd'hui réapparaissait l'autre femme. Toute différente celle-là. Qui aurait fait un excellent parti pour Pierre Vandromme, si elle n'avait montré tant d'audace. Habituée à conduire une usine, comment pourrait-elle accepter le gouvernement d'un mari ? A Philadelphie ou à La Nouvelle-Orléans, madame Vandromme avait rencontré des femmes qui dirigeaient des affaires — des plantations ou de grands hôtels, le plus souvent —, mais il s'agissait de veuves, ou de célibataires. On ne les imaginait pas mariées, soumises à un époux. Et celle-ci qui semblait n'en faire qu'à sa tête, comment pourrait-elle accepter de perdre son indépendance ? Impossible. Ou bien elle refuserait de faire des enfants — on ne voyait pas une femme enceinte à la tête d'une société ou d'une usine ; des hommes obéissant à une femme enceinte : inimaginable — et si madame Vandromme souhaitait le mariage de son fils, c'était aussi, c'était d'abord, pour assurer une descendance à cette lignée de marins et de constructeurs. Bien sûr, cette Alice Van Meulen l'avait amusée, étonnée, presque séduite, dès l'abord, bien qu'elle fût du côté clérical. Et puis, elle pourrait détourner Pierre de cette Mathilde. Mais. Mais. Mais... De toute façon, il n'en ferait qu'à sa tête.

Pour l'heure, il montrait à Alice le journal, le fameux article : « Le constructeur Vandromme bientôt inculpé ? » Un peu gêné, bien sûr, par l'allusion à la veuve du colonel. Et il expliquait que, d'après ses informations, l'organe des cléricaux, *l'Autorité,* allait suivre, dans un numéro du lendemain. La rumeur était si forte que ses rédacteurs jugeaient possible de déroger désormais à leur règle de prudence. D'autant plus qu'il n'avait pas attaqué en diffamation Singer, le journaliste de la feuille à scandales. Son avocat l'en avait dissuadé. Aller en justice serait donner à l'affaire un tour plus public encore. Et puis le droit, sur ces questions, n'était pas clair. Les députés discutaient à perte de souffle d'une nouvelle loi sur la presse, et peut-être parviendraient-ils à la fabriquer avant les élections : il fallait attendre.

Facile à dire. Mais que faire ? L'inspecteur Ricci était reparti en Corse, à l'annonce du décès de son père, et serait absent deux ou trois semaines : l'enquête se trouvait donc suspendue. Le directeur des douanes, que Vandromme avait revu — il faisait sourire Alice en imitant le mouvement des mains aux doigts spatulés ; sa mère lui trouvait une sorte de verve, une volonté de briller, qu'elle ne connaissait pas —, le directeur des douanes, donc, s'était montré évasif, reconnaissant simplement que les charges qui pesaient sur lui ne s'étaient pas alourdies, évoquant toujours l'existence du mystérieux témoin, et déplorant quand même les excès de la rumeur. « Mais notre administration n'y est pour rien, cher monsieur. Vous savez ce que c'est, la politique, cette sale politique. Tout vient de là : cette sale politique. » Il disait « sale », expliquait Vandromme, comme si ce mot comportait trois *l,* sallle, en roulant, et les mains agitées par-dessus la tête.

En sortant du grand bâtiment des douanes, sur la rue de Paris, Vandromme avait été aperçu par quelques personnes, des livreurs, un clerc de notaire, et deux bourgeoises en fiacre. Le lendemain, le bruit de son inculpation courait la ville. Il avait le sentiment d'être pris dans des rets qui se resserraient dès qu'il bougeait. Confiant, pourtant. Sûr de son bon droit. Cela finirait par s'arranger. A moins que.

L'existence de ce mystérieux témoin l'inquiétait parfois. Une machination ? Il avait vu Vercoutter aussi. Et acquis la quasi-certitude que l'ancien pêcheur d'Islande n'était pas l'arme secrète de l'inspecteur Ricci. Un fort en gueule, comme disait Le Grevès, certes. Et les deux compères n'avaient pas peu contribué à lancer l'affaire. Maintenant, d'évidence, elle les dépassait. Parfois, pour faire l'intéressant, Vercoutter diffusait dans les estaminets des quais quelques détails nouveaux qu'il inventait. Mais la rumeur, désormais, se nourrissait d'elle-même.

Madame Vandromme s'étonnait, un peu jalouse : jamais son fils ne lui avait donné autant d'explications. Elle l'avait rarement vu parler autant, et si vite, accumuler les mots et les phrases.

Alice entrait dans le jeu, racontait les démarches qu'elle avait entreprises, demandait les noms des journalistes de *l'Autorité* qu'elle indiquerait dès son retour à son oncle, et peut-être à l'abbé Merlot, si elle parvenait à le revoir, pour qu'il leur conseille un peu plus de retenue. Elle s'impatientait aussi : Vandromme ne pouvait-il rien entreprendre qui permette d'identifier ce fameux témoin ? S'il le confondait, tout s'effondrerait. Mais où chercher ? Se connaissait-il des ennemis ?

Il haussa les épaules. En dehors de la politique, non, il ne s'en connaissait guère. Et encore : même en ce domaine, on le savait plutôt paisible, peu engagé, pas sectaire.

Il expliqua la procédure des enquêtes douanières, et comment les gabelous, n'étant pas soumis aux mêmes règles que la police, pouvaient mener leur affaire sans en référer toujours à la justice. De là, il passait au nouveau traité de commerce franco-belge — serait-il avantageux pour la brasserie ? — l'interrogeait ensuite sur le développement de ses affaires (il avait remarqué qu'elle vendait maintenant de la bière dans la région), s'enquérait de son opinion sur le développement de l'industrie, se lançait enfin dans des considérations sur l'intérêt, pour l'activité maritime, des opérations coloniales lancées par Jules Ferry.

En prenant congé, Alice, épuisée, songea qu'il s'était retranché derrière une barricade de mots.

Cette promenade réjouissait les enfants. Blaise l'avait proposée parce que se tenait à Bergues, ce dimanche-là, un concours de tir à l'arc. Le maçon se passionnait pour le tir à la mode flamande, où l'archer lance presque à la verticale de longues flèches munies d'un embout en corne pour atteindre, à trente ou trente-cinq mètres, des oiseaux de bois fixés sur des picots au sommet d'un mât.

Maria avait volontiers accepté. Elle aimait cette petite ville où l'histoire semblait s'être arrêtée. Beffroi, abbaye, église, maisons aux pignons crénelés, rien, ou presque, n'avait changé depuis le temps où Charles Quint régnait sur la Flandre... Elle se promettait de faire visiter aux enfants les remparts construits par Vauban — du moins ce que les militaires permettraient d'en voir. Et puis, elle n'était pas mécontente de pouvoir observer le comportement de Félicien hors de la maison.

Dix jours après son arrivée, l'enfant semblait avoir pris ses habitudes. Il participait aux repas, faisait une partie de quilles avec Arsène quand celui-ci rentrait de l'école, remplissait des dizaines de feuilles de dessins — le plus souvent des bateaux —, parlait parfois : des phrases brèves, des mots isolés. Mais au grenier, les caisses formaient encore un rempart, bien que Maria l'ait par trois fois prié de les ranger. Mais encore le petit garçon partait soudain se coucher, plutôt s'enfouir sous les couvertures sans qu'elle pût deviner les raisons de ces fuites. Mais à table, il se comportait la plupart du temps comme un cochon — il n'y a pas d'autre mot —, se servant avec les mains, ses doigts s'activant pour enfourner, très vite et par grosses quantités, la nourriture dans sa bouche, laissant retomber tout autour de lui miettes et débris. Un défi, pensait-elle. Elle s'était d'abord insurgée, multipliant les remontrances. Du coup, il avait vomi. Elle patientait donc, pensant que la guérison serait lente — il fallait bien parler de guérison, puisque cet enfant était malade à coup sûr, atteint d'une maladie qu'aucun livre ne décrivait.

Ses premiers succès étaient trop minces, trop fragiles pour qu'elle pût chanter victoire. Elle s'inquiétait de la suite, s'alarmait de la perturbation que l'arrivée du petit garçon avait provoquée chez ses propres enfants — leurs yeux quand ils observaient Félicien à table ! Ils ne comprenaient pas qu'elle le laissât agir ainsi, alors qu'elle se montrait, avec eux, tellement à cheval sur les règles et les principes.

Blaise, lui, avait fini par l'admettre, non sans ronchonner. Il rentrait tard depuis deux ou trois semaines, participait à des réunions qu'il lui racontait parfois le soir, dans leur grand lit, les enfants couchés : le parti socialiste de Jules Guesde commençait à s'implanter sérieusement dans le Nord ; deux de ses représentants, un libraire nommé Gustave Jonquet et un cabaretier, Gustave Delory, étaient venus à Dunkerque ; des dizaines de syndicats se créaient, sur la côte, à Lille, dans les régions minières, le Cambrésis, la Sambre, bien que le projet de loi reconnaissant la liberté syndicale, déposé en 1880, n'ait toujours pas été voté par les Chambres. Elle l'écoutait en dormant à demi, épuisée. Il le devinait, en rendait l'enfant responsable, s'en montrait presque jaloux.

Bref, elle avait accueilli avec joie l'idée d'aller assister au concours de tir à l'arc et écrit presque aussitôt à la mère de Félicien de repousser d'un dimanche encore sa visite : il était préférable, arguait-elle, d'attendre un peu plus, on ne savait pas quel choc pouvaient provoquer ces retrouvailles chez un enfant aussi sensible, écorché vif.

Ils étaient partis tôt le matin, à pied, coupant par de petites routes entre les champs où les blés verts prenaient déjà une bonne taille. Félicien semblait à la fête, courait de l'avant avec le petit Arsène, s'étonnait du nombre de canaux où glissaient des bélandres, du mouvement des moulins dont les ailes ne tournaient pas toutes, expliquait Blaise, pour moudre du grain mais aussi pour pomper l'eau, toujours prompte à s'infiltrer dans ces terres plus basses que la mer.

Ils avaient trouvé la petite ville animée et rieuse. Les archers défilaient par groupes, derrière musique et drapeaux, pour se rendre à la *schotterhof*, la prairie où était érigé le grand mât aux petites cibles de bois. D'autres groupes les croisaient, des hommes entraient dans les estaminets le long du canal, arborant des diplômes, des plats en étain et des trophées qui représentaient un oiseau dressé sur une branche de laurier. C'était, leur dit-on, les lauréats du concours de pinsons aveugles qui s'était déroulé le matin même — alors que six heures sonnaient au carillon du beffroi : les oiseaux chantent mieux le matin, c'est bien connu. Ceux-là avaient eu les paupières définitivement collées au fer rouge, parfois l'œil crevé, par les hommes qui les avaient pris au filet. L'observation avait en effet montré que les oiseaux donnent plus d'ampleur à leur voix dans les ténèbres. D'où cette barbarie, qui ne rebutait pas les passionnés et les partisans. Car la politique s'en était mêlée, expliquait une immense Flamande aux joues comme des ballons qui venait d'Ypres mais consentit à parler français. « Chez nous, il y a les pinsons catholiques et les pinsons libéraux. Des sociétés de pinsonniers catholiques et des sociétés de pinsonniers libéraux. C'est à qui fera chanter les siens le plus fort dans les concours. »

Blaise interrogeait. Ces concours étaient-ils reconnus ? Bien sûr, des villages ou des villes les organisaient, en France ou en Belgique : on place des cages en ligne, un homme devant chacune d'elles, muni d'un bâton sculpté sur lequel il inscrit chaque roulade du pinson, à condition qu'elle se termine comme il faut — par un *tghitghiuwi.* Cette fois, à ce qu'on disait, le gagnant avait lancé plus de trois cents trilles en une heure.

La Flamande était en train de raconter que les sociétés de pinsonniers n'étaient pas vraiment des rassemblements de barbares, qu'elles faisaient célébrer des messes de Requiem pour leurs membres défunts, accordaient même quelque secours pour payer les obsèques, quand Maria s'inquiéta : où était passé Félicien ? Il avait disparu. Arsène aussi.

Elle songea d'abord au pis : au canal tout proche. C'était son obsession depuis qu'elle vivait dans cette région quadrillée de voies d'eau où les noyades étaient fréquentes. Mais non. Un enfant ne pouvait, sans être vu, tomber dans ce canal longé par les concurrents des concours, des curieux, et des marchands de *pannekoukes,* de macarons ou de chocolats à l'anis. Encore moins deux enfants.

Elle s'affolait pourtant. Blaise faisait valoir que dans cette foule où les voitures étaient contraintes d'aller au pas, les enfants couraient bien peu de dangers. On les retrouverait vite, au détour d'une rue, en train d'écouter, bouche bée, les boniments d'un marchand de cigarettes indiennes ou de sirop contre la toux. Oui, si Arsène était seul. Mais Félicien...

Elle décida qu'ils se sépareraient. Blaise et les garçons suivraient le canal et la route de Lille. Elle partirait avec Catherine par la gauche, du côté des remparts. Rendez-vous au pied du beffroi.

Elle prit sa fille par la main :

— Et ne me lâche pas.

— Mais je suis grande, tu as oublié mon âge ?

Certes non. Une jeune fille déjà, qui avait eu ses premières règles l'année précédente.

— Bah ! Tu es aussi sotte que les gosses !

C'était injuste, elle le savait : l'angoisse.

Elles couraient le long des petites maisons blanc et rouge, balayant de leurs longues jupes noires le crottin déposé par des chevaux sur le pavé, bousculant des gaillards endimanchés qui puaient déjà la bière, des paysans en chapeau, des demoiselles jouant de l'ombrelle, des ménagères qui tenaient par la main des ribambelles d'enfants. Maria faillit renverser l'éventaire d'un vendeur de chaussures d'occasion, bouscula un marchand de moules qui s'annonçait pourtant en agitant une énorme crécelle, et une vieille qui criait du cresson.

Soudain, Arsène, au beau milieu du pavé, l'air plutôt réjoui.

— D'où viens-tu ? Et Félicien ?...

Il montra le haut de la rue.

— Il est par là, j' crois. Par là.

Elle lui prit la main. Fonça.

— Pourquoi êtes-vous partis ?

— Il m'a dit : « Viens, on va aller voir les oiseaux. »

Il avait donc toujours sa langue.

— Quels oiseaux ?

— Les pinsons, tiens. Il a demandé à une femme où ils étaient.

Décidément, quand il voulait bien parler...

— Et où ils sont, les oiseaux ?

— Par là, je sais pas bien. Sur une place. Après, je l'ai perdu. Il courait...

Elle courait aussi. Se tordant les pieds entre les pavés. Tirant Catherine et Arsène qui trois fois déjà avait failli tomber tant elle le secouait. Croyant deviner : les oiseaux, les cages...

Oui, elle avait bien deviné. Elle le sut en approchant de la place. Au bruit. Des hommes criaient, s'invectivaient, se prenaient au col de la blouse ou du veston, ou de la redingote. Quelques mallettes noires ouvertes à leurs pieds. Qui laissaient voir des cages enluminées, décorées, sculptées, ornées de serpents ou d'écussons de cuivre, marquées de noms d'hommes et de lieux. Et vides.

Les hommes criaient en flamand. Mais elle en savait assez pour comprendre qu'ils reprochaient à deux d'entre eux, préposés à la garde des mallettes après le concours, de ne les avoir pas surveillées avec assez de soin, sans doute parce qu'ils étaient allés traînailler du côté d'un *papiere lanterne,* un cabaret borgne établi au fond de la place. Et pendant ce temps, un mauvais plaisant avait ouvert les cages, libéré les petits aveugles.

Des pinsonniers couraient sur la place pour rattraper les oiseaux hébétés, hésitants, dont la plupart ne parvenaient pas à voler, se heurtaient aux mallettes, ou à quelques voitures qui stationnaient là, brancards penchés sur les pavés, en attente d'attelage. Un homme en blouse bleue et casquette à visière de cuir, sans doute un ouvrier, pleurait, serrant contre lui un oiseau dont la gorge roussâtre était tachée de sang. Mort. Ecrasé sans doute par un passant.

— Il avait gagné le concours d'Hazebrouck, geignait l'homme. Celui de Roubaix aussi. Avec sept cent cinquante-trois trilles.

Il prit Maria à témoin, répétant « sept cent cinquante-trois » en secouant l'oiseau comme pour lui redonner vie. Elle ne l'écoutait guère. Félicien. Où était-il passé, son coup accompli ? Car c'était lui, à n'en pas douter. Elle revoyait le dessin du lapin aux longues oreilles, la cage de caisses au grenier. La cage. Félicien. Où était-il passé ? Où se cachait-il ? Loin de cette place sans doute. Elle songea de nouveau au canal, aux profonds fossés qui bordaient les remparts. Lesquels avaient au moins une utilité : on ne sortait pas si aisément de cette ville, il fallait franchir des portes.

Alors, elle bâtit un plan de recherches, envoya Catherine au beffroi pour qu'elle ramène Blaise et les deux autres garçons — « Tu vois, j'ai confiance en toi. » On allait placer les enfants en guetteurs aux portes ; elle fouillerait l'intérieur avec Blaise. Dieu aidant, les gendarmes aussi, peut-être, qu'on mettrait dans la confidence, mais sans leur dire les raisons de la fugue, ils finiraient bien par trouver. Ils y passeraient la journée au besoin.

Tant d'efforts ne furent pas nécessaires. On lui tirait le bras. Félicien. Elle le serra dans ses bras, l'engloutit dans ses jupes pour le cacher. Félicien ! Merci mon Dieu !

Elle était certaine que toute la place les regardait, que les hommes qui se colletaient, et le pinsonnier qui pleurait, et ceux qui refermaient tristement des cages, allaient leur tomber dessus, les houspiller. Mais l'enfant riait. Il mit la main en cornet devant la bouche, comme pour chuchoter un secret. Elle se pencha vers lui.

— Ils ne m'ont pas vu, dit-il. Il n'y avait plus personne sur la place. Ils étaient tous au coin, à regarder passer les archers. Et puis je n'en ai ouvert qu'une vingtaine. Personne ne me regardait. Il n'y a que le gros là-bas. Et encore...

Elle l'entraîna. S'éloigner au plus vite. Tourner le dos au gros. Un peu plus loin, elle s'étonna. Ainsi, il savait qu'elle avait tout deviné, tout compris. Mais devrait-elle lui expliquer quels dégâts il avait provoqués en croyant peut-être libérer des oiseaux malheureux ?

Quand ils furent sur le chemin du retour, les enfants marchant devant, elle s'en ouvrit à Blaise. Il s'étonna de la question, conseilla d'attendre. « Demain, demain tu pourrais avoir une explication calme, ce serait plus facile. » Il n'avait pas grogné quand elle les avait tous retrouvés, sur le chemin du beffroi. L'affaire semblait l'amuser. Il considérait Félicien d'un autre œil, plus indulgent, avec quelque fierté peut-être.

Quand, accélérant le pas, elle se rapprocha des enfants, écouta leurs propos, elle comprit qu'ils n'étaient pas loin de considérer le petit garçon comme un héros.

Mais quand, le lendemain matin, elle voulut lui montrer les conséquences de son acte, il lui jeta à la tête ses feuilles et ses crayons. Et courut se réfugier au grenier. Derrière les caisses.

Suant, soufflant, ils se hissaient à la file dans l'interminable escalier de pierre. Comptant, pour s'extasier, le nombre de marches, et divergeant sur le résultat, ce qui leur arrachait des exclamations amusées.

La plupart des notables de la ville étaient là — ceux du moins qui étaient capables de grimper jusqu'au sommet de la tour — pour assister à l'inauguration du premier service micro-téléphonique. Les ingénieurs municipaux venaient d'établir une liaison entre cette tour où se tenait d'ordinaire le guetteur chargé de repérer les incendies, l'hôtel des pompiers, et le poste de police de la mairie. Ainsi ce premier micro-téléphone serait-il d'une véritable utilité.

Les invités se montraient presque déçus en découvrant l'appareil. Rien de spectaculaire : un microphone et deux tubes auditifs reliés à une caisse noire et un petit paratonnerre de sécurité. Mais l'important, bien sûr, était d'entendre. La municipalité avait mis sur pied tout un programme : le maire et le sous-préfet, restés au poste de police, adresseraient quelques mots à l'ingénieur et aux notables présents au sommet de la tour ; du même lieu, trois musiciens — violon, clarinette et saxophone — donneraient un bref concert ; et depuis l'hôtel des pompiers on entendrait chanter le chef de l'association chorale La Jeune France ainsi que mademoiselle Neerman, dont les habitués du théâtre appréciaient beaucoup le timbre de voix.

Pierre Vandromme monta parmi les derniers. Il n'avait pas reçu de lettre d'invitation, mais il était trop curieux, vraiment, de voir enfin fonctionner dans sa ville cet appareil seulement entrevu au palais du Trocadéro lors de l'Exposition universelle, trois ans plus tôt. Et l'un des ingénieurs, avec qui il se plaisait à discuter des techniques nouvelles, lui avait recommandé de ne pas manquer l'événement. Les essais, assurait-il, s'étaient montrés très satisfaisants, à peine remarquait-on de légères modifications — on ne pouvait même pas dire déformations — des voix et des sons.

A l'arrivée de Vandromme, le brouhaha des conversations s'était soudain presque apaisé. Il crut d'abord que l'expérience allait commencer, que la communication était établie avec l'hôtel des pompiers et le poste de police. Mais c'était lui qu'on observait. Et un personnage rougeaud, encore essoufflé par l'ascension, un adjoint au maire nommé Willems, s'approchait de lui, se tamponnant le front d'un mouchoir. Embarrassé.

— Bonjour, cher ami. Je regrette beaucoup que monsieur le maire, que notre ami le maire, ne soit pas là. Il vous aurait dit lui-même. Vraiment, je regrette. Mais nous n'avions pas prévu. Sinon, il vous aurait dit lui-même...

— Quoi ?...

Vandromme croyait deviner, craignait d'avoir deviné. Il montra le micro-téléphone :

— Monsieur le maire pourrait utiliser cet appareil pour me dire...

Willems ne sourit pas. Il jetait des coups d'œil à droite et à gauche comme pour appeler à l'aide. Leurs plus proches voisins les observaient, écoutaient. Plus loin, les conversations avaient repris.

— Bien. Confiez-moi donc ce que le maire m'aurait fait savoir...

— Eh bien, voilà. C'est à cause de tous ces on-dit, n'est-ce pas : nous pensons que...

— Qui : nous ?

— Eh bien, nos amis...

— Donc vous pensez que ?

— Que dans les circonstances présentes... Bien sûr, plus tard, tout va s'arranger. C'est évident. Les on-dit vont cesser, ces ragots vont s'éteindre, votre honorabilité sera reconnue. Mais en attendant, il vaudrait mieux que vous ne...

— Que je ne ?

— Que vous ne paraissiez pas...

— Que je ne paraisse pas, où ?

— Eh bien, voilà : aux cérémonies officielles. Mais c'est seulement pour un temps bien sûr. Ensuite...

Le gifler. Ecraser la main sur cette face molle. Crier. Vandromme se contint.

— C'est le maire qui vous a chargé de ce message ?

Willems se tamponna le front.

— C'est-à-dire : non. Il ne savait pas que vous seriez là, bien sûr. Mais il pense comme moi, j'en suis certain. Nos amis...

— Puisque vous pouvez lui parler, au maire, grâce au micro-téléphone, demandez-lui donc...

— Vous voulez plaisanter.

— Plaisanter ! C'est bien le moment...

Le gifler. Sur ces joues rougeaudes, les cinq doigts feraient cinq lignes blanches, jaunâtres. Le gifler.

— Ecoutez-moi, Vandromme, je vous en prie. Je cherche seulement à éviter un affront public, qui pourrait vous être adressé par n'importe lequel de ces messieurs. Comprenez-moi : c'est votre intérêt de partir. C'est seulement votre intérêt que j'ai en tête, que nous avons en tête.

Peut-être le croit-il, en effet. Ne pas céder, pourtant.

— Je resterai.

L'ingénieur municipal s'agitait, demandait le silence, annonçait qu'on allait commencer. Willems regarda Vandromme — des yeux étonnés, une moue désolée —, haussa les épaules, se détourna.

Vandromme resta.

Au vrai, il prêta peu d'attention aux discours, aux chants, et à la petite gavotte exécutée par les musiciens que les notables, se succédant à l'écouteur, saluaient d'exclamations laudatives. Il ne se mêla pas aux discussions qui suivirent. Il ne participa pas au chœur d'exclamations admiratives, ni aux échanges de prédictions sur l'avenir du merveilleux instrument que l'on venait de présenter. Mais il resta. Près de la sortie. Et il reparti parmi les derniers. Il compta ceux qui l'avaient salué : trois seulement avaient osé lui tendre la main, deux avaient vaguement incliné la tête, feignant d'être absorbés par des considérations sur les avantages et les handicaps du micro-téléphone ; les autres regardaient ailleurs, ou le fixaient sans le voir comme s'il eût cessé d'exister.

Le soir, il était dans le bureau du maire, Ezéchiel Lebleu. Qui levait les bras au ciel. Désolé. Il était désolé. On lui avait rapporté l'incident du matin, la conduite de son adjoint Willems. Pas très intelligent, le pauvre. Mais pas mal intentionné non plus. Il fallait comprendre. C'était l'intérêt de Vandromme de moins se montrer, s'il voulait éviter les affronts publics. Lui, Lebleu, maire de la ville, il était prêt à inviter le constructeur à toutes les cérémonies officielles, et, à chacune de ces cérémonies, il lui serrerait la main, publiquement. Et quand il se disait prêt à le faire, ce n'était pas mots lancés dans le vent, cela signifiait qu'il le ferait. Seulement voilà : il ne pouvait rien garantir pour les autres. Rien. Bien sûr, Willems s'y était mal pris. Mais qui sait s'y prendre avec la rumeur ? Personne. On a les bras coupés. On est comme paralysé. « Bon courage, quand même, ça passera. Ça finira bien par s'éteindre. Bon courage. »

Pierre Vandromme ne se sentait guère paralysé. Il le leur montrerait.

Chapitre huit

Maria s'inquiétait. Dix heures déjà, et Blaise ne rentrait pas. L'inquiétude était décidément le lot des femmes : dans la journée, les enfants, et le soir, quand ils sont couchés, endormis, le mari qui tarde.

D'habitude, il apparaissait vers huit heures quand il avait participé à une réunion. Elles n'allaient pas au-delà : les hommes reprenaient le travail à six heures le matin, parfois cinq.

Et si la police ?

Depuis leur retour en France, Blaise était surveillé : des contrôles irréguliers. Rien de très grave. Deux ou trois sermons aussi, du commissaire de police : « Attention, Riboullet. Il ne faut pas recommencer, hein ? La République s'est montrée généreuse en vous laissant rentrer. Alors, soyez reconnaissant. Laissez-la en paix. » Le policier racontait le retour des communards déportés en Nouvelle-Calédonie, auquel il avait assisté deux ans plus tôt, à Paris. « Vous auriez vu ces gueules sous les larges chapeaux de paille des pénitentiaires. Des forbans. Tenez-vous à l'écart, Riboullet. Ne vous laissez pas entraîner par ces gens-là. » Blaise serrait les poings, ne répondait pas.

Et si le commissaire, ou un autre, avait eu vent des réunions, bien plus nombreuses depuis quelque temps ? Ils ne pouvaient pas les ignorer. Ils devaient savoir que des syndicats s'organisaient un peu partout, et se regroupaient. Elle avait recommandé à Blaise de se tenir sur ses gardes, même si les policiers, à la veille des élections, se montraient plus coulants, pensant qu'on ne sait jamais. Pourtant, elle ne le retiendrait jamais de se démener pour la défense de l'ouvrier. Certes, les théories socialistes, qu'elle découvrait dans des brochures, paraissaient chargées de rêves. Mais la situation faite aux pauvres était inacceptable. Maria n'était pas, ne serait pas comme ces femmes — elle en avait connu jadis dans les mines, puis à Bruxelles, et encore aujourd'hui — qui détournaient les hommes d'agir en faveur du peuple.

Jamais il n'était rentré aussi tard. Les enfants, depuis longtemps, dormaient. Même Félicien, énervé pourtant depuis qu'elle lui avait annoncé qu'il reverrait sa mère le lendemain. Il n'avait rien dit — d'ordinaire sa conversation se limitait à quelques phrases par jour, lancées d'une voix âpre et rude —, mais elle l'avait entendu rire dans son dos, glousser plutôt ; et au moment de se coucher il s'était roulé en boule sous les couvertures pour l'empêcher de l'embrasser. Qu'avait-il en tête ?

Elle allait de la salle à la porte, se trouvait des occupations, vérifiait la facture d'un fournisseur de la coopérative des maçons, entreprenait de raccommoder le cartable de Grégoire, une musette de toile qui commençait à se percer aux coins, surveillait la cuisson du gâteau — une tarte « au lait bouli » comme on disait à Lille — qu'elle avait préparé pour honorer, le lendemain, sa visiteuse.

Elle se demandait ce qu'elle dirait à Alice Van Meulen. Lui avouerait-elle ses difficultés ? Lui raconterait-elle l'affaire des pinsons ? Elle était tentée de n'en rien faire. Et si Félicien — sait-on jamais ? — se mettait à tout expliquer ? Elle le sentait plutôt fiérot d'avoir libéré les oiseaux, l'avait entendu en parler, dans la cour, à Grégoire et au petit Arsène. Mais quand elle avait voulu leur tirer les vers du nez, rien. Silence. Les enfants vous échappent vite.

Un chien aboya, quelques maisons plus loin. Elle crut reconnaître le pas de Blaise, hésita par crainte de s'accorder une fausse joie, se laissa aller enfin : c'était bien lui.

— Tu ne devineras jamais, dit-il, d'où je viens.

Il s'était campé dans la porte, moqueur. Elle se jeta contre lui, soulagée, furieuse, et aimante.

— Devine...

Elle fit défiler, dans son esprit, toutes les hypothèses. En commençant, prudente, par les plus désagréables. Police ? Prison ? Impossible : il souriait trop. Hôpital ? Impossible aussi, pour la même raison. Et puis, s'il s'était cassé quelque chose, ça se verrait. Du côté agréable, elle ne trouvait pas plus : s'il avait rendu visite à des amis, il ne ferait pas tant de mystères.

Elle capitula.

— J'étais, dit-il, chez Pierre Vandromme, le constructeur de navires.

Il rit, sûr de son effet. Alla s'asseoir sur le banc, près de la cuisinière de fonte. Et raconta.

Une réunion, une de plus, dans l'arrière-salle d'un café du quartier de la citadelle, avec des charpentiers de navire et des menuisiers. Pas très nombreux parce que ces ouvriers-là avaient conscience de constituer une aristocratie, répugnaient à former des unions de travailleurs. Quelques-uns pourtant semblaient bien accrochés. Fidèles aux réunions, et sérieux. Mais ce soir, voilà la conversation qui dévie :

— Tu sais ce que c'est, Maria. Les camarades ont souvent du mal à respecter l'ordre du jour. Ils se sont mis à discuter de l'affaire Vandromme. Ça ne m'a pas étonné, bien sûr, puisque toute la ville en parle. Et eux, ils connaissent bien Vandromme, forcément, puisqu'ils sont de la partie. Je leur disais : on n'est pas là pour discuter de ça, ce n'est pas notre affaire. Mais ils continuaient, ils ont même failli se disputer : les uns pour, les autres contre. Pour Vandromme, contre Vandromme. Pour les curés, contre les curés. J'essayais bien de leur expliquer qu'il ne fallait pas diviser la classe ouvrière avec ces histoires de cléricaux et d'anticléricaux, qu'on devait laisser ça aux bourgeois ; ça n'y faisait rien. Je leur ai même répété ce que disait Jules Guesde, tu sais, que les communards avaient négligé leur véritable ennemi, le capitalisme, et qu'ils avaient fait une bêtise en allant chercher des otages dans les archevêchés et les sacristies alors qu'ils auraient pu arrêter Rothschild...

Maria connaissait cette phrase. Et d'autres. Blaise reprenait volontiers les critiques contre les dirigeants de la Commune — trop divisés, disait-il, sans perspectives, pas tous dignes du peuple qu'ils commandaient. Après qu'elle l'eut tiré des pattes des versaillais, il s'était longtemps écarté de l'action politique — pas seulement par prudence. Ensuite, ce qu'il avait peu à peu appris de la sauvagerie de la répression, les votes des premiers députés de la IIIe République, l'avait scandalisé et ramené dans la bataille.

— J' t'en fiche, poursuivait Blaise. Les camarades ne voulaient rien entendre. Et Vandromme par-ci, et Vandromme par-là. Au milieu des criailleries il y en a un, un scieur de long qui travaille à la tâche, de chantier en chantier, qui lâche tout d'un coup : « Moi, je sais pourquoi il est dans les ennuis, Vandromme ; il y a quelqu'un qui lui en veut. » Les autres étaient tellement embarqués dans leur discussion qu'ils n'y ont pas fait attention. Ils n'ont même pas entendu, peut-être. Tu sais ce que c'est.

Elle imaginait : les cris, le tabac, et la bière ; le tenancier, sur le pas de la porte, faisant mine de prendre le frais du soir mais s'assurant surtout qu'aucun mouchard ou aucun policier ne passait par là ; et se précipitant à la moindre occasion pour remplir des chopes et des chopes de bière. Pourquoi buvaient-ils tant dans ces réunions ? Pourquoi les hommes buvaient-ils tant dès qu'ils se retrouvaient ? Elle rêvait parfois de rassembler les femmes pour qu'elles y mettent, ensemble, bon ordre. Blaise, par chance, n'exagérait pas. Elle ne l'aurait pas supporté.

— A la fin de la réunion, dit-il, je suis reparti avec le scieur de long. Et je l'ai fait parler. Ce qu'il sait est très simple. Mais très important peut-être. Il connaît un charpentier de navires nommé Begem qui est revenu ici après avoir travaillé plusieurs années sur des chantiers hollandais, à Flessingue. Il paraît que, la semaine dernière, ce Begem avait un peu trop traîné dans les cafés de la Basse-Ville et qu'il était rond comme un mât d'artimon. Alors, il faisait le malin. Il criait : « Enfoncé, le Vandromme, les Begem l'ont eu ; il a fallu vingt ans mais les Begem l'ont eu. » Mon scieur de long l'a ramené chez lui — il aurait facilement glissé dans le canal, vu son état — et en le ramenant il a essayé d'en savoir plus. Difficile, bien sûr, avec un homme soûl. Mais il a cru comprendre qu'il s'agissait d'une très vieille histoire, entre le père Vandromme et le père Begem. Le bonhomme répétait « J'ai vengé mon père ». Il voulait même entraîner l'autre au cimetière : « Viens, on va aller lui dire à mon père. Il sera bien content. » Des paroles d'homme soûl... Mais impossible d'en savoir plus.

— Et ton scieur de long n'a pas jugé bon de prévenir Vandromme ou les douaniers ?

— Penses-tu ! Je lui ai demandé, bien sûr. Il répond que ça ne le regarde pas, qu'il ne veut pas se mêler des affaires des gros, que les gros, de toute façon, s'en tirent toujours, et que ça retombe sur les petits après.

— Alors ?

Elle avait hâte, maintenant, de connaître la suite. Pourquoi

Blaise s'était-il, sans attendre, rendu chez ce Vandromme, qu'il ne connaissait pas, qu'il n'avait sans doute jamais vu ? Après tout, il pouvait bien attendre le lendemain, charger du message. Alice Van Meulen qui semblait s'intéresser au constructeur...

— J'ai pensé, dit-il après un silence, à tout ce que devait endurer cet homme s'il n'a vraiment pas trempé dans cette histoire. J'ai pensé aussi à l'Irlandais.

L'Irlandais ! Le chercheur d'or aux yeux mourants qui l'avait aidée à sauver Blaise alors que les soldats de Thiers s'apprêtaient, peut-être, à le massacrer comme tant d'autres communeux prisonniers. Traînant le blessé avec elle dans Versailles, il les avait embarqués dans un fiacre — et fouette cocher. Le soir, ils étaient à Dreux, le lendemain à Dieppe. A l'hôtel, Blaise passait le plus clair de ses journées au lit. L'Irlandais expliquait alentour qu'ils étaient ses cousins, que Blaise était tombé en arpentant les falaises du côté d'Etretat. Lui passait toutes ses soirées au casino, vaste édifice flanqué de quatre tours carrées, près de la mer, à jouer à l'écarté et au whist — sans jamais révéler comment il s'y prenait pour gagner, avec ses yeux brouillés. Jusqu'au jour où, Blaise remis sur pied, il s'était embarqué pour l'Irlande. Eux s'étaient enfuis le long de la côte, jusqu'en Belgique. Et n'avaient plus eu de ses nouvelles. Jamais. Maria, souvent, priait pour lui.

L'Irlandais ! Un jour qu'ils le remerciaient, il avait répondu « Ce qu'on peut faire, il faut le faire ; et sans attendre ; si on attend, on ne le fera pas », avant de passer un flacon de whisky à Blaise : « N'attends pas, Blaise, bois ! »

Il disait « Blaisse », comme blessure.

— Alors, chuchota Maria, tu as pensé : « N'attends pas, Blaisse, bois ! »

Il rit. Elle était fière de lui. Elle l'embrassa. Ils avaient vingt ans. Ils montèrent dans leur chambre. Vite. Ils avaient hâte. Et les portes à fermer ? Et la lampe à éteindre ? Les vêtements à défaire ? N'attends pas, Blaisse, n'attends pas.

Plus tard dans la nuit, elle lui demanda :

— Ce Vandromme, au fait, comment t'a-t-il reçu ? Il le connaissait, ce Begem ?

— Il tombait des nues. J'ai d'abord dû me présenter. Il se méfiait, tu comprends. Ensuite, il ne voulait pas trop y croire. Il n'avait jamais entendu parler de ce bonhomme. Mais il va interroger sa mère : le père lui avait peut-être raconté. Et j'ai l'impression qu'il ne tardera pas à aller plus loin. Il était excité ! Et soulagé, je crois... Heureux. Il a un de ces cognacs !

— N'attends pas, Blaisse, bois !

Ils roulèrent sur le lit en riant. Ils avaient vingt ans.

Dès qu'il eut prononcé devant elle le nom de Begem, la mère de Pierre Vandromme raconta à son fils la nuit des Bahamas. Avec une précision dont elle s'était toujours abstenue.

La nuit des Bahamas, c'était vingt ans plus tôt. Le *Rubis,* un lourd trois-mâts commandé par Charles Vandromme, le père de Pierre, avait été pris dans un ouragan alors qu'il faisait voile vers Cuba. Le vent, violent, jouait avec le navire qui roulait, tanguait, titubait comme un ivrogne. Les drisses et les haubans claquaient. Les hommes, bousculés par la bourrasque, aveuglés par l'eau du ciel et de l'océan, souffletés par les voiles, griffés par le froid bien qu'ils fussent sous les tropiques, avaient cru mourir.

Ils luttèrent deux jours entiers, sans jamais faiblir. Et soudain, le calme. Le vent s'était amolli, restant assez fort pour repousser les nuées déchiquetées, libérer le ciel de son voile noir. La mâture ne gémissait plus. Les matelots se tâtaient les côtes et les membres, presque étonnés de se retrouver entiers. Le navire n'était qu'une ruine flottante.

Charles Vandromme avait cherché refuge dans la baie d'une petite île des Bahamas, quelque part au nord-ouest d'Haïti, pour réparer. Un paysage comme on n'en voit que sur les images. L'eau, le plus souvent immobile comme un miroir, se ridait tout juste pour briser la rigidité du reflet des mâts. Autour, une plage aux tons ocres où traînaient des tortues paresseuses parmi les cadavres desséchés de squales. Au-delà, les grands panaches verts des palmiers dominaient des pendentifs de fleurs éclatantes, des palétuviers aux puissantes racines, des enchevêtrements de lianes ; des éventails de verdure montaient à l'assaut des collines aux sommets dénudés. Et l'habituel vacarme des tropiques : trilles de cigales, sérénade de cacatoès, chant des grenouilles géantes, bourdonnement des insectes, cris inconnus d'oiseaux aux mille couleurs.

L'équipage respirait. S'activait aussi à recoudre des voiles, réparer des vergues, remplacer des cordages, redresser un mât qui dans la bataille avait fléchi. Le soir, les hommes — des Flamands pour la plupart, mais aussi deux Corses recrutés au hasard d'une escale pour remplacer des malades, et un Noir de la Martinique — se reposaient en racontant des histoires de tempête pour établir des comparaisons, rêvaient aux femmes qu'ils trouveraient dans les bas quartiers de La Havane, se régalaient de rhum et d'une bière dont ils avaient embarqué des tonneaux au départ mais qui devenait écœurante par ces chaleurs.

En deux jours, le *Rubis* avait retrouvé sa fière allure. Au soir, Charles Vandromme décida qu'on ferait voile le lendemain. La brise était bonne. La nuit paisible. Sans lune, mais presque éclairée par une infinité d'étoiles relayées, tout autour de la baie, par des guirlandes de lucioles.

En prévision du départ, le capitaine avait abrégé la soirée, veillé à ce que tout son monde cherche au plus tôt le sommeil — excepté bien sûr les hommes de quart. C'était Begem, nous y voilà, Jules Begem, qui devait prendre le second quart de nuit. Un garçon sur lequel Charles Vandromme avait fondé d'abord de grands espoirs, bientôt déçus parce que Jules Begem aimait trop boire un mélange à sa façon composé de rhum, de gin, de brandy et de porto, dont il prenait soin de s'approvisionner à chaque escale et dont la première propriété était d'entretenir la soif. Cette passion pour l'alcool provoquait parfois des incidents. Minimes. Sauf le jour où, à Philadelphie, Begem avait mal surveillé l'arrimage à fond de cale d'un chargement de grain : au milieu de l'Atlantique, alors que le *Rubis* était chahuté par un fort coup de vent, le grain s'était mis à valser de bâbord à tribord, menaçant de faire basculer le navire. Vandromme avait frotté les oreilles de son second, sans ménagement. Mais le gardait parce que Begem, fin navigateur, ne se connaissait guère de rival pour deviner les caprices de la mer.

Charles Vandromme, ce soir-là, s'était endormi l'âme en paix. Si cette brise se maintenait, il serait vite à La Havane de Cuba, y déchargerait dare-dare sa cargaison de fers et de toiles, embarquerait quelques caisses de cigares, du sucre aussi, et en route pour la Martinique puis la France.

Il fut réveillé au milieu de la nuit par un tintamarre de tous les diables. Des cris, des hurlements plutôt, des chocs sourds. Il n'était pas levé que trois gaillards ouvraient la porte de sa cabine ; ils n'appartenaient pas à son équipage et s'exprimaient dans un sabir inconnu. Il comprit bientôt. Des pirates ! Des pirates qui étaient entrés dans la baie à bord de barques, pour se hisser sur le navire et le mettre à sac. Maîtriser l'équipage endormi n'avait été qu'un jeu. Un matelot qui tentait pourtant de se défendre s'était retrouvé avec une joue fendue. Et Charles Vandromme fut sérieusement blessé en voulant en faire autant. Essayant d'échapper à ses gardiens qui l'emmenaient sur la dunette, il avait basculé sur le pont, quelques mètres plus bas, se cassant net les deux jambes, qui se recollèrent mal ; à la suite de quoi, infirme, il dut abandonner la navigation.

Les pirates, cette année-là, faisaient des affaires d'or. Depuis des décennies leur activité allait diminuant : la flotte des Etats-Unis leur menait une chasse incessante, leur rendait la vie impossible. Dans les années vingt, une forte escadre américaine avait même effectué un raid contre leurs bases, dans l'île de Cuba. De quoi les calmer. Mais en 1861, la guerre de Sécession venait d'éclater, la marine américaine était donc occupée ailleurs : les bateaux yankees montaient la garde au large des côtes du Sud pour interdire l'accès des navires, asphyxier l'économie des confédérés. Les vocations de forbans avaient aussitôt fleuri. Tout un ramassis de mauvais garçons, Noirs, Blancs, créoles, métis de toute couleur, Cubains, Haïtiens, Dominicains, Américains, Antillais, s'étaient dit qu'il y avait de l'argent à gagner dans la région, de superbes coups à réaliser, en forçant le blocus pour le compte de qui paierait le mieux, ou en profitant de l'absence des gendarmes de la mer pour piller et rançonner les navires qui s'aventuraient dans les parages.

Charles Vandromme devait se reprocher toute sa vie de ne s'être pas assez méfié. Son excuse est qu'il ignorait cette subite renaissance de la piraterie locale. Le *Rubis* en fut l'une des premières victimes.

Quand les pirates, au petit matin, abandonnèrent son navire, le capitaine allongé sur le pont fit les comptes. Ils n'avaient touché, dans la cale, ni aux fers ni aux toiles, trop lourds et trop peu rentables pour eux. Mais ils avaient emporté des ballots de soieries, toutes les provisions et les vêtements, tous les instruments nautiques, et bien sûr toutes les pièces de monnaie trouvées ici ou là. Le matelot blessé, la joue percée, la tête enturbannée, chassait des vols d'insectes qui s'activaient autour de son pansement sanglant. Et Begem, le second, était étendu, face contre terre. Inerte.

Charles Vandromme le crut mort. Et s'émut à la pensée que ce jeune marin avait payé de sa vie la défense de ses compagnons et de leur navire. Mais il dut rapidement envisager une autre explication : si Begem avait sombré dans une sorte de coma, c'était sans doute à force de boisson. Quand les pirates — deux douzaines d'hommes, semblait-il — s'étaient hissés à bord, il était apparemment incapable de les entendre. Il s'était lui-même assommé d'alcool en compagnie d'un homme de veille que l'on retrouva un peu plus tard allongé au milieu des cordages, ronflant et bavant. Inconscient du drame qui s'était produit à bord du *Rubis*.

Entre le capitaine, aux jambes maintenues dans des attelles de fortune, et son second réveillé à force de coups et d'eau, les explications furent orageuses. Begem prétendait contre toute évidence que les pirates, arrivés dans le plus grand silence, lui avaient sauté dessus avant qu'il ait eu le temps de les voir, que, certes, il avait tâté ce soir-là de son mélange préféré, mais que cela ne l'empêchait pas d'être parfaitement réveillé et lucide, et que l'état comateux dans lequel on l'avait trouvé ne provenait pas de l'alcool, seulement des coups des pirates. Il produisait, à l'appui de ses dires, une plaie au crâne. L'odeur de l'alcool — à vrai dire, il empestait — démentait tout son récit. La plaie au crâne, jugea Vandromme, le second se l'était sans doute faite seul, en tombant.

L'affaire, bien sûr, n'en était pas restée là. Le second, dégradé en dépit de ses protestations, n'avait plus trouvé par la suite d'embarquement. Il en voulait à Charles Vandromme, parlait de se venger, proférait des menaces dans les estaminets des quais. Et puis, on n'en avait plus entendu parler.

C'est ce que madame Vandromme raconta à son fils quand il lui parla de Begem. Il connaissait vaguement, bien sûr, l'histoire des pirates. Mais n'avait jamais entendu le nom de Begem :

Charles Vandromme préférait ne pas s'attarder sur la défaillance de son second. Un mauvais souvenir qu'il s'appliquait à chasser. Ce marin, qui décrivait volontiers les ports des Amériques et des Caraïbes, les batailles menées contre bourrasques et ouragans, et le bonheur de courir les flots quand le navire porté par un bon vent trace allégrement sa route, ne conta jamais vraiment à son fils la nuit des Bahamas.

Que le fils Begem ait voulu, vingt ans après, venger son père de ce qu'il considérait sans doute comme un déni de justice, passe encore, cela pouvait s'admettre. Mais comment l'eût-il pu, alors que Pierre Vandromme ne se souvenait pas l'avoir vu sur son chantier ? D'ailleurs, à en croire le maçon, ce Riboullet qui s'était présenté si curieusement la veille au soir en se recommandant d'Alice Van Meulen, le fils Begem avait travaillé les années précédentes en Hollande. Et s'il était le fameux témoin que l'inspecteur Ricci se réservait de faire apparaître pour porter à Vandromme le coup décisif, de quoi pourrait-il bien témoigner ?

De se poser sans cesse ces questions sans jamais y trouver de réponse convaincante, Pierre Vandromme enrageait. Parfois il se disait qu'on ne lui avait rapporté, en somme, que des propos d'ivrogne. Pourtant, ceux-ci, le récit de sa mère l'en avait convaincu, correspondaient à une réalité : il existait bien, entre les Vandromme et les Begem, un différend et des rancœurs. Ce Riboullet n'avait donc pas inventé l'histoire — et pourquoi l'eût-il fait ? Mais elle n'éclairait rien, obscurcissait un peu plus, au contraire, les nœuds de mystères dans lesquels le constructeur se sentait pris au piège.

Le plus simple était d'interroger ce Begem. Où le trouver ? Vandromme courut toute la matinée les estaminets de la Basse-Ville, seul point de repère que lui ait fourni Riboullet.

Dans ce quartier populaire mais récent, aux larges rues hérissées d'usines et barrées par les remparts de Vauban, c'était l'animation habituelle des dimanches matin. Les cloches convoquaient à l'église les enfants endimanchés et des femmes qui avaient jeté sur leurs épaules leur plus beau châle — quelques-unes portant maintenant chapeau, comme des bourgeoises. Les hommes — ceux du moins qui n'étaient pas retenus par leur travail — préféraient l'autre messe, celle des bistrots bruyants et enfumés, aux murs jaunâtres à peine égayés par des affiches défraîchies, parfois une petite cage où s'égosillait un canari. On célébrait là le culte de la République et — un ton plus bas parce qu'on ne sait jamais — celui de la Sociale. On rêvait à des lendemains meilleurs pour l'ouvrier. On était entre soi.

Chaque fois qu'il pénétrait dans un de ces établissements, Vandromme n'avait pas seulement le sentiment de surprendre : il comprenait qu'il dérangeait. Chacun de ces estaminets, dont certains faisaient aussi épicerie, avait sa clientèle attitrée : les hommes des trois ou quatre habitations voisines. Certains reconnaissaient le constructeur et s'étonnaient de le voir surgir là. La plupart se demandaient qui était ce bourgeois et ce qu'il voulait. A tous, Vandromme posait la même question : Begem ?

Begem, ce nom ne leur disait rien. Il n'habitait pas, en tout cas, dans les environs : cela se saurait. Il ne consommait pas habituellement dans ce cabaret : on aurait fini par apprendre son nom ; d'ailleurs, on recevait rarement des clients inconnus, sauf à l'époque du carnaval.

Vandromme finit pourtant par obtenir un renseignement. Mince. Le patron d'un petit estaminet où une pancarte annonçait en flamand *Het is verbooden te vloehken* (« Il est interdit de blasphémer »), un gros homme à la tignasse rousse, connaissait Begem. « Il passe parfois par ici. Mais il est pas du quartier. Je sais pas où vous pourrez le trouver. Il doit habiter de l'autre côté de Rosendaël, tout près des dunes. Pourquoi vous le cherchez, Begem ? »

En guise de remerciement, Vandromme avait bu une pinte de bière et laissé sa monnaie. Mais rien appris de plus. Et rien appris non plus dans les bistrots où il avait poursuivi sa quête, alors que le carillon de la tour annonçait midi. A la description que Vandromme possédait désormais et qu'il répétait avec constance — un grand brun, plutôt bel homme, à la barbe broussailleuse — certains hochaient la tête : oui, ils l'avaient peut-être vu, et si c'était celui auquel ils pensaient, il s'agissait d'un franc buveur, mais ils ne connaissaient pas son nom et encore moins son adresse.

Rentré chez lui, pour partager le repas de sa mère, Vandromme ne décolérait pas. On lui avait montré une issue possible, mais à mesure qu'il tentait d'en approcher elle s'éloignait.

Aussitôt le repas expédié, il décida, pour obtenir peut-être un détail oublié, d'aller interroger à nouveau, chez lui, Blaise Riboullet.

Il y retrouva Alice Van Meulen.

Elle était arrivée le matin chargée de gâteaux, de friandises, de jouets pour les garçons, et de robes pour Catherine. Un amoncellement de cadeaux qui n'avait plu ni à Maria ni à Blaise. Plutôt humiliés, ils avaient à peine remercié. Mais quoi ? Les bonnes intentions de la jeune femme étaient aussi évidentes que son désarroi, son anxiété au moment de retrouver Félicien.

L'enfant l'avait embrassée comme il convenait, sans plus, tandis qu'elle le serrait contre elle avec emportement. Maria respirait, soulagée : elle avait craint de cette rencontre n'importe quoi, y compris le pire. Mais Félicien refusait de suivre sa mère qui comptait l'emmener pour une promenade en fiacre et un repas au restaurant, se retrouver seule avec lui, libérer aussi les Riboullet de son épuisante présence. Non, il préférait rester là, il voulait jouer avec Arsène ; mais on emmènerait Arsène s'il le souhaitait ; il voulait jouer aussi avec Julien ; alors on emmènerait Julien ; et même Grégoire ; va, pour Grégoire. Non, tout compte fait, c'était le lieu qui lui plaisait, la cour, le grand bâtiment aux surprenants dédales. Bref, il ne bougerait pas.

Devinant la crise proche, les deux femmes avaient cédé : Alice prendrait avec eux le repas de midi. Un repas simple : pot-au-feu et salade. Avec, bien sûr, la tarte « au lait bouli » préparée la veille et d'abord prévue pour le goûter. Toutes deux avaient eu la même pensée — que dirait Céleste, la mère d'Alice, en voyant sa fille manger chez son ancienne bonne en compagnie d'un meneur socialiste ? Et elles avaient fini par se le confier, rieuses, se disant qu'après tout Céleste Rousset eût été capable d'en faire autant, dans des circonstances analogues, étonnées de se sentir proches, à présent. Alice en avait profité — les enfants jouaient dans la cour, Blaise réparait la porte d'une chambre — pour demander à Maria si, au courant comme elle l'était de la vie de la France et du monde, capable, on le savait, d'écrire aussi bien qu'une institutrice, et énergique, dégourdie, active, elle ne se sentait pas limitée, mutilée, à demeurer tous les jours entre ses quatre murs, à n'être en somme que la bonne de son mari et de ses enfants, même si elle tenait les comptes de la coopérative des maçons et, à ses rares moments de loisirs, enseignait les femmes du quartier ?

Sa question avait surpris, presque choqué. Maria prenait son temps, hésitait :

— Ah... Je... Non. Je ne crois pas... Je suis heureuse, vous savez. Blaise et moi... On se dit tout. Et on a confiance. Absolument. Les enfants...

— Mais vous auriez pu faire plus, Maria. Etre...

— Etre quoi ?

— Je ne sais pas, moi...

A son tour d'hésiter. Quelles voies étaient ouvertes aux femmes ? Des impasses presque toujours. Maria, justement, insistait :

— Ici, quand une femme mariée va travailler à la filature, ou au port pour raccommoder des sacs, ou chez les gens pour faire des ménages et des lessives, c'est parce que son mari boit, ou parce qu'il est tuberculeux. Quand une femme a un mari en bonne santé, et qui ne boit pas, elle reste chez elle. Et elle pense que c'est un progrès.

Une réponse qu'Alice avait jugée désespérante. Ainsi, tout ce que Maria imaginait, c'était de raccommoder des sacs ou de faire des lessives ! Comment pouvait-elle être aussi dépourvue d'ambition ? On s'était trompé, chez les Rousset, sur la véritable personnalité de Maria Vandamme ; le temps passant on lui avait forgé, avec la contribution enthousiaste et sans doute naïve de Jérôme Dehaynin, une légende qui ne correspondait guère à la réalité. A moins que l'ancienne bonne ait été reprise par son milieu, rabaissée par la rude vie de l'exil, assommée par les difficultés du quotidien, étouffée par l'environnement populaire. L'explication, à coup sûr, était là.

— Institutrice, avait murmuré Maria, j'aurais aimé... Mais c'était trop tard, comprenez-vous ? On peut beaucoup changer sa vie avec de la volonté, mais pas rattraper les années. Surtout quand on est femme. Un homme comme Monsieur... comme votre père, il était ouvrier, il a pu devenir patron. Mais une femme ? Vous-même, on sait bien quelles misères ils vous font, les autres. Pourtant, vous êtes de chez eux, vous êtes allée au couvent avec leurs filles, vous aviez épousé un Van Meulen. Alors, moi ? Vous imaginez... A Bruxelles, souvent, j'ai réfléchi. J'en ai parlé avec Blaise, avec des femmes de l'Internationale aussi. Elles n'étaient pas toutes d'accord, bien sûr. Les femmes tâtonnent, ce siècle-ci. La réussite de la vie, ce n'est pas seulement un métier, comprenez-vous ? Il y a des grands aussi dans le peuple, des très grands... Autant que... que chez vous. Peut-être plus, je ne sais pas. D'ailleurs, ça n'a rien à voir. En fin de compte, j'ai décidé que je ferai cela, que j'accompagnerai mon homme, que j'aiderai les femmes autour de moi à avancer, et que je préparerai mes enfants. C'est une affaire de génération aussi. Chaque génération peut faire un pas de plus, ou deux, ou trois. Catherine sera mieux. Elle est déjà mieux puisqu'elle va à l'école. Et j'essaierai de la pousser loin. Autant que les garçons.

Alice, bouleversée, avait songé l'embrasser, s'était aussitôt reprise. Blaise était revenu, les interrompant, alors que Maria confiait son rêve, presque impossible : faire de Catherine un médecin — six ans plus tôt la faculté de Paris avait, pour la première fois, décerné un doctorat à une jeune Française ; aucune faculté de province ne s'était encore résolue à l'imiter.

Pendant le repas, animé — les enfants, bien sûr, racontaient l'histoire des pinsons aveugles ; impossible de les en empêcher ; et Félicien se pavanait, faisait le malin —, Alice avait plusieurs fois songé à ce rêve : faire de Catherine un médecin ! A cause de Jérôme Dehaynin, sans doute, et des années que Maria avait passées chez lui. Eh bien, si c'était possible, si la mère et la fille le voulaient toujours, elle les aiderait à mener ce combat. Elle s'en réjouissait déjà.

Elle les regardait vivre avec bonheur, ne s'étonnait plus de se trouver, dans son élégante robe de flanelle rose (qu'elle avait, pourtant, choisie simple) au milieu de ces gens modestement vêtus, se flattait quand même de manifester ainsi une largeur de vues qui la distinguait des hommes et des femmes qu'elle rencontrait d'habitude.

Là-dessus, voilà qu'on cognait à la porte : Pierre Vandromme !

Tous s'étaient, d'un coup, levés. Blaise : à demi étonné

seulement. Maria (qui n'avait jamais vu le constructeur) et les enfants : interrogatifs. Alice : troublée.

Félicien, lui, avait aussitôt disparu.

Les deux femmes s'en aperçurent avant même d'avoir échangé trois mots avec Vandromme, furent bientôt à ses trousses. Maria s'était précipitée au grenier, Alice sur ses talons, qui découvrit, sans en comprendre les raisons, l'agencement des caisses en fortin. Mais pas de Félicien.

Il fallut se rendre à l'évidence : l'enfant n'était pas, non plus, dans les dépendances de la maison. Il avait fui. Alice croyait comprendre pourquoi : le souvenir de la maquette du *Victory* fracassée dans le compartiment du train, entre Dunkerque et Lille ; un sentiment de culpabilité qui sans doute l'écrasait. Mais où avait-il couru ?

Ils se précipitèrent tous dans la rue. Vandromme compris, à qui Riboullet avait expliqué en deux mots les difficultés du garçon. Une voisine avait vu Félicien : « Il courait par là. Je me suis demandé... »

Maria, déjà, n'écoutait plus. Par là, c'était le canal, une longue ligne d'eau où dormaient des bélandres en attente de fret. Pourvu que.

Ils aperçurent, dès l'arrivée, un marinier qui s'agitait, empoignait la longue perche à pointe de fer qui sert à pousser sur la rive pour faire avancer le bateau. « Avec ça, je vais le rattraper, je l'ai vu glisser. Là... »

Ils savaient tous qu'il parlait de Félicien.

Les enfants criaient. Pierre Vandromme arracha sa redingote :

— Je vais y aller. Je sais nager.

Il était le seul. Le marinier tâtait le fond du canal, avec précaution, de la pointe de la perche.

— Il doit être par là. Je l'ai vu glisser. J'étais en train de donner à manger à mes chevaux. Et je l'ai vu.

Vandromme plongea.

D'instinct, il avait fermé les yeux. Il dut faire effort pour les ouvrir, tant l'eau devenait visqueuse et sale. Et d'abord, il ne distingua rien, que des lueurs glauques et jaunes où glissaient des ombres. Il tenta de s'orienter, vit onduler doucement de longues tiges, pensa qu'il s'agissait des roseaux de la berge, s'aperçut qu'il passait sous le ventre plat d'une bélandre, obliqua. Il était temps déjà de remonter pour respirer.

De la rive, on l'aperçut. Une petite foule s'était assemblée — des femmes en tablier, quelques passants, des ouvriers en blouse —, qui criait, faisait des signes, « Là, là ». L'enfant, peut-être, était réapparu, barbotant. Vandromme donna un coup de reins, bascula à nouveau vers le fond, dans la direction qu'on lui indiquait. Les yeux grands ouverts maintenant, il distinguait mieux le bord du canal, son tapis de vase et d'herbes jonché d'objets et de ferrailles. Des anguilles le frôlèrent, de petits poissons blancs s'enfuirent alors qu'il avançait dans l'eau grasse et gluante, écœurante. Le courant, presque nul, ne pouvait avoir emmené bien loin le gamin. Pourtant, il ne le voyait pas. Peut-être s'était-il, en se débattant, coincé entre deux péniches, ou entre les péniches et la rive. Il faudrait tout explorer. Et Vandromme se sentait trop seul. Pantalon et chemise, collant au corps, le gênaient. Les tempes bourdonnaient. Remonter. Respirer.

De la berge on lui cria encore : « Par là, par là. » Ils avaient donc revu le gamin. Il devait gigoter comme un beau diable. Nouveau coup de reins. Vandromme repartit en recherche.

Il aperçut enfin l'enfant, sur la droite, qui remuait faiblement, coula jusqu'à lui, l'attrapa par le pantalon, le saisit à bras le corps. Remonter. Vite. C'était une question de secondes maintenant. Mais le garçon, fou de peur sans doute, et animé d'une énergie nouvelle, se débattait, glissait entre ses bras.

Vandromme allait étouffer. Remonter, respirer, puis redescendre chercher l'enfant ? Trop risqué : et s'il le perdait ? Il fallait l'assommer pour qu'il ne bouge plus ; c'est ce qu'on enseignait aux marins. Il tapa. Félicien se laissa aller.

Vandromme apparut bientôt à la surface portant, entraînant, soutenant l'enfant d'un bras. Sur la berge, ce fut un grand soupir. Vandromme cherchait des yeux Alice, mais le soleil l'éblouissait, il ne la distingua point. Il haletait. Pour le soulager, le marinier avait glissé sa perche sous le corps de Félicien. Blaise Riboullet s'était avancé au milieu des roseaux de la berge, au risque de tomber à l'eau. Vandromme lui passa le petit garçon. Des hommes lui tendaient la main pour l'aider à remonter. On étendait le gamin sur le talus. Vert, blanc, ruisselant.

Alice et Maria s'étaient jetées sur lui, d'un même élan. Il respirait.

Du petit attroupement qui s'était formé venaient mille

conseils : « Mettez-le à plat ventre. Faut le faire vomir. Il a dû boire une bonne tasse. Faut pas qu'il garde cette eau, trop mauvaise, pleine de saletés. Tirez-lui la langue pour le faire respirer. »

Les deux femmes s'agitaient. Blaise était parti chercher un médecin. Le marinier, les mains dans les poches de son gilet à boutons de cuivre, faisait l'important, expliquait, pour la dixième fois peut-être : « Il courait sur la route. Je faisais à peine attention, je nettoyais mes chevaux. Et puis, il y a une voiture qui est arrivée ; elle allait vite. Alors ce gamin s'est garé sur le talus pour la laisser passer. Et c'est là qu'il a glissé sur l'herbe et les roseaux. Moi, hein ! Je pouvais pas penser à ça, hein ? J' pouvais pas prévoir : j'étais en train de soigner mes deux chevaux, parce que demain on va partir charger, ils devront tirer, hein ? »

Alice et Maria ne retenaient que ces mots : « Il a glissé sur l'herbe et les roseaux. » Il n'avait donc pas voulu se jeter à l'eau. Le pire n'arrive pas toujours.

L'enfant avait repris conscience. Gémissait. Esquissait un sourire. Vomissait enfin. Se secouait. Frissonnait. On l'enveloppa dans une couverture qu'un voisin avait apportée.

Vandromme s'était ébroué, puis, assis un peu à l'écart, souriait au petit Arsène, admiratif, qui le harcelait de questions — « Et comment c'est fait, au fond de l'eau ? Est-ce qu'on voit clair ? Il y a beaucoup de poissons ? ». Il songeait avec un peu de dépit qu'Alice Van Meulen, tragiquement belle dans sa robe rose, cheveux blonds dénoués par la course dans les rues alors qu'elle croyait l'enfant perdu, ne l'avait même pas remercié quand il lui ramenait son fils.

Il la revoyait sur la place, la nuit : « Monsieur Vandromme, je voudrais vous épouser. » Il venait alors de quitter Mathilde, dans une grande confusion de sentiments, furieux, rageur, soulagé pourtant d'avoir rompu. Et cette femme devant lui, qu'il n'avait pas reconnue d'abord : « Monsieur Vandromme, je voudrais vous épouser. »

Il revivait, seconde par seconde, son plongeon : il voulait sauver l'enfant, bien sûr, mais c'était elle qu'il avait désiré impressionner, éblouir, en se jetant dans l'eau glauque et visqueuse.

Et s'il en faisait sa maîtresse ? Pourquoi refuser cette femme qui s'offrait ? En l'apercevant à son arrivée chez les Riboullet, il avait été troublé, plus que les autres fois peut-être, par la vivacité, la lumière qui était en elle, un sentiment mêlé de force et de faiblesse. Il l'avait désirée, s'était imaginé, un instant, sur elle. Et comme elle le regardait, il s'était dit qu'elle l'avait compris, deviné. Mais déjà elle disparaissait, courait après l'enfant.

En faire sa maîtresse ? « Monsieur Vandromme, je voudrais vous épouser. » Vous épouser.

L'épouser ? Une femme souhaitait l'épouser, l'avait demandé en mariage. Il avait été « demandé ». Un homme ! Il voulut chasser cette idée. Ce n'était pas le lieu d'y penser, au bord du talus, au milieu de cette troupe qui s'impatientait dans l'attente du médecin. Il avait bien assez de soucis. Begem. C'était Begem dont il était venu chercher la trace.

Arguant de la nécessité de se changer, il prit congé.

— Vous reviendrez, dites ? Vous reviendrez ?

Elle semblait tellement fragile. La prendre dans les bras, pour la protéger. Il promit.

Il n'attendit pas une heure pour revenir. Tout juste le temps de revêtir des vêtements d'été, redingote d'alpaga et chapeau de paille : le soleil de mai le justifiait.

Mais pourquoi tant de précipitation ?

Le souci de l'enfant qu'il avait sauvé ? Félicien dormait, le médecin avait prescrit de le purger avec du sel d'Epsom, de le nourrir de jus de carotte pour rétablir ses intestins, et de lui administrer des compresses de farine de moutarde pour éviter la fièvre.

La volonté de retrouver la trace de Begem ? Il s'en ouvrit à Riboullet dès son retour. Le maçon ne savait rien de plus ; et il ne pourrait retrouver avant le lendemain le scieur de long qui lui en avait parlé.

Le désir de revoir Alice ? La jeune femme l'espéra, le crut. Elle n'avait pas quitté le chevet de Félicien mais, le voyant endormi, et apprenant le retour de Pierre Vandromme, elle descendit dans la salle, le trouva engagé avec Blaise dans une discussion à propos de l'expédition de Tunisie, qu'il interrompit à peine — juste le temps de recevoir ses remerciements. Le bey venait de signer le traité du Bardo, autant dire qu'il remettait son pays à la France, et Vandromme s'en félicitait — toutes ces annexions ne pouvaient que favoriser le commerce, donc les ports. Blaise, lui, jugeait qu'on détournait ainsi l'armée française de son premier devoir : battre l'Allemand. Certains socialistes croyaient que le prolétariat international pourrait empêcher désormais les guerres, mais lui, Riboullet, n'y croyait pas trop ; de toute façon, il fallait d'abord récupérer l'Alsace et la Lorraine.

Alice s'était assise à l'écart, près de la cuisinière de fonte où Maria laissait chauffer une grande cafetière de fer-blanc. Elle voyait bien qu'ils ne souhaitaient pas son intervention dans la conversation, se sentait trop lasse pour passer outre, s'intéressa à la jeune Catherine, la fille de Maria, dont le destin la passionnait depuis qu'elle s'était promis de l'aider à devenir médecin. Elle l'interrogea sur ses études, comprit à ses réponses que l'affaire serait jouable : l'enfant, intelligente, n'avait pas perdu trop de temps encore. Mais elle ne savait pas clairement ce qu'elle souhaitait. « Médecin ? Il n'y a pas de femme médecin ! C'est les hommes. » Alice expliqua qu'il y en avait une, oui une en France, et d'autres en Angleterre et en Amérique. L'enfant ouvrait des yeux ronds, ne disait rien, se laissait peut-être emporter par des rêves.

Les deux hommes débattaient maintenant du meilleur moyen de chauffer désormais les maisons. Vandromme en tenait pour l'électricité, Riboullet pour le gaz. Alors, elle ne put se contenir : n'avaient-ils rien lu, ni l'un ni l'autre, des derniers travaux de l'Allemand Siemens montrant qu'il était plus économique, désormais, de fabriquer, à partir de la houille, du gaz avec lequel on se chaufferait ? L'électricité pour l'éclairage, le gaz pour le chauffage, c'était l'avenir, et ceux qui avaient de l'argent à placer pouvaient le mettre dans les compagnies de gaz, ils ne risqueraient rien. Aussitôt dit, elle regretta d'avoir trop parlé. Vandromme se vexerait d'être ainsi publiquement contredit et dépassé. Et les Riboullet, qui n'avaient sans doute pas un centime à placer, apprécieraient peu ses conseils financiers.

Elle décida de remonter vers Félicien. L'annonça sans susciter de réactions. Vandromme semblait surtout occupé de Riboullet. Elle attendit encore, quand elle fut au pied de l'escalier. Mais rien. Elle grimpa, comme on fuit, faillit se prendre les pieds dans sa robe rose.

Pierre Vandromme prit rapidement congé : il allait, indiqua-t-il, chercher ce Begem.

Maria, peu après, vint s'asseoir près de Blaise.

— C'est amusant, dit-elle (montrant l'étage supérieur, où se trouvait Alice), elle l'attire et, en même temps, elle l'agace.

— Tu crois ?

— Les hommes sont des nigauds, ils ne comprennent rien.

Il rit. Il était fier d'elle.

En ce lointain quartier où Vandromme venait chercher Begem, c'était la kermesse. Encouragés par deux rangées de spectateurs, des enfants, suant, soufflant, enfermés jusqu'aux aisselles dans de grands sacs de jute, tentaient d'avancer par bonds jusqu'au lot offert au premier, un gros paquet de bonbons déposé sur une chaise au milieu de la chaussée. Un peu plus loin, de jeunes hommes s'affrontaient au jeu du bac à eau : lancé à fond de train sur une charrette par ses camarades, chaque concurrent passait sous un bac empli d'eau et muni d'un anneau dans lequel il devait faire passer une lance. La foule riait beaucoup quand les candidats échouaient, heurtant de la lance le bac qui se renversait sur eux.

Pierre Vandromme, qui aimait ce spectacle, ne s'y attarda guère. D'abord trouver Begem.

« Un grand brun, plutôt bel homme, à la barbe broussailleuse. » Mais les grands bruns n'étaient pas rares, les barbes embroussaillées non plus, à quoi se reconnaissaient souvent les républicains affirmés.

Begem devait sans doute se trouver parmi les clients de ces estaminets qui, sur des planches et des tréteaux installés au long des trottoirs, servaient des poissons secs et de la bière.

— Patron ?

C'était Cools qui l'appelait, un de ses ouvriers, qui n'avait pas son pareil pour tailler et tourner les poulies des goélettes.

— Tu es du quartier, Cools ?

— Ah non, monsieur Vandromme. Mais on est venu voir le beau-frère. La kermesse, ça amuse les enfants. Le beau-frère, ça fait quatre ans qu'il habite ici. Il s'est même fait construire une petite maison. Il est docker. Vous savez comment ça se passe chez les dockers : un jour on ramène du port un bout de bois, le lendemain un tuyau, après c'est une tôle... et à la fin, on a une maison.

Il rit, un peu éméché peut-être, tira Vandromme par le bras, l'entraîna vers une table où des familles dégustaient des poissons mis à sécher sur des fils, des mois plus tôt, dans les jardins. L'arrivée de ce bourgeois suscita quelque émoi, les hommes et les femmes se levaient, s'essuyaient les mains aux pantalons et aux jupes, apostrophaient les enfants — « Dis bonjour à monsieur » —, s'excusaient, et bredouillaient. Cools riait, faisait les présentations, offrait à Vandromme de s'asseoir : « Vous prendrez bien quelque chose avec nous. Y a de la place sur ce banc. » Mais le constructeur ne s'intéressait qu'au beau-frère : puisqu'il habitait là depuis des années, il connaissait peut-être Begem.

— Begem, vous avez dit Begem ? Un grand brun barbu ? Non je ne vois pas.

Cools insistait, anxieux d'être utile :

— Cherche bien, Baptiste. Begem ? Ça ne te dit rien ? Et vous dites qu'il est de la corporation, monsieur Vandromme ? Il aurait pas travaillé sur notre chantier, dans le temps ? Moi, ça me dit rien. Mais toi, Baptiste ?

Baptiste ne savait décidément pas.

— Mais, dit-il, si vous voulez, je peux vous conduire chez Léon. Il tient un café par là-bas. Tout ce qui se passe dans le quartier, il le sait. Même qu'on l'appelle « le Maire ». Alors, forcément, votre Begem, il doit le connaître.

Ils repartirent. Avec Cools qui ne voulait rien perdre de l'histoire, flairait quelque chose d'important : pourquoi son patron serait-il venu un dimanche dans ce quartier ouvrier ? Ils dépassaient des groupes d'où partaient des plaisanteries. Une grosse femme, qui avait peut-être trop bu, criait à la cantonade en désignant un petit vieillard : « Moi, Robert, c'est lui qui m'a étrennée. Y avait eu personne avant. Pas vrai, Robert, que t'étais le premier ? » Un accordéoniste s'était juché sur une chaise, et des couples se formaient ; les filles qui avaient dégrafé leur corsage en raison de la chaleur, étonnante pour un mois de mai, lui réclamaient des valses lentes, « des choses douces, pas des polkas, et encore moins des cancans ». Des gamins curieux et surpris suivaient un grand Noir en costume jaune qui fumait un énorme cigare, un matelot sans doute dont le bateau faisait escale au port, et qui s'était aventuré jusque-là. Des petites filles tentaient de vendre des coquillages. Un crieur en gibus annonçait, entre deux roulements de tambour, les résultats d'un concours qui venait de mettre aux prises quelques pêcheurs sur les rives du canal voisin.

Vandromme s'amusait du spectacle de la rue mais regrettait d'être venu. Il craignait de ne pas trouver Begem. En revanche, Cools, qui avait bien sûr eu comme chacun des échos de la rumeur, ne manquerait pas d'établir des rapprochements et en informerait, le lendemain, tout le chantier.

Les premiers propos de Léon dit « le Maire », pourtant, le rassérénèrent. Oui, le cafetier connaissait Begem. Il appelait même un gamin pour aider Vandromme à le trouver :

— Tu sais, c'est celui qu'on appelle « le Hollandais » ? Tu le connais. Bon. Tu vas conduire monsieur dans tous les estaminets, chez Fonche, chez Robert, chez le Polonais, et aussi chez la grosse Léa. C'est bien le diable si vous ne finissez pas par le trouver, monsieur. Ce Begem, c'est un vrai pèlerin, il fait le tour de toutes les chapelles. Mais dans ces chapelles-là, on dit pas « Au nom du Père... », c'est plutôt...

Il fit le geste de boire en esquissant un clin d'œil, rit, se hâta vers des tables où des clients l'appelaient : « Excusez-moi. Aujourd'hui, c'est pas chômage... »

Vandromme suivit l'enfant, Cools toujours sur les talons.

— C'est ce bonhomme-là.

Au quatrième estaminet, l'enfant avait trouvé. Begem vidait une chope de bière au comptoir. Un grand brun, en effet ; mais Vandromme jugea qu'on le flattait beaucoup en le disant bel homme. Ses yeux, quadrillés de veinules violacées, lui donnaient un regard étrange, malade. Vandromme sut tout de suite qu'il n'en tirerait rien. L'homme avait trop bu, déjà.

— Alors, vous êtes venu jusqu'ici...

Les présentations se révélaient inutiles.

— Faut-y que vous soyez dans la merde pour venir chercher Begem.

Il prenait à témoin toute l'assistance. Elle était mince, près du comptoir : deux vieux marins retraités, une servante qui emportait des chopes de bière vers la rue, et Cools bien sûr.

— Tu te trompes, Begem... Vous vous trompez. Celui qui est le plus mal parti maintenant, c'est toi. Tu devrais le comprendre. Il faudrait que l'on s'explique tous les deux.

— Je n'ai rien à cacher... Rien. On est bien ici pour parler. Qu'est-ce que tu veux, Vandromme ? Tiens, je te paye une pinte. Je suis pas rancunier, hein ? Je pourrais dire : Vandromme, son père...

— Je veux savoir dans quel chantier a été construit ce bateau, à Flessingue ?

Cette fois, Vandromme eut le sentiment d'avoir visé juste. Les petits yeux quadrillés de rouge s'étaient rétrécis, couraient de droite à gauche.

— Quel bateau ?

Il ne se laissait pas embarquer facilement, bien qu'il puât la bière.

— Tu le sais bien, Begem, le bateau qui a servi à la fraude.

Les petits yeux s'étaient encore rétrécis. L'homme parut réfléchir. Puis :

— Ah non ! Renversez pas les rôles, hein. Ce bateau-là, c'est vous. D'abord, il y avait votre marque, tout le monde le sait. Votre marque, hein ?

Il rit. Satisfait. Puis, tournant le dos au constructeur :

— D'abord vous m'emmerdez. J'ai rien à vous dire. Je veux plus vous parler.

Cools s'était avancé, le prenait par l'épaule pour le faire pivoter :

— Sois poli avec monsieur Vandromme, hein ?

Begem tentait de se dégager. Ils se secouaient. Ils allaient se battre. Vandromme retint son ouvrier.

— Laisse-le. Tu vois dans quel état il est... Viens.

Ils repartirent, suivis par le rire de Begem.

— C'était pour votre histoire, hein, patron ? demandait Cools. Pour ce qu'on raconte, hein ? J'ai deviné. Vous savez, au chantier personne ne croit tout ce qu'on dit ! D'abord, nous, on l'aurait bien su, si ce bateau avait été construit sur le chantier, même la nuit. Ça pouvait pas se faire sans nous, hein ? Ou bien quelques-uns de nous, au moins. C'est ce que j'ai répondu aux douaniers quand ils m'ont interrogé.

Vandromme l'écoutait à peine. Pour la première fois depuis des semaines, il se sentait libéré. Begem n'avait pas paru surpris de sa démarche. Il était donc lié à cette histoire, d'une manière ou d'une autre.

— A propos, dit Cools, pendant que vous parliez à ce Begem, j'ai demandé où il habitait. Et on me l'a dit. Ça peut vous servir, peut-être ?

Bien sûr !

Chapitre neuf

Maria crut que tout serait à recommencer.

Félicien ne voulait plus quitter le lit. Dès qu'elle approchait, elle le trouvait nez au mur, feignant un sommeil profond, à grands ronflements qui ne pouvaient tromper personne. La première fois, le lundi matin, elle ne s'était guère inquiétée : l'enfant pouvait bien avoir été choqué par son accident de la veille. Et puis, elle avait assez à faire avec sa petite troupe qui partait pour l'école.

Un peu plus tard, elle retourna à la chambre. Il ronflait encore. Elle l'embrassa sans qu'il daigne bouger. Les paupières, pourtant, semblaient prêtes à s'ouvrir. Elle le devinait à l'écoute, tendu.

Elle toucha son front à nouveau pour vérifier qu'il n'avait pas de fièvre. La noyade ne semblait pas avoir laissé de traces. Sauf, peut-être, dans la tête.

— Tu dois avoir faim. Ton petit déjeuner t'attend en bas.

Il ne bougea pas. Elle se sentit lasse, ne savait que faire. Elle le serra de nouveau dans ses bras.

— Ta maman, en partant hier soir, m'a recommandé de bien t'embrasser. Elle a eu très peur, tu sais, quand tu es tombé à l'eau. Mon Dieu, qu'elle a eu peur !

Il faisait toujours le dormeur. Du moins n'était-il pas remonté au grenier.

Elle le laissa. Quand elle revint lui apporter son petit déjeuner (elle avait longtemps hésité avant de s'y résoudre), il ronflait plus fort encore. Elle pensa qu'il se cachait dans son lit du même mouvement qui lui avait, la veille, fait fuir Pierre Vandromme.

Alice lui avait raconté l'affaire de la maquette du navire. Maria répéta donc que Vandromme n'était pas au courant, qu'il ignorait absolument ce qu'il était advenu de son cadeau, actuellement en réparation chez un ébéniste lillois. Félicien ne devait rien craindre de ce côté.

Il ne bougea plus. Le ronflement s'était à peine atténué, le temps d'écouter ses explications.

Elle laissa le bol et les tartines sur la table de nuit. Et s'en alla mécontente et tourmentée.

Elle ne trouva le temps de retourner dans la chambre qu'au milieu de l'après-midi. D'abord, le repas des enfants l'avait accaparée. Puis on était venu la chercher d'urgence : une voisine, une mère de six gosses dont le mari était à Islande, voyant s'annoncer un septième, avait tenté de s'en libérer en s'avortant elle-même à l'aide d'une tige métallique et en mourait, victime d'une forte hémorragie. Maria n'avait rien pu faire, était rentrée furieuse.

Félicien avait avalé le lait et les tartines. Mais refusait toujours tout contact.

Nez au mur, il ronflait à peine. De quoi rire, peut-être. Elle n'avait pas le cœur à rire. Elle s'emporta, le traita d'enfant gâté, et le tira hors du lit. Il se laissait faire — comme une poupée de son. Mais quand, l'ayant mis debout, elle le lâcha, il se fit tomber, la tête heurtant le plancher. Elle l'abandonna. Pour pleurer, seule, dans la grande pièce du bas, où bientôt les enfants reviendraient.

C'était, d'ordinaire, l'un des meilleurs moments de la journée : le goûter pris, elle les installait tout autour de la grande table, avec cahiers et encriers, allait de l'un à l'autre, s'amusant presque à tenter de résoudre les exercices de grammaire et les problèmes de calcul. Elle n'y prit cette fois aucun plaisir, leur répondit rudement quand ils demandèrent des nouvelles de Félicien.

Le soir, pourtant, elle respira mieux. Il feignait toujours le sommeil, mais il s'était lavé.

Cela dura deux jours encore. Deux jours durant, elle ne vit pas son visage. Il ne prenait même plus la peine de jouer les dormeurs. C'était clair : il lui faisait la tête. Il lui en voulait. De quoi ? Elle ne trouvait aucune raison. Elle l'avait questionné sans obtenir de réponse, sans même qu'un mouvement du corps, un simple tressaillement indiquât qu'il l'avait entendue. Elle l'avait giflé sans qu'il bougeât. Elle s'émerveillait presque, parfois, de ce contrôle qu'il avait de lui-même. Le plus souvent, elle s'irritait. Alors, elle redescendait vite vers la salle, s'adressant des reproches, se demandant si Blaise allait longtemps supporter cette situation, et si les enfants en fin de compte n'en pâtissaient pas. Elle croyait deviner, déjà, une brisure de l'harmonie familiale : Félicien, qui n'avait apparemment pas les mêmes raisons d'en vouloir au petit Arsène, lui parlait le soir, de lit à lit ; elle avait interrogé le gamin, essayé de lui tirer les vers du nez, de faire passer par son intermédiaire des messages ; en vain. Elle se sentait humiliée, aussi. Et s'en voulait de bâcler, l'esprit ailleurs, les leçons de lecture et d'écriture qu'elle donnait aux voisines.

Le mardi midi, elle décida de répondre à bouderie par bouderie. Puisqu'il ne voulait plus la voir, elle ne lui porterait plus ses repas. On verrait bien. Il capitulerait, peut-être.

Il ne bougea pas, fit la diète. Elle soupçonna Arsène de lui avoir glissé en cachette quelques tablettes de sucre. Et cette dissimulation qu'elle crut deviner l'attrista.

Le mercredi matin, elle céda, alla déposer le bol de lait et les tartines sur la table de nuit.

— Quand tu les auras avalées, tu me feras le plaisir de redescendre jouer avec Arsène, dans la cour. Sinon, je te renvoie, je ne pourrai plus te garder. Je ne peux pas te garder si tu ne m'aimes pas. Alors, je te rendrai à ta mère. Elle t'aime beaucoup, tu l'aimes beaucoup : c'est très bien comme cela. Moi, puisque tu ne m'aimes pas, je ne peux pas te forcer à rester ici.

Elle n'avait pas préparé ce petit discours. C'était seulement ce qu'elle pensait à ce moment précis : le sentiment de l'échec, et l'impression de jouer une dernière carte, qui n'était peut-être pas la meilleure. Dix minutes plus tôt, ou plus tard, elle eût peut-être tenu un autre langage. Elle ne calculait pas, ne calculait plus.

Elle était près de la porte quand elle l'entendit se retourner. Se retint de bouger, d'abord. Finit par le regarder. Il pleurait. Elle le saisit dans ses bras. Ils pleurèrent ensemble.

— Ce n'est pas moi, dit-il enfin, entre deux sanglots. Moi je t'aime bien.

La voix était encore plus rauque que d'ordinaire, comme si elle peinait à se frayer un chemin. Mais que signifiait cette phrase : « Ce n'est pas moi » ?

— Moi aussi, je t'aime bien, Félicien.

— Non. Ce que tu fais, c'est pour de l'argent. Parce que ma mère te paye.

C'était donc la raison. Elle avait tout imaginé. Sauf cela. Le dimanche soir, Alice Van Meulen lui avait, avant de repartir, réglé la pension de son fils au chevet de l'enfant. Elles étaient persuadées qu'il dormait. Mais il avait tout entendu.

— Bien sûr, elle paye ta nourriture puisque tu es son fils. C'est normal. Mais si nous t'avons pris avec nous, ce n'est pas pour de l'argent. Et si nous voulons te garder, Blaise et moi, ce n'est pas pour avoir de l'argent. Et Arsène, quand il joue avec toi, est-ce que tu penses que ça lui fait gagner de l'argent ? Tu sais bien que non.

Il la croyait, il ne demandait qu'à la croire. Elle lui parla longtemps. Il ne voulait pas quitter ses bras, se laisser bercer. Sur un mot qu'elle lui avait dit, à propos de cette question d'argent qui le tourmentait fort, il s'était étonné : pourquoi des gens comme Blaise et Maria étaient-ils pauvres ? Il s'en scandalisait, affirmait que, devenu grand, il changerait tout cela. Elle rêvait, souriait, essayait d'expliquer, songeait que rien n'est plus brutal, sans nuances, ravageur, qu'une question d'enfant.

Ils furent interrompus par un appel de Catherine. Un télégraphiste venait d'apporter une dépêche. Maria descendit, l'ouvrit, anxieuse : la mère de Blaise était morte, dans son village de la Creuse.

Elle accompagnerait son mari pour les obsèques, cela ne faisait pas de question. Catherine tiendrait le ménage, cela ne posait pas de problèmes. Mais Félicien ? Le renvoyer pour une semaine à sa mère ? Ou courir le risque de le laisser parmi les enfants ? Elle le lui demanda. Il n'hésita pas : il resterait.

Il la regarda avec un étrange sourire, timide :

— Tu verras, tu seras étonnée.

Madame Vandromme n'eut pas le temps, ce dimanche-là, de commander aux servantes le café de la boîte bleue : Alice Van Meulen arriva le matin en tourbillon, expliquant qu'elle ne faisait que passer, qu'en l'absence des Riboullet elle emmènerait tous les enfants au restaurant, mais qu'elle avait voulu rendre compte à Vandromme du résultat de ses démarches lilloises.

Elle s'était à nouveau activée, en effet. Passant de l'abbé Merlot à Auguste Scalbert, le directeur de *la Vraie France,* le journal royaliste de Lille, Alfred Thiriez, un filateur fort occupé par la création d'un quotidien très orienté à droite, et aussi à l'industriel Alfred Motte — une exception puisqu'il était à la fois catholique et républicain. Elle les avait trouvés fort peu intéressés, à vrai dire, par l'affaire Vandromme — une petite histoire locale à leurs yeux. Ils se montraient bien plus préoccupés des élections prévues pour l'été — « un choc décisif », disait Auguste Scalbert — et des multiples incidents qui, à travers tout le pays, mettaient aux prises républicains et cléricaux. Des laïques menaient campagne pour qu'on interdise aux enseignants des écoles publiques de punir les enfants en les mettant à genoux : cela ne leur vaudrait rien de bon puisque s'agenouiller est un geste clérical. Le général Farré, ministre de la Guerre, venait de supprimer l'escorte militaire qui traditionnellement accompagnait les processions de la Fête-Dieu, mais à Paris, à Boulogne, au Quesnoy, en Bretagne aussi, les officiers s'apprêtaient à passer outre à l'interdiction. Et l'on chuchotait que le même général, décidément combatif, allait rétablir les revues de détail le dimanche dans les casernes, histoire d'empêcher les soldats d'aller à la messe. Le franc-maçon Jules Ferry, lui, mettait les bouchées doubles : il voulait remplacer l'instruction religieuse dans les écoles communales par l'instruction civique, et aussi instaurer la gratuité de l'enseignement primaire public, dans le dessein évident de défavoriser le privé. Bref, on se battait sur tous les fronts, celui de l'école étant le plus disputé. Alors, l'affaire Vandromme...

D'autant qu'Alice Van Meulen n'impressionnait guère ces chefs d'industrie. Ils la recevaient plutôt par curiosité, pour voir à quoi ressemblait cette « patronne » dont leur monde se gaussait. Et voilà qu'elle se mêlait de défendre ce franc-maçon. Bien sûr, il n'était peut-être pas coupable. Mais que faire ? « C'est une guerre, madame, la guerre de Cent Ans », répétait l'abbé Merlot, les yeux toujours à l'affût derrière son minuscule lorgnon. Quand même, ces messieurs en étaient d'accord, par considération pour la famille Rousset, surtout pour Arthur Rousset — « Mais existe-t-il un lien entre les Rousset et les Vandromme ? » —, on recommanderait le silence aux journalistes catholiques.

Elle avait le sentiment d'avoir encore perdu dans l'affaire une partie d'une réputation déjà entamée. Mais elle était fière de présenter à Vandromme les bénéfices de ses interventions.

Elle s'était promis, aussi, de lui demander une réponse à la question qu'elle lui avait posée, le soir sur la place : elle s'arrangerait pour le faire à l'écart de la vieille madame Vandromme.

Elle n'en pouvait plus d'attendre. Bien sûr, elle s'était mise en fâcheuse posture en se jetant à son cou. Mais puisqu'elle avait commencé, elle irait jusqu'au bout. Elle l'avait admiré, le dimanche précédent, de plonger dans l'eau gluante pour sauver Félicien et s'était reproché, toute la semaine, de ne l'avoir pas assez remercié, toute préoccupée qu'elle était de l'enfant. Elle trouvait, à rencontrer cet homme, une paix et une sécurité qu'elle n'avait jamais connues. Un bonheur aussi, qui ne s'exprimait pas avec des mots, mais qui la comblait. Seulement voilà : Vandromme se dérobait toujours. A des regards, à des gestes, elle avait cru comprendre qu'elle l'intéressait, le touchait peut-être et — qui sait ? — le séduisait. Mais une pudeur bien flamande devait le retenir : les Flamands, c'est connu, sont aussi pudibonds que grossiers, capables de passer de la plus extrême réserve au plus total relâchement ; la Flandre est un silence et une folie. Et Alice était tombée amoureuse d'un Flamand plus que flamand.

Elle était bien décidée, cette fois, à le faire sortir de ses retranchements. Mais à peine avait-elle présenté le bilan de ses démarches que, prenant tout juste le temps de la remercier, il lui décrivait l'état des siennes. Or, il avait bien progressé. Il avait vu dans la semaine l'inspecteur Ricci, enfin revenu de Corse, pour lui donner la piste Begem. Et trois jours plus tard, l'inspecteur était revenu le voir. Penaud. Reconnaissant que la piste Begem changeait tout.

— Un homme honnête, quand même, ce Ricci.

L'inspecteur Ricci n'en menait pas large. Assis dans le bureau de Pierre Vandromme, au fond du chantier, il faisait tourner son chapeau entre ses mains, de droite à gauche et de gauche à droite. Il l'avait pressenti dans le bateau qui le ramenait de Corse : de nouveaux ennuis surgiraient. Une populeuse escorte d'oiseaux au sombre plumage, dont les marins disaient qu'ils n'en avaient jamais tant vu, n'avait pas lâché le bateau jusqu'à Marseille, ce qui n'annonçait rien de bon.

— Eh bien, dit-il, je suis allé voir l'individu que vous m'aviez indiqué, ce...

Il semblait chercher le nom, mais c'était sans doute, pensa Vandromme, un procédé pour gagner du temps, s'accorder quelques secondes de répit.

— Begem. Oui, Begem.

Il souriait, comme satisfait des bons soins de sa mémoire.

— Un curieux personnage, entre nous. Il vaut mieux le voir le matin que le soir, n'est-ce pas ?

Un nouveau sourire qui se voulait complice. Vandromme attendait, le laissait venir, pressentant, à l'embarras de l'inspecteur, que celui-ci reculait :

— Donc, après votre visite, je me suis présenté à son domicile. A vrai dire, je n'ai pas appris grand-chose ce jour-là.

Il sortit un petit carnet recouvert de moleskine, lut :

— Jean-Baptiste Begem né à Dunkerque le 6 juin 1852. Charpentier de navires. Il a peu travaillé ici. Surtout en Belgique : à Zeebrugge. Puis aux Pays-Bas, à Flessingue. Connu pour son tempérament querelleur...

Il referma le carnet.

— ... et aussi pour l'intérêt qu'il porte à la boisson.

— Et alors ?

— Alors, quand je l'ai vu d'abord, je n'en ai rien tiré. Rien. Il était sur ses gardes. Il m'a parlé de votre rencontre, dimanche. Il me considérait comme votre envoyé. « Tous les gros sont dans le même camp », disait-il. C'était sa phrase. Il l'a répétée dix fois peut-être. « Tous les gros sont dans le même camp. » Vous voyez : vous et moi : à ses yeux...

— C'est tout ?

— Non.

L'inspecteur ménageait ses effets. On devinait bien, à son regard, qu'à l'embarras se mêlait quelque satisfaction.

— Non, répéta-t-il. Nous avons — comment dire — des auxiliaires, des gens qui n'appartiennent pas à notre administration, mais qui nous rendent des services. Vous savez cela, monsieur Vandromme : nous travaillons souvent grâce à des renseignements qu'on nous fournit obligeamment, ou contre petites rétributions. Et dans une ville comme celle-ci, où se trouvent à la fois un port et une frontière terrestre, ces personnes obligeantes sont un peu plus nombreuses qu'ailleurs. Forcément. Alors, j'ai demandé à deux d'entre elles, qui habitent dans le même quartier que ce... euh... Begem... de le prendre en charge.

— Et alors ?

Le chapeau tournait plus vite, le sourire s'éclairait.

— Eh bien, en deux jours, il a parlé. Hier soir exactement. La bière...

Vandromme jugea qu'il prononçait ce mot avec une moue de buveur de vin.

— La bière... Hier soir. Vous voyez que je n'ai pas tardé. J'ai tenu à vous informer aussitôt. Vous le comprenez, j'espère : dans toute cette affaire, je n'ai été animé par aucun sentiment personnel ; je n'ai pas cherché à vous nuire. Et tout ce bruit, tous ces ragots qui ont été colportés à travers la ville, mon administration n'en est pas responsable. Nous avons travaillé discrètement. Malheureusement, tous ces...

— Alors, Begem ?

— La bière... Hier soir. Il avait beaucoup bu. Bien, je comprends votre impatience. Donc, je résume. Il nourrit une vive rancœur, ce Begem, contre vous mais surtout contre votre père. Une histoire que mes... informateurs n'ont pas bien comprise.

Vandromme fit un signe.

— Vous êtes au courant ? Donc, je passe, je vais à l'essentiel. L'essentiel, c'est que Begem a travaillé à Flessingue, dans le chantier où l'on a construit le...

— Le bateau ? Le bateau de la fraude ?

Vandromme aurait bondi, gambadé. Le bonheur. Voilà. C'était dit. C'était fait. On ne reviendrait plus là-dessus. L'horizon dégagé.

— Le bateau de la fraude ?

— Oui...

Le chapeau ne bougeait plus.

— Du moins, c'est ce qu'il dit. C'est ce qu'il a dit. D'après lui, mais il parlait sous l'empire de la boisson évidemment, d'après lui, ce chantier a construit un navire d'un type... euh... un peu particulier, en utilisant les débris de plusieurs bateaux. On avait dit aux ouvriers de ce chantier qu'il s'agissait de construire un canot de sauvetage. Mais lui, euh... Begem, assure qu'il avait flairé quelque chose, deviné que si l'on se donnait tant de peine pour construire un navire insubmersible, c'était pour lui faire transporter — par gros temps de préférence, quand les contrôles douaniers sont plus difficiles — des marchandises prohibées. Et il avait compris qu'on préparait tout pour aménager un double fond. Or, parmi les éléments utilisés pour la construction, certains provenaient de navires construits par vous. Un ou deux portaient votre marque : les trois V. Il y avait aussi le... le mât en bois de Ljepjaïa qui venait de chez vous, bien sûr. Alors, ça lui a donné des idées, à... euh... Begem. Il s'ámusait à penser que, si ce bateau était pris un jour, on y découvrirait votre marque et l'on vous soupçonnerait. Si bien qu'il a fait fabriquer par un serrurier du chantier un fer spécial, à votre marque, avec les trois V, pour l'inscrire sur deux ou trois bois. Pas trop, parce que cela aurait été suspect. Mais juste assez. Voilà ce qu'il a dit, hier soir.

Vandromme s'était levé, saisissait la main de Ricci, la secouait vigoureusement, l'aurait presque embrassé.

— Merci. Merci, inspecteur. Comment vous dire ?... Je... J'imagine que c'était difficile pour vous de venir me donner toutes ces indications. Votre loyauté...

— C'est-à-dire : mon administration doit encore effectuer diverses vérifications.

— Mais à présent, vous allez faire connaître...

— C'est-à-dire... Il faut poursuivre l'enquête : la fraude a bel et bien existé, nous le savons par ailleurs et le témoignage de Begem va dans le même sens. Mon devoir est toujours d'en découvrir les responsables.

— Enquêtez, inspecteur. Enquêtez. Si je puis vous aider...

— Il reste quand même un point, monsieur Vandromme. Vous le savez — monsieur le directeur vous l'avait dit, je crois : au cours de mon enquête, j'avais rencontré un témoin qui vous mettait formellement en cause.

— Mais cela ne tient pas, puisque Begem...

— Begem dit une chose, celui-là en dit une autre. Nous sommes obligés de tout vérifier.

— Que dit votre témoin ?

— Il assure que vous avez fourni, en sachant parfaitement quel serait leur usage, les bois qui ont servi à la construction du navire.

— Il assure que... ? En sachant parfaitement... ? Les bois qui... ? Et où aurait-on construit ce bateau ?

— En Belgique. Du côté de Zeebrugge.

— En Belgique, maintenant ! Et comment le bois aurait-il été transporté ?

— Sur une péniche.

— Sur une péniche ? Et elle aurait passé la frontière sans que vos douaniers repèrent son chargement ?

L'inspecteur eut un geste qui pouvait signifier « On en a vu d'autres, et de plus rudes ».

— Ce témoin, demanda Alice, vous le connaissez ?...

— Je n'en ai aucune idée. Un malveillant comme Begem, peut-être. L'inspecteur a refusé d'en dire plus.

— Mais cette histoire ne tient pas debout. Pourquoi auraient-ils eu besoin de votre bois pour construire un bateau en Belgique ? Ils auraient pu en trouver sur place...

— Cette histoire n'a jamais tenu debout. Mais depuis deux mois, j'ai appris une chose : les rumeurs sont toujours folles, les ragots manquent toujours de logique et de sérieux, et pourtant ça marche, ça prend. Plus c'est absurde, plus ça marche. Il y a quand même quelque chose, dans le raisonnement de l'inspecteur Ricci, qui n'est pas faux. Loin de là. Supposez qu'une bande de fraudeurs ait décidé de faire construire quelque part en Belgique un bateau d'un type anormal, avec un double pont : ils ne peuvent pas le faire sur un chantier honnête, ils doivent se débrouiller autrement. Et leur problème, c'est de s'approvisionner en bois, et pas n'importe quel bois. Moi, je les achète sur pied en forêt, mes bois ; et j'en fais venir de Russie. Puis je les prépare. Ça prend du temps. En faire autant est un peu compliqué pour des fraudeurs. Ils ont donc intérêt à acheter leurs bois à un constructeur qui en détient des stocks — ou à le voler.

— Vous pensez qu'on vous l'a volé ?

Vandromme haussa les épaules.

— Si on m'en avait pris beaucoup, je l'aurais vu. Peut-être en ont-ils enlevé sur plusieurs chantiers à la fois. De petites quantités, pour que ça se remarque moins.

— Mais ça ne correspond pas à l'histoire de Begem, puisqu'il dit que le bois a été pris sur de vieux navires. En somme, ce Begem devient votre meilleur allié !

Ils rirent. Alice était heureuse d'avoir provoqué ce rire, établi cette complicité. En lui fournissant mille détails sur son entretien avec Ricci — des détails qui semblaient surprendre madame Vandromme, Alice l'avait noté avec bonheur —, il l'avait traitée en partenaire, en associée. Etait-il disposé à aller plus loin, franchir un nouveau pas ? Elle cherchait des biais, des transitions pour l'amener sur un autre terrain, et s'irritait de ne pas les trouver, de n'y pas parvenir. Et puis, la vieille dame était toujours là, passionnée sans doute par ce qu'elle entendait, et qui, rompant avec ses habitudes du dimanche matin, en oubliait d'aller surveiller la cuisinière.

Il serait bientôt midi. Alice devait prendre congé, pour retrouver Catherine et les garçons, les prendre en charge ce dimanche en l'absence de Blaise et de Maria. L'après-midi — après un repas au restaurant dont ils se faisaient à l'avance une fête, n'ayant jamais mis les pieds dans ce genre d'établissement — elle les emmènerait visiter la villa, enfin libre, où elle comptait passer une partie de l'été.

Elle songeait qu'elle avait échoué, qu'elle ne parviendrait pas, cette fois encore, à sortir de la situation ridicule où elle s'était placée, et qu'elle ne pourrait plus longtemps paraître faire la cour à cet homme qui feignait de ne pas s'en apercevoir et qui, peut-être, avait déjà remplacé Mathilde par une autre maîtresse.

Elle s'était levée, avait déjà salué les deux Vandromme, approchait de la porte.

Soudain :

— Pensez-vous toujours, demanda-t-il, vous rendre au mois d'août à l'Exposition internationale de l'électricité ?

— Bien sûr. Et vous ?

— Oui.

Il sourit, parut près d'ajouter quelque chose, se ravisa. Elle attendit un instant. Mais n'eut plus d'autre possibilité que le départ.

Plus tard, dans le fiacre qui l'amenait à la maison des Riboullet, elle songea qu'il avait voulu marquer un peu plus leur connivence, lui adresser une sorte de message. Et se demanda s'il était timide, indécis, ou préoccupé. Mais peut-être se faisait-elle des idées ? Le regard de Vandromme, pourtant, semblait prouver qu'elle avait bien fait de choisir avec soin, le matin, sa robe de linon blanc ornée de dentelles de Florence. Elle se laissa aller à rêver.

— Voyez-le ce poussin. S'il avait pas dû se battre pour sortir de sa coquille, et d'abord pour la casser, il ne serait pas aussi costaud. Peut-être même, il vivrait pas. Ce qui lui donne la force, c'est cette bataille qu'il doit livrer.

Maria était dans le poulailler, avec Clémence, la sœur de Blaise, son aînée, qui ne s'était pas mariée, restait à la ferme avec leur mère et une vieille tante.

— Une fois, reprit Clémence, quand j'étais enfant, j'avais décidé d'aider les poussins : j'écartais les fentes de la coquille pour qu'ils puissent sortir plus facilement, pour qu'ils n'aient pas à se fatiguer. Ils sont tous morts. Parce qu'ils ne s'étaient pas fait la force en luttant contre la coquille.

Maria pensa : Félicien. Comme une lueur. Lutter contre la coquille.

Les deux femmes visitaient la ferme. Blaise et Maria étaient arrivés la veille, juste à temps pour les obsèques de la mère. « Elle s'est laissée aller tout doucement, chuchotait la tante. On voyait bien que ça n'allait plus. Et le matin, un oiseau est entré dans la maison. Alors je me suis dit : ce sera pour aujourd'hui. » Blaise haussait les épaules, ces superstitions l'agaçaient. Maria ne cillait pas, s'effaçait. Tout était, ici, tellement différent.

A son premier séjour en Creuse, elle avait peut-être mal compris. Femme de la plaine, elle s'était sentie perdue dans ce pays bosselé. Et, femme du Nord, choquée par ces intérieurs sans lumière, noircis de fumée. A voir les brebis courir la lande, chien au cul, et les couples de bœufs nonchalants tirer d'antiques charrues de bois, elle s'était d'abord répété que le temps, sur cette terre, allait à reculons. Puis elle avait appris à aimer la majesté triste des puissantes bâtisses de pierre, et le charme des lignes de bois étagées jusqu'aux monts d'Auvergne — pâleur des bouleaux, gris des hêtres, vert des chênes, mauves et bleu nuit infiniment variés des remparts de sapins. Elle avait goûté l'éclat jaune et vert des landes de fougères piquées de genêts et d'ajoncs où couraient des ruisseaux rapides comme des torrents, la fraîcheur des chemins qui s'enfonçaient entre les haies vives et les murets de pierres sèches couverts de ronces. Et, pour finir, en accompagnant Clémence et les brebis dans un creux de terre hérissé de piquants et d'herbes sauvages, elle avait apprécié l'acharnement de ces paysans accrochés à une terre où le rocher affleurait partout.

Pendant les longues heures de train, elle avait lu dans un livre la description d'une ferme hollandaise dont l'auteur comparait à des salons les étables pavées de briques peintes, traversées de rigoles vernies, fermées de portes vitrées tamisant une lumière aussi brillante et variée que celle des vitraux d'église. Même en faisant la part de l'exagération de l'écrivain, elle s'étonnait d'une telle différence. Pourquoi la terre était-elle si riche là, et si rude ici ? Dans les pays du Nord, il avait fallu lutter aussi, arracher la terre à la mer, rien n'avait été donné. Du moins avait-on été payé de retour. Tandis que les paysans de ces montagnes usées se battaient en vain. Ou presque. De quoi désespérer.

Mais c'est seulement la veille, à l'enterrement de la mère, qu'elle avait bien compris Blaise. Aussitôt arrivés, on les avait introduits dans la grande salle noire : le cercueil semblait les attendre, posé sur des bancs loin de l'immense cheminée de pierre où la vieille paysanne avait, jour après jour, suspendu son chaudron, et soir après soir réchauffé ses vieux os au feu de bois où cuisaient des châtaignes. Quelques femmes en châle noir, visage sculpté sur les os, pommettes saillantes, bouche creuse, pleuraient à grand bruit, et ne s'étaient accordé aucun répit tout au long du chemin, jusqu'à l'église humide et sale où le curé avait, en marmonnant, expédié une bénédiction devant une assistance indifférente. Les pleurs avaient repris aux abords du cimetière, perché sur un plateau qui dominait routes et ruisseaux. Et c'est le cimetière — où les femmes en noir s'étaient bientôt dispersées, courant chacune vers la tombe familiale comme pour y monter la garde, droites, impassibles maintenant, tandis que l'on faisait descendre en terre la mère de Blaise —, c'est le cimetière qui avait bouleversé Maria par ses hauts monuments de pierres grises et minces, dressées l'une sur l'autre comme un défi. Elle avait pensé, alors que s'écoulait la petite foule de voisins et d'amis aux vêtements de cérémonie fatigués et étriqués, que les Creusois étaient ainsi faits : un défi. Blaise en tout cas. Blaise au premier rang.

Hier, la clef de Blaise, aujourd'hui celle de Félicien. Clémence s'était redressée, laissant les poussins, répétant :

— Ils ne s'étaient pas fait la force.

Un petit sourire. Elle ajoutait, comme si elle eût deviné les pensées de Maria :

— Les enfants, c'est pareil. Pour devenir grands, ils doivent se faire la force contre quelqu'un.

Maria lui rendait son sourire. Elle aimait bien Clémence, croyait deviner qu'elle aurait souhaité avoir des enfants à elle. Mais voilà : Clémence avait été fiancée dans ses jeunes années à un garçon des environs parti comme tant d'autres, comme Blaise, faire le maçon dans la capitale ; un jour, le maçon s'était marié à une Parisienne, et on ne l'avait plus revu. A présent, elle allait devoir tenir seule la ferme, avec un vieil ouvrier, et une gamine qui courait les landes en capuchon noir pour garder les brebis. Ensuite...

— Les vôtres, dit Clémence, vous me les amènerez.

La veille, après l'enterrement, et le repas offert suivant la tradition aux porteurs, au fossoyeur et aux parents venus de loin, elle s'était extasiée sur les photographies qu'un ambulant, armé d'une immense boîte montée sur trépied, avait faites d'eux à la plage. Maria faillit répondre : « Mais c'est vous qui viendrez », se reprit au dernier instant : Clémence était enchaînée à la ferme et aux bêtes, bien sûr.

Elle promit, se demandant comment tenir sa promesse : six aller et retour en chemin de fer, une petite fortune ! Mais elle trouverait. Elle se sentait toute proche de cette Clémence. Elle verrait bien, elle inventerait une solution.

L'urgence, pour l'instant, c'était Félicien. Elle regarda les poussins, quitta le poulailler.

Pour se protéger du soleil, quelques dames avaient ouvert leurs ombrelles blanches, dont la doublure de satin mauve jetait sur leurs visages d'étranges reflets. Alice regretta de n'avoir pas apporté la sienne : pour éviter de bronzer, ou de rougir, elle devrait se laver le soir avec une lotion à base de sang de volaille. Des femmes du peuple, lui avait dit un jour sa bonne, utilisaient leur urine à cette fin. Elle se demanda si Maria le faisait, songea que ce devait être la dernière de ses préoccupations bien qu'on la devinât soucieuse de sa mise, presque coquette.

Les enfants couraient devant, sur la digue où se bâtissaient entre les chalets de bois et quelques maisons de pêcheurs, des villas d'allure baroque qui tentaient de copier tout à la fois la Perse, la Russie, et l'Espagne. Elle observait Félicien. Le petit garçon s'était jeté sur elle, à son arrivée, avec un empressement qui l'avait ravie. Plus tard, au restaurant, il avait joué les habitués, se donnant des airs blasés, alors que les petits Riboullet, intimidés et émerveillés, l'observaient pour apprendre à se tenir, s'exclamaient devant la longueur du menu où les consommés madrilènes, les suprêmes de barbue et les homards sautés se mêlaient aux dindonneaux farcis, bécasses bardées et galantines de toutes sortes.

Le repas s'était vite transformé en fête et Félicien avait bien voulu s'y mêler sans trop faire l'important. Alice, pour la première fois à la tête d'une tablée de cette sorte, un peu affolée par leur tapage qui troublait les murmures d'une salle à demi emplie de vieux couples, avait à peine eu le temps de songer à

« l'autre », assez quand même pour interroger un serveur, et se faire confirmer qu'elle avait quitté la ville, pour Paris disait-on.

Aussitôt arrivés à la plage, les enfants avaient demandé à monter sur les ânes gris aux oreilles pomponnées de rouge qui défilaient sur le sable, nonchalants, entre les parasols, les tentes-abris, et les cabines roulantes au toit pointu que des percherons emmenaient jusqu'aux premières vagues pour y déposer d'audacieux baigneurs : bien que ce printemps fût particulièrement chaud, l'eau était très fraîche encore. Après la promenade à âne, ils avaient voulu tremper un pied précautionneux dans les petites mares — ils disaient les petites mers — que la marée avait, en se retirant, laissées sur le sable. Puis ils achetèrent à la boutique d'un marchand forain des pains d'épice représentant des clowns, des ramoneurs ou des anges. La fête continuait.

Alice laissait faire, suivait, payait. Heureuse. Se disant que Félicien était tiré d'affaire, libéré de son mal. Et Vandromme vraiment libéré de « l'autre ». S'amusant d'un rien. Des baigneurs en chapeaux de paille à large bord. Des baigneuses en veste et pantalon de laine recouvert de petits jupons courts. Des femmes qui, pour pique-niquer sur le sable, enlevaient leurs jupes et dénouaient le cordon qui maintenait sur leur derrière leur « tournure », cette sorte de croupion artificiel en treillis. D'un loueur de chaises et fauteuils qui portait un chapeau chinois à clochettes et chantait des chansons flamandes auxquelles elle ne comprenait goutte. D'enfants qui faisaient claquer des fouets pour lancer des toupies sur la digue. D'une vieille aussi qui criait « *Schelpen ! schelpen !* » pour vendre des coquillages installés sur un petit éventaire, alors que chacun pouvait en trouver à profusion sur le sable à quelques pas. Alice acheta encore à un marchand ambulant un gros paquet de bonbons, qu'elle laisserait le soir à Catherine et, comme le pain d'épice avait assoiffé les enfants, décida de les emmener au café du casino. Elle vérifierait, du même coup, si la bière Van Meulen était bien vendue.

Le garçon qui les servait la rassura, un peu étonné pourtant qu'une dame de cette condition l'interroge sur la vente des boissons : la bière Van Meulen, nouvelle venue, était du dernier chic. Les brasseurs du cru grognaient, et avaient dû pour lutter baisser leurs prix. Elle l'écoutait, ravie. Tout, aujourd'hui, se présentait décidément pour le mieux. Bientôt, elle vendrait de la bière aux Belges ! Oui, de la bière de France aux Belges ! C'était son dernier projet. Déjà, elle avait envoyé à Bruxelles, pour prendre les premiers contacts et étudier les possibilités de création d'un dépôt, un de ses plus jeunes représentants, un garçon très actif et avisé auquel elle reprochait pourtant de la regarder comme une femme plus que comme une patronne. Après la Belgique, il faudrait songer aux Pays-Bas : le goût que manifestaient les Français pour les bières étrangères, les Hollandais et les Belges ne pouvaient-ils pas l'éprouver également ? Et quand des entrepôts Van Meulen seraient installés à Bruxelles, Anvers, ou Rotterdam, pourquoi ne recevraient-ils pas aussi, pour les vendre, des vins français ?

Elle revint aux enfants, les écouta, comprit qu'ils étaient engagés dans une discussion sur leurs métiers futurs. Le petit Arsène, impressionné sans doute par le repas auquel il venait de participer, voulait être maître d'hôtel. Les deux autres gamins en tenaient pour la maçonnerie — « comme papa ».

— Et toi, Catherine ? demanda Alice, d'avance ravie d'entendre la grande fille répondre qu'elle voudrait être médecin.

Mais les garçons ne laissèrent pas à leur sœur le temps de répondre : quelle idée ! Une femme ça ne travaille pas, ça n'a pas de métier. Ou alors, ça va au port ou à l'usine pour gagner quelques sous en attendant d'avoir des enfants. Alice répondait que des femmes tenaient boutique, que d'autres étaient institutrices, peintres, écrivains comme George Sand, que l'Angleterre depuis plus de quarante ans était dirigée par une femme, la reine Victoria, et que jamais on ne l'avait connue si prospère et si puissante, que sous son règne les riches étaient devenus plus riches et les pauvres moins pauvres, tandis qu'elle se constituait en Afrique un immense empire, que demain peut-être, il fallait l'espérer, les femmes en France seraient avocates, juges, médecins, puisque ailleurs, dans des pays civilisés, elles pouvaient être reines. Félicien, qui jusque-là s'était tu, trancha :

— Les femmes, c'est fait pour s'occuper des enfants.

Elle reçut ses mots comme une flèche. Elle vit que Catherine la regardait, avait compris ou cru comprendre. Mais les garçons, qui n'avaient rien deviné, étaient déjà plus loin, interrogeaient :

— Et toi, Félicien ? Et toi, qu'est-ce que tu seras ?

Il eut un regard vers la sortie du port, où passait un trois-mâts.

— Moi, dit-il, je serai marin. Capitaine. J'irai au bout du monde.

Il lança, au hasard, des noms de ports lointains qu'il avait lus sur des atlas et des mappemondes : Aden, Constantza, Istanbul, Valparaiso, Montevideo.

Elle s'émerveillait de sa mémoire, mais se revit dans le train du soir de leur première visite à Pierre Vandromme, quand déjà le petit garçon avait dit son désir d'être marin — et ensuite cette crise effrayante, la maquette fracassée. Elle revint à la question qui l'obsédait : si, à la fin des fins, elle parvenait à épouser Vandromme, l'enfant l'accepterait-il ? Il était encore sur ses gardes, jaloux de tout ce qui occupait ou préoccupait sa mère et qui n'était pas lui. A preuve, cette flèche, tout à l'heure, qu'il n'avait certes pas lancée par inadvertance : « Les femmes, c'est fait pour s'occuper des enfants. » C'est-à-dire de Félicien. Uniquement de Félicien. Pourrait-elle un jour lui échapper ? A peine s'était-elle posé cette question qu'elle se la reprocha. Quelle mère était-elle donc ? Mais à l'inverse, quel bonheur pourrait-elle apporter à Félicien si elle se mutilait ? Et elle se mutilerait en renonçant à Pierre Vandromme. Elle voulait cet homme, elle voulait le sentir sur elle, elle voulait ses bras autour d'elle, elle voulait des enfants de lui, elle voulait pouvoir parler avec lui de la brasserie et du négoce de grains, et des bateaux, et des progrès de la science, et du bonheur, et de tout. Et puis, quoi ? Elle le voulait parce qu'elle le voulait. Elle n'avait pas à se donner de raisons. C'était ainsi, et c'était bien ainsi. Elle avait su, dès le premier jour, que ce ne serait pas facile. Mais elle y arriverait.

Alors elle se dit qu'elle s'était trompée, qu'elle avait eu tort d'attendre que Pierre — depuis quelques jours, dans ses pensées, elle l'appelait Pierre et s'en réjouissait comme une enfant, et se réjouissait de s'en réjouir comme une enfant —, d'attendre que Pierre lui donnât une réponse. Il pensait sans doute qu'elle lui avait lancé sa demande en mariage dans un moment d'égarement ou d'exaltation, il croyait peut-être — allez savoir ! — qu'elle avait bu ce soir-là. Et c'était par discrétion, par respect, qu'il se gardait d'y faire allusion depuis. Ou bien il attendait une occasion, et alors il faudrait la lui offrir.

L'idée qu'il puisse tout simplement se refuser à l'épouser ne vint pas à Alice Van Meulen. Au plus acceptait-elle d'envisager qu'il hésitât. Mais c'était une raison supplémentaire de brusquer les choses, pour forcer le destin. Il fallait qu'elle revoie rapidement Pierre — Pierre, Pierre, Pierre. Pas ce dimanche, puis qu'elle avait cette marmaille sur les bras. Sans trop tarder pourtant. Ou qu'elle lui écrive. Elle y avait déjà songé. Puis s'était dit que sa lettre pourrait bien rester sans réponse. Il n'existait qu'une issue : lui parler. Sans tarder.

Elle revint aux enfants, qui discutaient de guerre — les garçons venaient de décider qu'ils seraient soldats, pour reconquérir l'Alsace et la Lorraine, et s'inventaient déjà des exploits, tuaient les Prussiens par dizaines. Il fallait maintenant visiter la villa, puis rentrer à la maison des Riboullet où elle les laisserait à la garde de Catherine et des voisines, avant de regagner Lille. Elle appela un serveur, paya, se leva. Elle se sentait en paix désormais. Décidée.

Un peu plus loin, pourtant, elle profita d'un instant où Félicien était séparé des autres pour l'interroger :

— Tout à l'heure, quand vous avez dit que les femmes, c'était fait pour s'occuper des enfants, à quoi pensiez-vous ?

Il parut surpris.

— A... à rien. A ça. A ce que j'ai dit. Pourquoi me demandez-vous cela, maman ?

— Parce que... pour rien.

Il l'embrassa. Il semblait en paix, lui aussi. Il répéta « A rien », se dégagea, et courut rejoindre Arsène.

Chapitre dix

Jérôme Dehaynin maugréait. On l'avait appelé d'urgence dans l'après-midi, mais trop tard, au chevet d'une femme empoisonnée par les drogues qu'elle avait prises pour avorter.

— C'est de plus en plus fréquent, disait-il. Peut-être parce que la religion se perd. Quand j'ai commencé, il y a vingt ans, les avortements étaient très rares dans nos régions. Les femmes qui ne voulaient pas d'enfants les abandonnaient, beaucoup même les vendaient par l'intermédiaire des sages-femmes — pour cent francs, cinquante francs quelquefois —, c'était moins affreux quand même. Mais les avortements, non, c'était très rare. Et maintenant... C'est parce qu'on abandonne Dieu. Alors on abandonne tout. Et d'abord la vie.

Elle se demandait où il voulait en venir. Il était arrivé chez elle sans s'annoncer, ce qui était peu fréquent, expliquait qu'il voulait bien se faire inviter à dîner, ce qui était encore plus rare. Mais peut-être cherchait-il seulement un peu d'affection et de détente, une oreille attentive ?

Elle le trouvait fatigué, vieilli soudain. Il avait besoin de repos. Elle l'emmènerait à Dunkerque, dans sa villa. De force s'il le fallait.

Sa redingote noire était cruellement élimée. Il la portait depuis des années. Alice le soupçonnait de donner son argent aux prêtres, et à des ouvriers. Elle se promit de passer le lendemain chez son tailleur. Et se reprocha d'avoir, ces temps derniers, quelque peu délaissé son oncle. Mais Félicien. Mais Pierre. Elle se répétait toujours « Pierre » avec le même petit bonheur. Elle ne savait pas encore quand et comment elle irait exiger de

Vandromme une réponse à sa question, mais elle savait qu'elle le ferait.

Jérôme Dehaynin était lancé maintenant dans une diatribe contre les hôpitaux où des chirurgiens aux tabliers maculés de sang — bistouris et daviers tintinnabulant ensemble dans la poche ventrale — opéraient encore, dans certains services, au milieu des salles, parmi les malades. Il avait, la veille insulté un de ses collègues qui négligeait de se faire savonner et brosser les mains avant une opération :

— Il ne s'était même pas préoccupé de faire nettoyer la peau du patient. Et ses instruments... si tu avais vu. D'une saleté ! Au XIXe siècle ! Au siècle de la science et de l'hygiène !

Elle hochait la tête, scandalisée, l'écoutait avec passion, comme toujours, songeait pourtant que cette visite impromptue avait sans doute un autre but.

C'est au cours du repas qu'il dévoila ses batteries. Il venait, en découpant un pigeonneau, de s'indigner de l'attitude d'une religieuse qui menait campagne contre la vaccination antivariolique, quand il lui lança tout à trac :

— Tu étais à Dunkerque, dimanche ? Ce Vandromme, tu veux toujours l'épouser ?

Elle songea « Nous y sommes », se demanda s'il l'entreprenait ainsi de son propre chef, ou si sa sœur l'avait chargé de quelque mission. Mais c'était peu probable : il le lui eût dit aussitôt.

— Je ne t'ai jamais dit que je voulais l'épouser.

Il sourit.

— Toi... non. Mais tes yeux... oui. Souvent.

Elle se sentit rougir, comme l'autre fois, se pencha vers son assiette pour le cacher.

— Je ne voudrais pas être indiscret, dit-il. Mais voilà...

Il s'était interrompu, semblait malheureux. Elle sourit pour l'encourager, s'étonna qu'entre gens qui s'aiment il soit parfois si difficile de parler simplement de l'essentiel.

— Voilà : lui, veut-il t'épouser ?

Elle lui avoua la vérité : qu'elle n'en savait rien. Mais lui cacha, comme elle l'avait caché à ses parents, l'épisode de la nuit de la place. Cela n'était qu'à elle. Et à Pierre. Elle saisit l'occasion de se répéter : Pierre.

— Ma petite Alice, dit-il (elle sursauta, il ne l'avait jamais appelée ainsi, il était sans doute très embarrassé, ou se voulait solennel), j'ai pensé qu'il était de mon devoir d'attirer ton attention.

Il s'interrompit, attendit que la bonne qui les servait ait quitté la pièce, reprit :

— Voilà. Ce Vandromme, il n'est pas catholique, n'est-ce pas ?

— Toi aussi ! Tu en es là ! Toi !

Elle était furieuse soudain. Et plus encore déçue. Elle s'était à demi dressée. Il eut un geste d'apaisement, un sourire aussi.

— Alice, ne crois pas que...

Elle ne l'écoutait pas :

— Vous avez coupé ce pays en deux camps. Et moi, je ne pourrais pas épouser un homme honnête, loyal, franc, que tes amis — oui, tes amis — ont sali injustement, et maintenant la preuve est faite que c'était injuste et tout le monde finira par le savoir ; je ne pourrais pas l'épouser parce qu'il est de l'autre camp ! Il n'en est même pas, en un sens ; ce n'est pas un excité comme tes amis. En revanche, je pourrais épouser un Prussien, père trouverait cela très bien, surtout si l'on pouvait conclure avec lui des affaires profitables ; ou encore mieux un Anglais, ou un Russe, ou un Chinois. Mais pas un Français, s'il est de l'autre camp. Parfois, je me demande comment la France existe encore, quand les Français sont si pressés de se diviser et de se battre entre eux. Mais toi, oncle... Que toi, tu parles ainsi, alors... je...

Il l'écoutait, silencieux, patient. Elle se jugea un peu ridicule de s'être ainsi enflammée. Injuste peut-être : c'était aux objections et aux réserves qu'elle croyait deviner chez ses parents, et autour d'elle, qu'elle avait voulu répondre ; et elle n'était pas tout à fait sûre qu'il les partageât. Seulement voilà : il l'avait provoquée. D'ailleurs, elle pouvait tout lui dire. Elle se sentit soulagée.

— Tu ne m'as pas écouté, dit-il.

Elle pensa un instant qu'elle devrait s'excuser, chassa vite cette idée. Elle n'avait pas rêvé, il lui avait bien dit...

— Tu m'as bien dit que je ne devais pas l'épouser parce qu'il n'était pas catholique...

— Je ne t'ai pas dit cela. Tu vois bien que tu ne m'as pas écouté.

Elle croyait bien, pourtant... Cette fois, elle regretta vraiment de s'être emportée, songea qu'elle était comme sa mère, revit les scènes qui l'avaient opposée à Céleste quand elle voulait épouser

Florimond Van Meulen, pensa qu'elle avait décidément le don de choisir des compagnons qui déplaisaient à ses parents, et en tira une fois encore quelque fierté.

Son oncle faisait mine d'être préoccupé par une aile de pigeonneau, qu'il attaquait avec une sorte de férocité.

— Tu vas finir par casser ton assiette, dit-elle.

Ils se sourirent. Elle avait lancé cette phrase sans réfléchir, et jugeait maintenant qu'elle avait bien fait : la tension, du coup, était tombée, sans qu'elle eût à présenter des excuses, ou à se déjuger. La bonne était revenue, attirée peut-être par le bruit de la discussion, feignait de vérifier que Madame et Monsieur n'avaient besoin de rien. Elle la renvoya, sèche. Elle était impatiente maintenant de savoir ce que son oncle avait en tête, mais ne tenait pas à le montrer.

Il avait abandonné l'aile du pigeonneau.

— Eh bien ? dit-elle.

— Tu ne m'as pas écouté. Tu peux bien épouser Vandromme si ça te plaît, même s'il appartient au camp de ceux qui luttent contre l'Eglise. Mais il y a une question. Parmi ceux-là, ceux qui luttent contre l'Eglise, beaucoup sont un peu catholiques. Je veux dire : ils sont baptisés, ils font baptiser leurs enfants, et s'ils ne fréquentent pas les églises, ils y passent quand même une dernière fois avant d'être mis en terre. Waymel n'a pas fait beaucoup d'émules. Pas plus que Sainte-Beuve ou Proudhon...

Elle comprenait ces allusions. Waymel avait été, près de vingt ans plus tôt, sous le Second Empire, le premier Lillois, un maître tapissier membre d'une loge de Bruxelles, à se faire enterrer civilement — devant une foule de curieux —, et son nom était resté comme un symbole. Ceux de Sainte-Beuve et Proudhon aussi, dont les obsèques civiles, à Paris, avaient fait impression.

Elle tenta de plaisanter.

— Mais il n'est pas près de mourir, j'espère. Moi, je veux qu'il vive longtemps, très longtemps.

Bien qu'elle se demandât toujours où son oncle voulait en venir, elle se sentait détendue maintenant, presque joyeuse : c'était la première fois qu'elle pouvait parler de son mariage avec Vandromme comme d'une éventualité tout à fait plausible. Elle avait le sentiment d'avoir franchi une étape, et fut reconnaissante à Jérôme Dehaynin d'y avoir contribué, de la prendre au sérieux. Il le devina sans doute, car il se détendit lui aussi, prit son verre de vin, le goûta, se permit une diversion en pestant contre le phylloxera qui était en train de détruire le vignoble — bien sûr, le vin d'Algérie prenait la relève mais ne vaudrait jamais un bon margaux, un pomerol, ou un château-lafite. Lui qui se montrait d'ordinaire si peu soucieux de sa cave !

Cette fois, ce fut elle qui le ramena au sujet.

— Tu ne m'as toujours pas expliqué...

Il n'attendait que cela, bien sûr.

— Tu ne devines pas ? Je pense aux enfants. Tu es croyante, non ?

— Bien sûr.

Elle avait une foi paisible, pratiquait régulièrement, ne s'interrogeait guère. Elle se sentait catholique comme elle se sentait française — née comme cela — et n'avait jamais pensé changer. Cela faisait partie de son identité. Ses parents se rangeaient dans cette communauté, ou ce camp, et leurs parents avant eux, et les parents de leurs parents ; elle y appartenait et Félicien aussi — cela ne faisait pas question, elle était un maillon dans une longue chaîne — et si elle avait, par bonheur, d'autres enfants, des enfants de Pierre, elle ferait pour eux ce qu'elle avait fait pour Félicien, elle leur apprendrait, ou leur ferait apprendre Dieu, la Sainte Vierge, saint Joseph, le Sacré-Cœur, tout.

Son oncle devinait-il le cours de ses pensées ?

— Et si, demanda-t-il, et si ton futur mari — je suppose que vous allez vous marier, bien entendu, et même je l'espère —, si ton futur mari...

— Mon futur mari, quoi ?

Au but, au but ! Qu'il en finisse. Mais elle croyait bien avoir déjà deviné.

— Et s'il ne voulait pas élever ses enfants comme des petits catholiques ? S'il ne voulait pas les faire baptiser ?

Impossible. C'était impossible. Elle dut s'avouer qu'elle n'avait jamais pensé à ce problème. Au cours de ses soirées solitaires, quand elle rêvait à une vie commune avec Pierre Vandromme, elle avait évoqué tous les obstacles, toutes les difficultés, les affaires qui les retenaient, lui à Dunkerque, elle à Lille, la méfiance de sa famille envers un anticlérical avéré, fût-il parmi les plus modérés, et bien sûr, et surtout, l'attitude de Félicien, mais jamais elle ne s'était posé cette question-là. Peut-être parce qu'elle ne se posait pas.

— Il n'y a aucun doute, lança-t-elle. Si nous nous marions, et si nous avons des enfants, ils seront baptisés. Et tout le reste aussi.

— Tu le lui as demandé ? Il te l'a dit ?

Il l'agaçait avec ses questions ! Elle fut tentée de lui répondre que ça ne le regardait pas, que c'était son affaire à elle, qu'il devait se montrer plus discret. Mais s'en abstint : il avait trop de bonté dans le regard. Elle pensa, l'espace d'un instant, qu'il était le seul gardien de ce sentiment démodé. Puis :

— Le père de Pierre Vandromme, dit-elle, eh bien, il a été enterré à l'église. Tu vois bien.

Elle n'en savait rien. Elle avait affirmé cela au hasard. C'était très probable, en tout cas.

Il fit mine de se contenter de cette assurance, poussa un petit soupir de satisfaction et de soulagement.

La bonne était revenue, changeait les assiettes, apportait un plateau de fromages — les fromages étaient alors plutôt rares sur les tables, mais Alice en était folle, en prenait à chaque repas, se piquait d'en connaître mieux que quiconque les qualités et l'histoire. Elle se servit une part de brie.

— Sais-tu, demanda-t-elle, qu'au congrès de Vienne, Talleyrand avait demandé à tous les diplomates de faire venir le meilleur fromage de leur pays afin de désigner le meilleur des meilleurs ? Et sais-tu lequel l'a emporté ? Le brie de Meaux.

Il s'esclaffa, se servit à son tour. Elle avait voulu avec cette histoire, il le comprenait, signifier la fin de la discussion. Il se lança dans un long récit sur la fabrication du fromage de Lille, dont la forte odeur faisait l'objet de traditionnelles plaisanteries.

Elle ne l'écoutait pas. Elle était toute préoccupée de ce qu'il lui avait dit. C'était vrai : pour la première fois peut-être dans l'histoire de l'humanité, les hommes avaient décidé de se passer d'un dieu, quel qu'il soit. Voltaire, dont les religieuses de son couvent ne parlaient que par allusions, en se pinçant le nez comme s'il s'agissait d'un diable pestilentiel, Voltaire lui-même croyait au Grand Horloger. Les révolutionnaires avaient célébré des dieux. Et même les francs-maçons avaient longtemps honoré le Grand Architecte de l'univers ; le Grand Orient de France venait tout juste, quatre ans plus tôt, de décider de ne plus faire référence à Dieu, ce qui avait provoqué d'immenses remous. Tout basculait. Alice songea qu'il lui était donné d'assister à un véritable séisme — la contestation de Dieu après des siècles et des siècles où son existence n'avait fait aucun doute. Et il fallait justement qu'elle se plaçât au cœur de ce séisme. C'était bien d'elle, encore une fois. Elle se dit qu'elle n'en ferait jamais d'autre. Mais cela ne l'attristait point.

Quand même, Pierre... Que pensait-il exactement ? Que croyait-il ? Que souhaitait-il ? Etrange : on peut aimer un homme, vouloir se donner à lui, vivre avec lui, avoir des enfants de lui, alors que l'on ignore ce qu'il croit et ce qu'il veut. Etrange. Elle songea que dans ses affaires, moins importantes pourtant, elle ne se lançait pas ainsi à l'aveuglette. Puis se dit que ce n'était pas vrai : elle savait qui était, en vérité, Pierre ; elle le devinait, le sentait, le percevait, le voyait, le comprenait sans pouvoir expliquer comment.

Pourtant, il importait de s'expliquer avec lui. Cette discussion renforçait sa décision de ne plus tarder.

Son oncle se levait, se disait fatigué, prenait congé. Elle lui sauta au cou. Il esquissa un mouvement de recul, se ressaisit, sourit, répondit à ses baisers. L'aurait-elle troublé ? Elle s'en amusa.

Elle reçut, le lendemain, une lettre de Pierre Vandromme. Elle s'était inquiétée, affolée, presque, en lisant le nom de l'expéditeur. Il lui adressait seulement un article, découpé d'une revue, qui décrivait une nouvelle machine, une retourneuse mécanique pour l'orge utilisée dans la fabrication de la bière. La lettre n'ajoutait rien. Il avait, disait-il, pensé que cet appareil pouvait l'intéresser. Il terminait en se disant, comme dans une correspondance d'affaires, son très humble serviteur.

Que fallait-il en penser ? Rire de son formalisme, s'attendrir de cette attention, s'inquiéter de cette froideur ? Lui adressait-il ce message parce qu'il ne pensait plus la revoir de si tôt, et qu'il n'était pas pressé de la retrouver ? Ou parce qu'il avait cherché un moyen de se rappeler à son souvenir, trois jours seulement après l'avoir rencontrée ?

Elle opta pour cette hypothèse, la plus favorable. Et y trouva une nouvelle raison d'avoir bientôt avec lui une explication claire et définitive.

Elle lui dirait que si ce soir d'avril, sur la place, elle lui avait lancé : « Monsieur Vandromme, je voudrais vous épouser », ce n'était pas sur un coup de folie, qu'elle n'avait pas bu, qu'elle n'était pas ivre, qu'elle avait bien prononcé ces mots-là, pas d'autres, qu'ils s'adressaient bien à lui, Pierre Vandromme, pas à un autre.

Elle lui dirait qu'elle comprenait ce qu'une telle démarche, une telle demande plutôt, avait de contraire à tous les usages. Mais que, précisément, ces usages, elle n'en voyait pas la raison. Que bien des gens, c'est vrai, s'épousaient sans s'aimer, parce que ça arrangeait leurs familles ou leurs patrimoines, parce qu'ils voulaient échapper à la solitude, parce qu'ils souhaitaient avoir des enfants et préféraient que ce fût avec tel partenaire, ou par nécessité, reconnaissance, ennui, bref, pour tout autre motif imaginable — il n'était pas question de les énumérer, elle avait mieux à dire. Mais si un homme et une femme s'aimaient, il fallait prendre garde, prêter une extrême attention au *s'* qui était inclus dans « s'aimaient », qui jouait un rôle capital puisqu'il signifiait une réciprocité, un amour mutuel comme disaient quelques romans en vogue et certains prêtres, parfois, dans leurs sermons : en effet, si l'amour est mutuel, partagé, on ne voit pas pourquoi l'une devrait attendre que l'autre se déclarât d'abord. Elle avait cherché partout une explication à cette priorité accordée à l'un sur l'autre, et n'en trouvait point qui convînt à ce siècle. S'il en connaissait une, elle était prête à l'entendre, mais qu'il ne se fasse guère d'illusion, elle était également disposée à la balayer.

Elle lui dirait qu'un homme comme lui, attentif au progrès des sciences et de l'humanité, pouvait comprendre ce que ces usages avaient de désuet. Il comptait, elle le savait, parmi les républicains les plus sincères et les plus ardents. Mais si les républicains avaient défini et inscrit sur les tables de la Loi les droits de l'homme, ils méconnaissaient trop gravement ceux de la femme, parmi lesquels figurait à coup sûr, et dans les tout premiers rangs, celui de déclarer son amour à l'homme qu'on aime.

Elle lui dirait donc qu'elle l'aimait. Ce ne serait pas le plus commode à avouer, mais il lui faudrait bien en passer par là. Et dire aussi qu'elle avait déjà aimé, oui, avec passion, Florimond Van Meulen, le père de Félicien. Qu'elle prévoyait en épousant Florimond que cette union ne serait pas facile et que la maladie peut-être y mettrait fin très vite. Qu'elle avait dû pour l'épouser se dresser, et comment, contre sa mère que pourtant elle aimait, défier aussi son entourage et la ville, persuadés qu'elle n'agissait que par goût de l'argent et de la puissance. Qu'elle avait été heureuse avec Florimond, en dépit de toutes les difficultés. Mais qu'elle était persuadée qu'on pouvait être heureux deux fois, qu'on pouvait aimer deux fois et même plus. Et elle en était persuadée pour la bonne raison qu'elle l'éprouvait maintenant.

Elle lui dirait qu'elle ignorait pourquoi elle l'aimait. Bien sûr, ses qualités étaient nombreuses, mais il avait aussi des défauts, elle finirait bien par les découvrir et les recenser s'il passait sa vie avec elle comme elle le souhaitait. Mais elle ne l'aimait pas pour un assemblage de qualités dont d'autres hommes pourraient tout autant se targuer. Elle l'aimait parce qu'il était ce personnage unique et fabuleux nommé Pierre Vandromme et qu'elle éprouvait, à se trouver près de lui, un trouble qu'elle ne ressentait avec aucun autre, qu'elle avait soif, quand elle le rencontrait, de se montrer tendre avec lui, de le protéger comme une mère, et d'être protégée par lui comme une enfant — et s'il ne s'en était pas aperçu, c'est peut-être qu'elle était maladroite, ou parce qu'ils s'étaient rarement, jamais, trouvés seul à seule — et qu'elle avait encore plus soif qu'il soit tendre avec elle, et passionné comme un amant, qu'elle rêvait de se serrer contre lui et qu'il se serrât contre elle, et que, oui, elle le disait, elle osait le dire, elle le désirait. L'avouer serait difficile. Mais elle le ferait. Et elle lui demanderait de ne pas s'offusquer qu'une femme comme elle, une femme de sa condition, une femme qui ne portait pas de corsage en foulard de soie des Indes (non, cela, elle ne le dirait pas), qu'une femme comme elle ose avouer son désir. Elle lui demanderait d'en être, au contraire, reconnaissant, de mesurer le chemin, le difficile chemin, qu'elle avait dû parcourir, ancienne pensionnaire de couvent à qui on avait appris à mépriser le corps, pour parvenir à cet aveu.

Elle lui dirait combien elle appréciait que ce personnage unique nommé Pierre Vandromme qui la troublait et l'attendrissait soit aussi un roc, une force. Parce qu'elle avait beau dire, et beau faire, affronter ses concurrents, impressionner ses proches, défier la ville et le monde, elle se sentait bien seule et faible, et apprécierait — elle ne l'avouerait à nul autre que lui et démentirait avec force s'il s'avisait de le répéter — de s'appuyer sur un roc, de trouver en lui une nouvelle énergie.

Elle lui dirait encore combien elle appréciait que ce personnage unique nommé Pierre Vandromme partageât sa passion du progrès, sa volonté de toujours avancer, d'aller plus loin encore, pour faire du XXe siècle, qui serait bientôt là, un temps de bonheur pour tous.

Bref, comme il pouvait le voir, si elle ne savait pas exactement pourquoi elle l'aimait, elle était capable d'aligner de sincères raisons. Et encore se refusait-elle à les lui avouer toutes, pour ne pas le lasser, ou risquer de le rendre plus orgueilleux, ce qui se retournerait contre elle, au long de leur vie commune, si par chance ils devaient en avoir.

Elle lui dirait que s'il se cherchait, lui, des raisons de l'aimer, elle, elle pourrait l'y aider. Ce serait bien sûr, il devait le comprendre, la partie la plus délicate et la plus courte de son discours. Elle répugnait à louer elle-même ses qualités. Elle ne pouvait se charger de sa propre réclame, comme elle le faisait pour sa bière dans tous les journaux du Nord, de Paris, et bientôt ceux de Belgique. Mais enfin, les yeux des hommes lui avaient souvent avoué qu'elle était plutôt agréable à regarder, et elle s'emploierait à ce que cela ne passât pas trop vite. Mais enfin, on ne la disait point sotte et même ses ennemis et ses adversaires — elle n'en manquait pas, il pouvait l'imaginer, depuis qu'elle était sortie de la voie réservée à son sexe — reconnaissaient qu'elle menait bien ses affaires, c'était d'ailleurs ce qu'ils lui reprochaient surtout. Certes, on la soupçonnait, en raison de l'énergie qu'elle dépensait pour diriger ces affaires, d'ignorer le sens des mots « douceur » et « tendresse ». Mais c'était un mauvais procès, qui n'était fondé sur aucune réalité, une rumeur propagée par les envieux et les imbéciles. Et Pierre Vandromme était trop bien placé, hélas, pour savoir combien il est malaisé, difficile, de se défendre contre la rumeur.

Elle lui dirait qu'elle avait des convictions et qu'elle y tenait. Qu'elle ne les abandonnerait pas mais qu'elle ne lui demanderait pas d'abandonner les siennes. Que l'on pouvait, elle en était convaincue, s'apprécier et s'aimer différents. Qu'il en était convaincu lui aussi, cela se devinait aisément, et c'était une des raisons pour lesquelles elle l'avait, dès l'abord, estimé.

Elle lui dirait enfin qu'il n'était pas convenable de faire attendre aussi longtemps une dame qui vous avait posé une question. Car ce « Monsieur Vandromme, je voudrais vous épouser » était en réalité une demande, une question, devait être entendu comme une question et pas seulement comme une affirmation. Peut-être voulait-il réfléchir avant de donner une réponse, et elle voulait bien accepter un délai, elle comprenait qu'un délai fût nécessaire, en raison de l'importance de l'enjeu, de l'engagement à prendre. Du moins ne devait-il pas se comporter comme si rien ne s'était passé, comme si elle n'avait rien dit, mais manifester, de la manière la plus appropriée à son goût, qu'il avait bien entendu la question et qu'il répondrait un jour. Le plus tôt possible serait quand même préférable. Si elle lui avait dit : « Monsieur Vandromme, pouvez-vous me construire un bateau de telles dimensions et de tel tonnage ? » il eût peut-être hésité, demandé un temps de réflexion, mais il n'eût pas feint de ne pas entendre. Or, l'affaire était autrement plus importante. La démarche dont il avait été l'objet était certes insolite autant que grave — Alice l'avait déjà reconnu et n'y reviendrait plus —, mais ce n'était pas une raison pour se cantonner dans un aussi pesant silence.

Voilà ce qu'elle lui dirait, et qu'elle se répéta ce soir-là avec ravissement, en s'avouant qu'elle ne lui dirait peut-être pas tout, ou rien de tout cela, mais qu'en tout cas elle lui parlerait. On a bien le droit de rêver au bonheur. C'est déjà le bonheur.

Elle reçut, le lendemain, une autre lettre.

Il voulait, disait-il, lui apporter de nouvelles précisions sur l'Exposition internationale de l'électricité dont on n'était plus éloigné que de trois petits mois maintenant. Les organisateurs avaient prévu de construire un chemin de fer électrique (système Siemens frères et Habske, précisait-il) qui relierait la place de la Concorde au palais de l'Industrie. Mais, en dépit de son intérêt expérimental, il s'agissait là d'une attraction tout juste bonne à attirer les badauds. Les choses sérieuses se passeraient au Congrès des savants : on allait adopter un système d'unités électriques commun à tous les pays pour éviter le désordre existant en d'autres domaines, où l'on avait le mètre et l'autre le pied, l'un le kilo et l'autre la livre ; on allait aussi se préoccuper des applications de l'électricité à l'éclairage, aux chemins de fer, à la métallurgie et à la médecine ; et puis l'on s'intéresserait au développement de la téléphonie.

Cette téléphonie et ces unités électriques réchauffèrent le cœur d'Alice. C'était peut-être le moyen qu'il avait trouvé pour signifier qu'il avait bien reçu le message. Et en tout cas qu'il ne l'oubliait pas.

Le jour d'après, elle guetta le courrier. Mais il ne s'y trouvait que des lettres d'affaires, des rapports de représentants. Rien de Pierre Vandromme.

Elle eut beau se traiter de sotte, trouver à ce silence mille explications — et d'abord qu'il était la règle, les deux lettres, l'exception —, elle ne s'en satisfaisait point.

Elle décida d'accélérer encore un peu.

Elle devait se rendre depuis des mois chez un de ses fermiers, près de Cassel, avec qui elle essayait d'acclimater en France des houblons venus d'Allemagne qui lui permettraient, espérait-elle, d'améliorer la qualité de la bière. Et elle remettait toujours ce voyage. L'année précédente, ce fermier, un jeune gaillard intelligent et attirant — rien d'un paysan, songeait-elle —, l'avait invitée au *hommelpa,* la fête qui terminait la cueillette. Toutes les familles des ramasseurs étaient là, les saisonniers belges venus en renfort aussi. Des rangées d'hommes et de femmes qui avaient cueilli les cônes de houblon quinze heures par jour, en chantant pour se tenir éveillés parce que l'odeur du houblon endort, et qui étaient bien heureux d'en avoir terminé. Ce jour-là, le fermier tuait le cochon, la fermière offrait des tartes à la vanille, et chacun recevait son dû à raison des cônes qu'il avait cueillis. L'assemblée avait beaucoup bu — de la bière par seaux, du genièvre aussi. Alice s'était retrouvée dans l'écurie, en compagnie du jeune fermier, encore coiffé de la rituelle couronne de houblons qu'on lui remettait pour la fête. Il voulait, disait-il, lui montrer les bêtes, de superbes juments dont il semblait très fier. Un prétexte. Elle ne l'avait pas compris d'abord. Naïve ? Ou bien avait-elle trop goûté à la bière, elle aussi ? Elle aurait pu deviner pourtant, aux yeux de l'homme, à des frôlements. Au contraire, elle avait beaucoup plaisanté avec lui : les autres la regardaient surpris. Aussitôt arrivé dans l'écurie, il s'était rapproché, la serrant contre la cloison d'une stalle ; et bientôt il la prenait à la taille. Elle l'avait giflé ; une, deux. Il n'avait pas insisté, s'était laissé aller contre un bas-flanc, la couronne de travers, dérisoire. Ivre sûrement. Elle était partie aussitôt, affrontant le regard des autres. Mais s'était dit cent fois qu'il s'en était fallu d'un rien pour que l'homme reçoive autre chose qu'une gifle, que s'il avait essayé encore...

Des semaines après, elle ne pouvait y penser sans trouble. Elle n'avait jamais osé y retourner, donnant par lettre ses ordres sur le choix des variétés à mettre en culture. Mais l'homme ne répondait jamais.

Elle décida d'y passer le lendemain. Ce ne serait qu'un prétexte : de là, il serait normal qu'elle poussât jusqu'à Dunkerque.

Chapitre onze

Pierre Vandromme, qui, au terme d'un fastidieux examen de comptes, mettait le nez à la fenêtre de son bureau, ne fut qu'à demi surpris de voir apparaître au beau milieu du chantier l'inspecteur Ricci et le directeur des douanes. Flairant du nouveau, et de l'important, les charpentiers avaient aussitôt laissé leurs ciseaux et les calfateurs leurs maillets, les scieurs de long s'étaient redressés, crachaient dans leurs mains qu'ils essuyaient ensuite sur leurs pantalons de velours. Tous attentifs. Le directeur des douanes souriait, saluait à droite et à gauche, comme s'il avançait entre une double haie d'honneur.

Vandromme les laissa venir, sans faire un pas vers eux. Il était impatient pourtant de les entendre. S'ils ne l'avaient pas convoqué, si le directeur se dérangeait en personne, ce ne pouvait être, songeait-il, que pour lui apporter de bonnes nouvelles. Mais l'inspecteur, assis à l'extrême bord d'une chaise, semblait plus préoccupé de faire tourner et retourner son gibus, comme pour en admirer les reflets, tandis que le directeur lissait soigneusement ses gants, de ses doigts spatulés.

Il toussota, comme pour requérir l'attention et annoncer qu'il allait commencer.

— Monsieur Vandromme, dit-il, si j'ai tenu à venir en personne jusqu'ici, et à donner un caractère un peu… exceptionnel à ma démarche, c'est pour que vous mesuriez combien mon administration regrette ce qui s'est passé, cette rumeur, cette folie de ragots à laquelle elle est restée étrangère, je le répète. Et aussi pour vous donner une information qui vous réjouira, j'en suis certain : nous avons acquis la conviction définitive que vous n'êtes pour rien dans cette affaire de navire fraudeur.

Vandromme fut près de bondir. L'embrasser. Lui serrer la main. Bouger au moins. Il s'ordonna de rester immobile afin de leur montrer qu'ils ne le surprenaient pas, qu'il s'était toujours attendu à cette fin. Il y parvint. S'autorisa pourtant à manifester son soulagement par un léger soupir.

L'inspecteur avait pris le relais, expliquait que, bien entendu, aussitôt après avoir enregistré les déclarations de Begem — lequel avait fini par confirmer officiellement les propos tenus devant ses indicateurs alors qu'il était ivre —, il s'était mis en quête de son témoin. Il pouvait le dire maintenant : ce témoin était un batelier belge qui amenait en France, par le canal de Furnes, du charbon de son pays — « Vous savez bien, monsieur, que certaines industries en consomment encore certaines qualités, bien que le charbon anglais soit moins cher que le belge, moins cher même que celui d'Anzin et du Pas-de-Calais ; ces importations ne cessent de diminuer, mais il existe toujours un commerce résiduel, oui, résiduel. » Ce mot devait lui plaire. Qu'il aille au fait ! Alors, ce batelier ?

— Eh bien, dit Ricci, ce Vanoosteen prétendait avoir été témoin du passage d'une péniche chargée de votre bois. Il disait aussi avoir reçu les confidences d'un de ses collègues, voyez-vous. Et il fournissait des précisions, comment dire ? troublantes. Troublantes.

Il allait répéter « troublantes » comme « résiduel ».

— Des précisions de quel ordre ?

— Eh bien, des précisions de date, de quantités. Si je puis me permettre cette expression, cela tenait debout, voyez-vous. Ce Vanoosteen m'avait même donné le nom d'une péniche hollandaise qui aurait servi aux transports, et nous l'avions vérifié sur le registre de notre poste-frontière : la péniche était bien passée aux dates qu'il indiquait.

— C'était insuffisant...

— En effet, dit le directeur. C'est bien pourquoi nous n'avons pas entamé de procédure à votre encontre. Mais ça ne pouvait qu'inciter l'inspecteur à poursuivre ses recherches, vous en conviendrez.

Bien sûr. Pourtant, il ne leur ferait pas le plaisir de le reconnaître.

La main droite du directeur s'éleva vers le plafond, décrivit une figure complexe.

— Je tiens à répéter que, depuis le début de cette enquête, aucune information vous concernant n'a été donnée à quiconque par l'inspecteur Ricci ou moi-même. Et nous étions les seuls au courant. J'avais demandé à l'inspecteur de mener l'enquête seul, sans mettre personne dans la confidence.

— Tous ces bruits, alors ?

La main s'était reposée sur le genou.

— J'ai mon opinion. Il y avait eu, d'abord, les racontars de ces deux... de Vercoutter et Le Grevès. Puis ils ont été amplifiés par d'autres. Une machination.

— Politique ?

— C'est ce que nous avons pensé d'abord. Dans le climat de tension actuel... Une petite ville comme celle-ci...

Vandromme maugréa, comme chaque fois qu'on insistait sur les faibles dimensions de sa ville.

L'inspecteur toussotait, pour demander la parole.

— Un point a retenu notre attention, dit-il, lorsque ce journal — voyons... *l'Esprit du Nord* — a publié son second article contre vous, en faisant allusion à l'existence d'un mystérieux témoin. Or, vos adversaires politiques éventuels ne pouvaient pas connaître cette information. Ni monsieur le directeur ni moi n'en avions soufflé mot à qui que ce soit. Et surtout pas à Vercoutter, ou à Le Grevès. Nous y avons beaucoup réfléchi, monsieur le directeur et moi ; trois personnes — en plus de vous qui n'aviez évidemment aucun intérêt à en faire mention —, trois personnes connaissaient l'existence du témoin : monsieur le directeur, moi et... le témoin lui-même, Vanoosteen.

Vandromme commençait à trouver cet inspecteur sympathique.

— Vous lui en avez parlé ?

— Pas aussitôt, je vous l'ai dit : c'est un batelier. Il circule. Il était reparti pour la Belgique.

— Mais vous pensez que c'est lui-même qui a lancé la rumeur, qui a fait savoir qu'il existait un témoin ?

— Je le crois aujourd'hui. Qui voulez-vous que ce soit, sinon ?

— Vous l'avez revu depuis ?

— Oui. C'était avant que vous attiriez mon attention sur ce...

Begem. J'ai revu Vanoosteen, et quand je l'ai accusé de propager la rumeur, il s'est défendu comme un beau diable.

— Et vous poursuiviez votre enquête ?

— C'est-à-dire que je lui demandais des précisions de date, je l'interrogeais aussi sur les confidences de son collègue — je dirais aujourd'hui les prétendues confidences — qui se trouvait à bord de cette péniche hollandaise... Mais il ne m'en a pas dit beaucoup plus que la première fois.

— Et après Begem, je veux dire : après que Begem a avoué avoir marqué lui-même des bois, vous l'avez revu ce...

— Vanoosteen ?

L'inspecteur sortit son carnet recouvert de moleskine noire, lut « Vanoosteen Jos, né à Isegem, Belgique, le 8 mars 1852 », reprit :

— Hélas, je ne l'ai pas revu. Je ne l'ai plus revu. Son bateau n'a plus repassé la frontière. Bien entendu nous avons cherché à le situer en Belgique. Ce n'est pas très facile, les autorités belges ne nous apportent pas toute l'aide que nous pourrions espérer... elles ferment les yeux sur ces trafics, comprenez-vous : si le tabac se vend, les planteurs sont contents, et si les planteurs sont contents...

Il leva les yeux au ciel, esquissa une ébauche de sourire, poursuivit :

— Mais nous avons d'autres moyens de savoir, bien sûr. Et puis, la Belgique n'est pas si grande. Bref, nos... nos amis ont retrouvé la péniche, mais ce Vanoosteen n'y était plus. Disparu. La péniche appartenait à une société de transports dont le siège est à Anvers, et qui l'a donnée en gérance, depuis quelques jours, à un autre personnage, lequel ignorait manifestement ce qu'est devenu Vanoosteen, son prédécesseur.

L'inspecteur Ricci semblait à présent rayonner de bonheur, fier de démontrer le sérieux et la minutie de ses recherches. Vandromme se passionnait :

— Et la société de transports d'Anvers ?

L'inspecteur reprit son carnet, sourit derechef...

— Un nom flamand, très long, je renonce à vous le dire. Mais vous pensez bien que nous travaillons de ce côté. Nous n'y sommes pas encore parvenus, mais si nous remettons, par l'entremise de cette société, la main sur ce Vanoosteen, nous ne serons peut-être pas loin du réseau qui exporte vers nous son tabac.

— Parce que...

Les deux mains du directeur s'étaient dressées et écartées comme s'il voulait commander à un orchestre, une fanfare.

— C'est un point, monsieur Vandromme, sur lequel monsieur l'inspecteur Ricci et moi sommes arrivés à une conclusion commune. Voilà. Imaginez ce qui s'est passé pour les fraudeurs. Leur bateau est jeté à la côte, ce qui est une méchante affaire, une grosse déception aussi puisqu'ils l'avaient cru à peu près insubmersible. Ils craignent d'être découverts. Par chance, l'équipage parvient à enlever toute trace, et à décharger la cargaison — je ne sais dans quel état. Et voilà qu'on découvre votre marque sur les bois de l'épave. Les fraudeurs, à ce moment, ignorent comme vous, comme nous, qu'elle est l'œuvre de ce...

Il se tourna vers l'inspecteur.

— Begem, souffla celui-ci.

— Begem, bien. Et voilà que s'enfle la rumeur qui vous accuse.

Les mains dessinaient une immense parabole. Vandromme se laissait aller à les suivre, amusé. Sans perdre un mot, pourtant, des propos de leur propriétaire.

— Alors, les fraudeurs, qui imaginent bien sûr que nous les recherchons, qui craignent d'être finalement découverts, voient tout le parti qu'ils peuvent tirer de cette rumeur. Elle détourne les soupçons. Elle leur permet, en toute hypothèse, de gagner du temps. Si bien qu'ils se soucient de la renforcer. Entre parenthèses, ce n'était même pas nécessaire : nous avons tous pu constater comment la rumeur se nourrissait d'elle-même, tirait parti de tout ragot. Mais nos fraudeurs ne le savaient pas encore. Alors, ils inventent Vanoosteen. C'est-à-dire qu'ils envoient Vanoosteen à l'inspecteur Ricci, après s'être informés sur les passages de cette péniche hollandaise. Et Vanoosteen lance l'inspecteur sur cette piste, afin de vous accabler un peu plus, et de gagner un peu plus de temps. Il ne risquait pas grand-chose : à la moindre alerte, il pouvait disparaître de l'autre côté de la frontière. Ce qu'il a fait en fin de compte.

Les mains s'étaient jointes. Les deux hommes souriaient.

— Voilà, dit le directeur. Notre tâche n'est pas terminée, bien sûr, puisqu'il nous reste tout à faire : retrouver ce réseau. Mais j'ai bon espoir ; vous avez pu apprécier le sérieux et la minutie — je dirais aussi : la volonté d'aboutir — de l'inspecteur Ricci. Mais nous n'avons pas voulu attendre pour vous apporter toutes ces explications.

Vandromme les aurait embrassés. Pourtant :

— Allez-vous publier... un communiqué pour me disculper, officiellement, des accusations lancées contre moi ?

Les mains tracèrent une sorte de zigzag. Ou peut-être un point d'interrogation.

— Je me le suis demandé. Mais ce n'est pas dans les usages. Notre administration n'ayant jamais lancé d'accusation contre vous, je ne vois pas pourquoi elle devrait s'excuser, ou les démentir. Encore une fois, nous sommes les premiers désolés de cette rumeur à laquelle nous n'avons...

— Votre administration pourrait peut-être indiquer dans un communiqué, une dépêche, que jamais justement, jamais aucune accusation n'a été lancée par elle contre moi. Je m'en contenterais. Et même, cela me conviendrait tout à fait.

Les doigts spatulés tapotaient les genoux.

— Il faudrait, dit le directeur, que je voie avec Paris. C'est une initiative que je ne puis prendre, comprenez-vous. Le ministère... Je leur écrirai dès ce soir. Hélas, nous ne disposons pas encore de la téléphonie. Le télégraphe, peut-être...

— Et si un journaliste vous interrogeait à ce propos, vous lui répéteriez ce que vous m'avez dit, ce que vous venez de me dire ?

Les deux hommes se regardèrent. Hésitants.

— Oui, dit enfin le directeur. Oui, bien sûr. Nous pourrions lui expliquer.

Un temps, puis Ricci :

— Vous avez peut-être un journaliste ami, auquel vous pourriez confier cette tâche...

— Ami, pas précisément. Mais je vais vous en amener un.

Vandromme franchit les derniers mètres en courant, poussa la porte d'un coup d'épaule, faillit tomber, se retrouva au milieu de la pièce, déséquilibré.

Le Noir faisait tourner sa grande roue de métal, impassible, absent, comme s'il ne devait jamais finir. Singer, assis à son bureau, reposa sa plume, en arrêt. Son visage n'avait pas bougé, n'exprimait rien. Vandromme fut pris d'une envie de cogner, pour briser ce masque. Comme l'autre fois. Il enfonça les poings dans ses poches.

— Vous allez me suivre, dit-il.

Il lui sembla qu'il avait à peine murmuré. Il répéta « Vous allez me suivre », criant presque. Mais l'autre ne bronchait pas.

Vandromme s'approcha. Singer remua enfin, se redressa. Fit face. Animal aux aguets.

— Voilà, dit Vandromme : vous allez m'accompagner à la douane. Nous serons reçus par le directeur. Vous l'écouterez. Et ensuite, vous répéterez dans votre journal ce que vous aurez entendu. C'est clair ?

— Vous ne pouvez pas m'obliger...

— Ce ne sera pas long. Je n'abuserai pas de votre temps. Le directeur non plus. Il a mieux à faire.

— Et si je refuse ?

Vandromme saisit dans un casier une poignée de caractères de plomb, les jeta à terre.

— Si vous refusez, il vous faudra trois jours, peut-être quatre, pour remettre tout en ordre. Vous avez le choix : une petite heure si vous me suivez, trois jours si vous refusez. Et quelques frais, en plus.

Il prit l'encrier de verre torsadé, le jeta contre un mur, où il s'écrasa. L'encre dessina un immense papillon aux ailes pointues. Singer n'avait même pas tressailli.

— Et si je porte plainte pour violation de domicile, bris de matériel ?

— Je vous accompagnerai à la police, ou chez le juge. Ce sera amusant. Mais il serait préférable que vous me suiviez.

Il vida un autre casier de ses caractères, les jeta à la volée. Le Noir tournait toujours sa roue, comme s'il n'entendait rien.

— Je vous accompagne, dit Singer.

Il enfila une redingote de drap léger, prit son chapeau de paille, alla crier quelques mots dans l'oreille du Noir — Vandromme crut comprendre qu'il lui annonçait son départ — saisit une petite canne à pommeau d'argent, esquissa un mince sourire.

— Je suis à vous.

Il ne manquait pas d'allure.

A les voir sortir, serrés l'un contre l'autre, on eût pu les prendre pour deux bons bourgeois qui, leur journée de travail terminée, avaient décidé d'aller faire un écarté, en goûtant des bières, dans un café du centre de la ville. En cette fin d'après-midi, la rue Saint-Gilles était presque vide, à peine animée par des chiens errants, quelques poulets, des enfants qui jouaient à chat perché et des ménagères qui rapportaient de la boulangerie d'immenses pains ronds. Vandromme, qui se méfiait, prenait soin de rester un peu en arrière pour mieux surveiller Singer.

Ils furent bientôt au centre de la ville. Ils n'avaient pas échangé un mot, se guettaient, indifférents aux badauds et aux voitures. Et soudain, alors qu'ils passaient devant l'église Saint-Eloi, Singer s'y précipita, agile comme une anguille, Vandromme derrière lui, furieux de s'être laissé surprendre : un moment d'inattention, et l'autre se trouvait déjà dans le vaste édifice, d'où il serait difficile de le faire sortir sans provoquer quelque scandale, s'enfonçait dans la sombre nef où priaient quelques femmes en noir. Un prêtre en surplis blanc déambulait dans une allée latérale, bréviaire en main, devant les confessionnaux.

Singer s'était avancé au plus près du maître-autel, s'agenouilla devant le banc de communion sur un prie-Dieu garni de velours rouge, fit mine de réciter des oraisons. Vandromme, rageur, prit place à ses côtés.

Comment le sortir de là ? S'il employait la force, Singer se débattrait, glapirait, attirerait le prêtre et les dévotes, l'affaire serait répétée et bientôt déformée, de bonnes âmes n'hésiteraient pas, ensuite, à parler d'agression anticléricale.

Il se serra contre Singer, lui trouva une bizarre odeur de moisi — la redingote d'été peut-être, qui avait dû passer l'hiver dans un placard humide —, chuchota :

— Vous serez bien obligé de sortir, quand on fermera l'église. J'attendrai jusque-là, j'ai tout mon temps.

L'autre ne broncha pas. Vandromme pensa qu'ils en avaient pour deux heures, trois peut-être, et seraient contraints d'assister au salut du Saint-Sacrement ; si par malheur celui-ci attirait du monde, Singer tenterait peut-être quelque chose pour s'esquiver. Tout cela était absurde. Abandonner. Ou bien, faire mine de sortir et attendre Singer à la porte. Enfantin. Puéril.

Il songea à Alice Van Meulen. Elle rirait bien si elle le voyait dans cette situation, le jugerait pataud et naïf. Et elle n'aurait pas tort. Il s'était montré déjà assez ridicule en lui adressant ces deux lettres. Elle avait dû s'interroger sur leur sens, imaginer mille choses, se méprendre sur ses intentions. Le jour où il souhaiterait... — il refusa de se formuler ce qu'il souhaiterait —, il s'y prendrait autrement. Mais quelle femme ! Qu'elle avait de l'allure, qu'elle était belle, l'autre nuit, sur la place. « Monsieur Vandromme, je voudrais vous épouser. » Vous épouser. Vous épouser...

L'urgence, pour l'instant, s'appelait Singer.

Le journaliste feignait toujours de prier, la tête dans les mains, les doigts écartés pour observer. Presque comique. Un vieux prêtre passa, glissa plutôt, les observa un instant, esquissa un signe de bénédiction, poursuivit son chemin vers la sacristie. Peut-être avait-il imaginé qu'ils étaient deux frères ou deux amis venus implorer ensemble une grâce, une guérison, un secours ? Les hommes de leur âge, à cette heure, ne devaient jamais être très nombreux dans l'église. Abandonner. Tout cela était trop ridicule. Il avait d'autres moyens de faire connaître la vérité. Les journalistes du *Phare de Dunkerque* seraient très heureux de diffuser les déclarations du directeur des douanes : ils y ajouteraient quelques phrases vengeresses et des allusions au complot clérical. Il pouvait aisément imaginer leur texte. Mais il avait voulu se venger de Singer, l'humilier. Et à présent, c'est lui qui se retrouvait dans cette posture humiliante. L'autre devant bien s'amuser, qui le guettait derrière ses doigts. Vandromme aurait dû se méfier, réfléchir plus. Seulement voilà : il ne résistait guère à ses impulsions — ces lettres à Alice Van Meulen, par exemple — et en général ne le regrettait pas. Mais aujourd'hui...

Il eut une autre idée, se serra à nouveau contre Singer, retrouva l'odeur de moisi — elle venait du prie-Dieu, peut-être.

— Si vous ne m'accompagnez pas, murmura-t-il, si vous ne sortez pas avec moi, je retourne à votre imprimerie et je casse tout, vous m'avez compris, tout.

L'autre haussa les épaules, se tripota l'oreille pour signifier qu'il n'avait pas entendu. Vandromme était sûr du contraire. Il répéta plus fort quand même :

— Je casse tout.

Une vieille femme, assise un peu plus loin et qui récitait son chapelet, sursauta, les regarda.

— Si vous touchez à quoi que ce soit, dit Singer, je porte plainte. Réfléchissez.

Il s'était redressé, parlait presque à voix haute.

La vieille femme siffla quelques « chut ! » dans leur direction.

— Vous n'oserez pas porter plainte. Imaginez le procès... J'ai le bon droit pour moi. Un homme que vous avez sali. Le juge saura faire la part de...

— Le juge et les policiers seront bien obligés de constater les dégâts, et les dégâts ça se répare. Vous devrez payer des dommages.

— Je m'en fiche.

— Messieurs, messieurs, je vous en prie, un peu de discrétion.

C'était le prêtre, que le bruit de leur discussion avait attiré, à moins que la vieille femme soit allée le chercher.

— Vous êtes ici dans la maison de Dieu, ne l'oubliez pas. Respectez la sainteté de ce lieu.

Ils se regardèrent, indécis. Puis Singer s'agenouilla à nouveau, comme pour prier. Vandromme bredouilla quelques mots d'excuse. Déjà, le prêtre s'écartait.

Vandromme revint à la charge. Toujours la même odeur de moisi : le prie-Dieu à coup sûr. Cette église était trop humide.

Des taches vertes et blanches formaient, aux pieds des piliers, des fleurs sales et inquiétantes.

— Suivez-moi. Sinon je vais chez vous.

L'autre ne fit pas un mouvement. Vandromme regarda autour de lui, aperçut le prêtre fiché sous la statue d'un saint et qui surveillait, décida de partir.

En remontant l'allée centrale, il guettait les bruits. Rien. Singer ne bougeait pas. Arrivé près de la porte, Vandromme se retourna d'un coup. Singer était toujours debout, à sa place, mais il avait pris son chapeau de paille. Et le reposa en se voyant observé.

Alors, Vandromme n'y tient plus : ce petit jeu est absurde. Des enfants. Il va lui montrer, à Singer. En quelques bonds, il est près du journaliste, lui saisit le bras, l'emmène. L'autre tente de se débattre, reçoit une gifle. Les prieuses se sont levées. Une femme a crié. Le prêtre accourt, ainsi qu'un vieux monsieur en calotte noire qui est sans doute le sacristain et qui bredouille : « La police, je vais chercher la police. » Pierre Vandromme s'en moque. De la main droite, il a saisi Singer par le collet et de la gauche le pousse devant lui à grandes bourrades. Les vieilles dames peuvent bien s'exclamer, le curé invoquer tous les anges et les saints du paradis, et le sacristain se précipiter vers la porte, peut-être pour mettre à exécution sa menace, aller chercher la police, Pierre Vandromme n'en a cure. Il est heureux, sûr de lui à cet instant, et pense que le Bon Dieu doit bien rire en assistant, dans sa maison, chez lui, à la correction de ce méchant drôle. Il voudrait bien qu'Alice Van Meulen soit là aussi pour y assister.

Ils sont maintenant à la porte, que le sacristain a ouverte toute grande, comme pour la sortie de la procession. Vandromme et son prisonnier, le curé derrière eux, les vieilles, et d'autres aussi venus d'on ne sait où, comme s'ils s'étaient cachés jusque-là derrière les piliers — il y avait bien du monde dans l'église en dépit des apparences. Et quand ils arrivent sur le trottoir, le carillon de la tour sonne cinq heures. Vandromme se dit que cette sortie au son joyeux des cloches ressemble à celle d'un mariage. Un drôle de mariage. Si Alice le voyait. Mariage. « Madame Van Meulen, je voudrais vous épouser. » Difficile à dire. Quel culot elle a eu !

Quelques hommes, des employés de banque qui ont déjà fini leur journée, s'arrêtent, les regardent. Vandromme rit. Singer a cessé de se débattre. Il est plus docile maintenant. Ils avancent vite. Des applaudissements tombent d'un échafaudage où sont juchés des maçons, mais Vandromme ne les entend pas. Il est pressé d'en finir. Il jubile. Si Alice le voyait. C'est maintenant qu'elle devrait le voir. Alice. Des policiers s'approchent. Deux bons bougres que Vandromme connaît depuis de longues années et qui ouvrent de grands yeux interrogatifs. De la main gauche, il leur fait signe que rien, il n'y a rien, il ne se passe rien, et que dans cette affaire ils n'ont rien à voir — il se réjouit d'avoir pu faire ce signe, lâcher Singer l'espace d'un instant sans courir le moindre risque, c'est bien la preuve que le journaliste obéit désormais, maté.

Ils sont maintenant dans la rue des Capucins, la plus commerçante de la ville, et les passants s'écartent à leur arrivée, leur font une sorte de haie — la haie de déshonneur pense Pierre Vandromme de plus en plus jubilant. Et c'est alors qu'il aperçoit — mais oui c'est elle, c'est bien elle, aucun doute n'est possible — Alice dans un fiacre qui descend de la gare vers le centre. Alice ! Elle ne l'a pas vu, il en est certain, elle ne regardait pas la foule des trottoirs et les vitrines des magasins comme une nonchalante ou une curieuse, elle semblait méditer, habitée d'un rêve intérieur. Elle ne l'a pas vu et il en est furieux. Si furieux qu'il donne une bourrade supplémentaire à Singer et que celui-ci, du coup, tourne la tête, inquiet, presque suppliant. Ah ! Si elle les avait vus !

Voilà qu'il est tenté de lui courir après, de l'appeler pour qu'elle voie, pour qu'elle comprenne, pour qu'elle admire. Impossible, bien sûr, avec ce Singer, cette canaille de Singer, ce maître chanteur, ce journaleux de bas étage. Et soudain, Vandromme se prend à penser qu'il a bien tort de s'encombrer d'un aussi déplaisant personnage, qu'il trouvera aisément d'autres journalistes pour écouter les déclarations du directeur des douanes et les reproduire (les reproduire plus scrupuleusement, plus honnêtement), que Singer est assez humilié ; que toute la ville a vu la scène, et a compris, que ceux qui ne l'ont pas vue le sauront bientôt et le répéteront, et même rajouteront des détails, amplifieront le moindre fait (il est bien placé, Vandromme, pour savoir comment va la rumeur), et donc l'essentiel est accompli, la partie remportée, l'adversaire défait. Alors, il lâche Singer, qui se demande ce qui lui arrive, quelle catastrophe le menace, ce que cache ce changement d'attitude.

Où peut bien être allée Alice ? Chez Vandromme ? Ou chez ce maçon, ce Riboullet dont l'épouse garde Félicien ? Passer au chantier pour prendre la voiture, puis y courir, la trouver. Lui parler. Lui expliquer. Lui dire que...

Il est sans doute le seul homme, le seul à sa connaissance en tout cas, qu'une femme ait demandé en mariage. Le premier d'une longue lignée, peut-être. L'un des rares a être assez ouvert aux progrès et aux idées nouvelles pour l'admettre, et le comprendre. Alice.

Singer le regarde partir. Abasourdi.

Maria remua, machinale, la grande casserole où sautaient des moules. Avec thym, laurier, carottes et oignons, elles feraient le bonheur de Blaise. Le maçon, qui longtemps n'avait connu d'autre produit de la mer que la morue du Vendredi saint, s'était découvert une passion pour toutes sortes de poissons et de coquillages. Et la veille, à peine débarqué du train qui les ramenait de la Creuse, il avait couru à l'entrée du port ramasser ces mollusques sur les pierres de l'estacade.

Maria, elle, les enfants embrassés, les cadeaux distribués — de petits porte-monnaie ornés de dessins qui représentaient le palais de l'Industrie, l'Arc de Triomphe et le Trocadéro —, avait cherché un prétexte pour se précipiter au grenier. Là, un grand choc : la cage-fortin avait disparu, les caisses s'entassaient à la diable, dans un coin. Elle avait cru pleurer. Délivrée. Vaguement déçue aussi que cela se soit fait en son absence. Mais Félicien avait franchi l'obstacle. Cela seul comptait.

A son retour, dans la grande salle, il l'avait regardée, interrogée de l'œil. Et ils s'étaient souri, complices. Silencieux. Le soir, en l'embrassant, il avait pourtant chuchoté :

— Tu as vu ?

— Oui. C'est bien. Je suis fière de toi.

Rien de plus. Elle était étonnée qu'il soit possible d'aimer, comme l'un des siens, un enfant que l'on n'a pas porté dans son ventre. Et que l'on savait devoir perdre.

Au matin, alors que les autres partaient pour l'école, il avait demandé s'il pourrait, bientôt, les accompagner. Et insisté, supplié presque. Après tout, pourquoi pas ? Les grandes vacances ne commenceraient qu'à la fin de juillet ; pendant près de sept semaines, il se frotterait à des gamins de son âge, des fils de dockers et de pêcheurs qui riraient peut-être de sa mine palotte et de ses manières de petit-bourgeois. Mais quoi ? Elle revoyait Clémence, la sœur de Blaise, dans le poulailler : « Les poussins, il faut qu'ils se fassent la force contre la coquille, sinon ils meurent. » Là, il aurait l'occasion de se faire la force. Et s'il franchissait cette épreuve-là aussi...

Elle en parlerait aux instituteurs, puis à Alice, à la prochaine occasion. Elle s'interrogeait pourtant : le fils Van Meulen, le petit-fils Rousset, dans une école de quartier parmi les gamins en galoches... Que dirait sa grand-mère quand elle l'apprendrait ? Car elle finirait par l'apprendre : Alice ne laisserait pas échapper une si belle occasion de la défier.

Cette idée avait amusé Maria toute la journée. Elle se réjouissait d'en parler à Blaise. Qui ne s'en réjouirait pas moins. Rien, décidément, dans cette histoire, ne correspondait aux règles : le petit-fils d'un administrateur de la Compagnie des mines de Lens, du patron des Filatures et Tissages Rousset, élevé chez un ancien communard qui organisait des réunions syndicales plus ou moins clandestines ! Son inscription à l'école publique ne ferait qu'ajouter une épice de plus à cette sauce étrange. Mais savoureuse.

L'idée de la sauce lui rappela qu'elle devait chercher un gros bouquet de persil qu'elle hacherait menu pour en recouvrir son plat de moules. Elle courut vers le petit bout de jardin qu'elle cultivait derrière les hangars, trouva dans la cour Blaise que le petit Arsène embrassait — on entendait les autres jouer plus loin.

Le maçon riait, semblait beaucoup s'amuser. Pressé de parler lui aussi. De raconter ce qu'il avait vu du haut de son échafaudage : Vandromme qui sortait de l'église Saint-Eloi en poussant devant lui le journaliste de *l'Esprit du Nord*. Blaise décrivait l'étrange procession, l'étonnement des badauds — « Moi, j'ai applaudi ; ce feignant-là, il ne méritait que cela, une bonne correction » —, la docilité du journaliste, et l'intervention des deux policiers.

Maria l'entraînait vers la cuisine — « Viens, je ne comprends rien à ton histoire, tu me répéteras tout en commençant par le commencement » —, quand le chien du voisin hurla. Une visite à coup sûr. C'était Alice Van Meulen.

La jeune femme, qui brûlait de parler à Vandromme, de s'expliquer enfin avec lui, de jouer toute sa mise, ne l'avait trouvé ni sur son chantier ni dans sa villa. Et pour tromper son impatience, elle s'était résolue à se rendre chez les Riboullet.

Maria fit chercher Félicien pour qu'il vînt embrasser sa mère. Mais Félicien : introuvable, une fois encore. Les deux femmes s'interrogèrent ; elles refusaient de croire à une nouvelle fugue.

Alors, le petit Arsène, que Catherine avait ramené :

— Félicien, quand je lui ai raconté ce que disait papa, que les policiers voulaient arrêter monsieur Vandromme...

Ils se récrièrent tous les trois : Alice, qui n'y comprenait rien et déjà s'inquiétait, Blaise, qui assurait n'avoir jamais dit cela, Maria, impatiente de connaître la suite. Le petit garçon les regarda tour à tour, indécis et inquiet.

— Mais je le croyais, moi ! J'ai entendu papa qui le disait. J'ai pas menti. J'ai dit que la vérité.

— Tu as mal compris. Et alors, Félicien ?...

Arsène, piteux, au bord des larmes :

— Félicien ? Il m'a dit qu'il fallait vite prévenir monsieur Vandromme, qu'il fallait lui dire : comme ça, il aurait le temps de prendre ses affaires et de se sauver avant l'arrivée de la police.

— Et alors ?

— Moi, j'ai pas voulu le suivre, hein ? J'ai dit : « Il faut prévenir maman et papa. » Mais lui, il est parti en courant. Il disait : « On n'a pas le temps, et peut-être ils voudront pas ; tes parents, ils le connaissent à peine, monsieur Vandromme ; moi, c'est pas la même chose, c'est mon ami, il m'a donné une belle maquette de bateau et il m'a tiré de l'eau. » C'est ce qu'il disait, Félicien. Et puis, il est tout de suite parti. Moi, je pouvais pas l'empêcher. C'est pas ma faute.

Les deux femmes se regardaient. A demi rassurées. Presque fières. Alice se répétait les mots de Félicien : « Moi, c'est pas la même chose, c'est mon ami. » Mon ami.

Mais il fallait retrouver l'enfant. Heureusement, les journées de juin sont longues.

Chapitre douze

L'enfant court. Quand il halète trop, quand il se sent près d'étouffer, gorge brûlante, jambes molles, point au côté, il ralentit, marche quelques pas, reprend son souffle. Et puis, il court.

Il se fixe des objectifs : il réussira à courir jusqu'à ce coin, jusqu'à cette maison de bois dont un vieux marin goudronne la façade, jusqu'à cette palissade qui s'effondre, jusqu'à cette voiture de brasseur arrêtée devant un estaminet. Ensuite, il s'accordera le droit de marcher un peu. Et il recommencera.

Il a franchi un pont, dépassé des fortifications où des hommes en bourgeron poussaient des brouettes de caillasse. Il a longé le canal et vécu une fois de plus, en regardant son eau verdâtre, le moment où, fuyant Vandromme, il avait glissé sur l'herbe de la berge et failli se noyer. (Il ne l'a jamais dit à Maria ni à sa mère, mais il en rêve presque toutes les nuits, il est délivré chaque nuit par la poigne du constructeur qui l'emporte, le sort de ce monde jaune, glauque et visqueux pour l'emmener jusqu'au ciel.)

Il a traversé d'autres fortifications encore, où des marins montaient la garde, et il a craint d'être arrêté, empêché de passer. Il a croisé des ruelles tortueuses bordées de pauvres maisons entre lesquelles s'accrochaient linges troués, vêtements rapiécés et filets humides. Il a couru le long d'un petit square où criaient des enfants. Il a failli tomber, en traversant une rue, sur un tas d'immondices qu'un chariot avait perdu. Il a dû s'écarter pour éviter, de peu, des voitures que leurs chevaux menaient bon trot. Il a voulu compter le nombre de ses pas, comme ça, pour s'en souvenir et s'en vanter, puis y a renoncé. On ne peut à la fois compter et penser à ce qu'on dira à monsieur Vandromme quand on le trouvera. Car Félicien ne doute pas de le trouver.

C'est vers le port qu'il court sans s'accorder aucun répit, vers le port où il n'aura aucune peine, pense-t-il, à découvrir le chantier Vandromme que le constructeur lui avait montré le premier dimanche, le jour où il lui a donné la maquette. Et de songer à ce qu'il en a fait le soir même, comment il l'a jetée à travers le wagon, Félicien est encore bouleversé ; il ne parvient pas à s'expliquer ce geste, ces colères, et quand il vient de tout casser, de faire le Jacques — il appelle cela « faire le Jacques », comme la bonne, à Lille, quand elle le gronde —, quand il vient de faire le Jacques, il préférerait ne pas exister, n'avoir jamais existé, ne plus exister, il veut se punir en n'aimant plus personne, en se faisant détester de tout le monde. Mais aujourd'hui, il veut se faire aimer, il a besoin d'aimer. Et c'est pourquoi il court.

Il court, pourtant il a peur. Et si monsieur Vandromme refusait de le croire ? S'il imaginait qu'il a tout inventé ? S'il le grondait ? S'il le prenait pour un fou ? Les grandes personnes ne comprennent pas grand-chose aux enfants, c'est l'une des vérités dont Félicien est le plus convaincu.

Mais, il n'a pas le choix. Il doit y aller. C'est à lui de sauver monsieur Vandromme qui l'a sauvé. « Donnant, donnant », comme disait la miss quand elle lui offrait des images pour le faire manger — il y a si longtemps, dans la grande maison de Lille, dans une autre vie.

Il n'est plus loin du port, il l'a deviné. Il l'a senti plutôt : à la caresse du vent, qui a forci ; à des odeurs aussi. Il s'est toujours reconnu aux odeurs : chez sa mère, les parfums (il préfère la fougère royale et l'iris broyé ; et la miss, qui l'a plusieurs fois surpris à les respirer dans le cabinet de toilette, ne cesse de lui répéter que c'est « pour les *girls*, monsieur Félicien, pour les *girls* ») ; chez ses grands-parents Rousset, les arômes de la cuisine ; chez Maria Vandamme la cuisine aussi et le savon, une sorte de gelée noir et vert qu'elle utilise pour laver chaque jour le plancher de la salle ; chez Vandromme, où il n'est allé qu'une fois, le tabac ; chez son oncle Jérôme, les médicaments ; à la brasserie, des odeurs de sucre chaud, écœurantes ; sur ce port enfin, ses senteurs fortes où se mêlent sans doute, mais il ne s'en soucie guère, sel et poissons, goudrons et peintures, iode et fumée, et même le crottin de tous les chevaux qui tirent sur les quais chariots et wagons, des senteurs fortes dont il a su, dès le premier jour, dès le dimanche de la maquette, qu'il les reconnaîtrait désormais, qu'il ne pourrait les oublier.

Et, en effet, il arrive au port. Plus précisément à cette partie du port qu'on appelle le Minck, où les petites barques de pêche viennent débarquer leurs prises, où les poissardes interpellent fournisseurs et clients sous l'œil amusé de vieux marins muets dont l'accoutrement et les visages fripés rappellent à Félicien tous ceux qu'il a vus sur ses livres d'images. Il ne s'y attarde pas ; d'ailleurs, en cette fin de journée, les vieux marins sont rares et les poissardes aussi, bien que les bateaux soient nombreux à rentrer, à se faire haler jusqu'au quai.

Il poursuit son chemin — sans courir maintenant, car il est à bout de souffle — jusqu'au bassin où se trouvent, pense-t-il, les chantiers Vandromme. Il reconnaît, à leurs képis et leurs tuniques de drap vert, deux douaniers en faction devant une grille de fer, qui semblent l'observer avec soupçon —, mais il n'a que faire et que craindre des douaniers, tout à craindre au contraire des policiers qui veulent arrêter Pierre Vandromme, et peut-être savent-ils déjà (la police doit tout savoir, donc elle sait tout) qu'un garçon courageux est parti prévenir le constructeur. Il longe un quai où traînent des fûts, des filins et des poutres, admire un long quatre-mâts qui glisse dans un bassin, toutes voiles serrées, tiré par un petit bateau à l'immense cheminée dont les roues à aubes brassent l'eau à grand bruit. Le chantier Vandromme devrait être près de là, il croit s'en souvenir, tout près.

Il y est, c'est vrai. On peut le lire en très grandes lettres jaunes sur la double porte de fer : *Constructions maritimes Pierre Vandromme*. Mais la double porte est fermée. Il y en a bien une autre, sur la droite, plus petite, malheureusement elle est fermée aussi, et un long mur de briques rouges cerne le chantier. Félicien s'acharne sur cette petite porte. Il secoue la poignée, un peu rouillée, ce qui le déçoit : il voudrait que tout ici soit brillant, net, impeccable. Mais rien ne bouge, personne ne vient. Il s'acharne : même si le chantier est fermé parce que c'est le soir (Félicien n'aurait jamais cru qu'il soit si tard, il fait encore très clair), il doit bien y avoir un gardien, comme à la brasserie, pour guetter les voleurs et les incendies. Il tape du pied contre la porte, crie, supplie que l'on ouvre, parce qu'il a quelque chose à dire à monsieur Vandromme, quelque chose de très important, que cela ne peut attendre, et qu'il lui faut son adresse.

On le prend par le bras. Il sursaute, se retourne. C'est un agent de police, un grand moustachu. Et il en aperçoit un autre, plus loin, dont le képi est trop grand si bien qu'il lui tombe jusqu'aux oreilles. Mais Félicien n'a pas le cœur à rire. Surtout, ne rien dire. Qu'ils ne devinent rien.

— Qu'est-ce que tu fais là ? Tu es perdu ?

— Je... Non. Non, je ne suis pas perdu. Non.

— Qu'est-ce que tu fais là alors ?

Il réfléchit, vite. Affolé. Si encore il pouvait fuir. Mais l'autre est trop près.

— Rien... Je. Je venais chercher mon papa.

— Ton papa. Qu'est-ce qu'il fait, ton papa ?

Il n'a pas l'air méchant, ce policier, il sourit. Félicien a moins peur. Mais il se méfie toujours. Ce sourire peut être une ruse. Dans les histoires de ses livres d'images, les méchants commencent toujours par sourire, pour tromper les bons. Ne rien dire : que les policiers ne devinent rien. Ou bien mentir.

— Mon papa, il construit des bateaux, là. C'est lui qui fait les mâts, les grands mâts, vous savez.

Félicien voudrait bien que ce soit vrai. Avoir un papa qui fait des mâts. Avoir un papa.

— Mais tu vois que c'est fermé. Il a fini de travailler, ton père, il est déjà rentré à ta maison. Et tes parents, ils vont s'inquiéter, ils vont se demander où tu es passé. Où est-ce que tu habites ?

Félicien regarde autour de lui, aperçoit au loin la vieille tour.

— Par là... Près de l'église et de la tour.

— Viens, on va te reconduire avant la nuit.

Impossible de résister. Il les suit. Il marche entre les deux agents, comme les voleurs sur les images de *l'Illustration.* Le soleil est tellement bas que leurs trois ombres s'étirent sur les pavés du quai, semblent escalader les hangars. Un grand oiseau traverse le ciel roux. Le port va s'endormir. On n'entend plus que le frottement de l'eau sur les carènes des navires.

Les policiers ne sont pas méchants, pense Félicien : ils ne lui tiennent même pas la main, ils ne se doutent de rien. Mais s'ils veulent le raccompagner chez ses parents... Et pendant ce temps, d'autres policiers sont peut-être en train d'arrêter monsieur Vandromme. Félicien ne sait que faire.

Ils dépassent des amoncellements de bois, des entassements de caisses et des pyramides de poussière rouge dont il voudrait bien savoir le nom et l'usage. Il s'étonne que l'on puisse trouver tant de choses sur ces quais. Il admire un gros bateau de fer à deux cheminées dont il parvient à déchiffrer le nom, « *Lord John Russel,* London » et se prend à rêver au jour où il sera marin. Il s'installera sur la passerelle, tout en haut, pour commander. Il portera une casquette avec une ancre dorée. Et il ira à Java, puis en Australie. Il a lu dans *l'Illustration* que sur ces pays-là il ne pleuvait presque jamais, que le soleil brillait toujours — ou presque. L'ennui, c'est que les femmes s'y promènent nues. Félicien a trouvé la miss, un jour, toute nue dans le cabinet de toilette de sa maman, partie à la brasserie. Elle l'a chassé en expliquant qu'il ne fallait jamais voir de dames nues. Il l'avait jugée belle, pourtant. Peut-être les femmes de Java, ou d'Australie, sont-elles moins belles. Et peut-être que les regarder n'est pas un si gros péché.

Les voix des deux policiers le tirent de son rêve et de ses réflexions. Ils chuchotent comme s'ils craignaient un danger ou voulaient surprendre un adversaire. Puis s'arrêtent. Devant eux s'alignent des rangées de fûts. Et entre deux tonneaux, on voit dépasser deux pieds. Un mort ! Félicien a peur, voudrait s'échapper. Mais il comprend vite à la conversation des agents que c'est seulement un ouvrier du port qui s'est allongé là, muni d'un tuyau de caoutchouc, pour aspirer le contenu du fût et en emplir des bouteilles — sans doute en a-t-il trop bu au passage : il dort, il est ivre. Les policiers le tirent par les pieds puis le secouent. Et Félicien s'aperçoit qu'ils ne se soucient plus de lui. Fuir. Sans tarder.

Il court à perdre haleine, longtemps, passe entre deux wagons en attente sur le quai, ose alors se retourner pour regarder. Là-bas, loin, deux silhouettes s'agitent, ridicules. Mais ils semblent en avoir encore après l'homme ivre. Se sont-ils seulement aperçus de la disparition du garçon ? En tout cas, ils ne le retrouveront plus. Il repart, cœur content.

Seulement voilà : où aller ?

Il faut de toute manière tourner le dos au port. Félicien regarde une dernière fois les longues lignes droites des mâts et des vergues, le fouillis des cordages, les brassées de voiles, et pense qu'il reviendra dès que possible avec monsieur Vandromme pour se faire dire leurs noms et se faire expliquer leur manœuvre. Quand tout le monde saura que monsieur Vandromme n'a rien fait de mal.

Il ne court plus, longe les hangars avec précaution, sur ses gardes. Il sait que l'obscurité sera son alliée. Et en effet, elle lui permet de passer, sans être vu, entre deux pinceaux de lumière du phare, à quelques mètres des deux douaniers heureusement occupés par toute une équipe de marins qui semblent avoir beaucoup bu, eux aussi.

Et le voilà bientôt en ville, où la brume verdâtre des becs de gaz lutte contre les dernières rousseurs du soleil. Des lumières s'allument dans les maisons, les vitres tremblent de reflets, on entend sonner le carillon de la tour. Des femmes sont aux fenêtres, des familles ont sorti des chaises ou des bancs pour goûter sur le trottoir à la douceur de ce soir qui est déjà l'été. Des enfants jouent dans les caniveaux et personne ne s'étonne de voir passer celui-là, qui ne paraît pas du tout perdu, qui est sans doute d'une rue voisine, et dont on serait bien incapable de distinguer le visage dans la pénombre.

Il sait où il va, désormais. Il a décidé de rentrer chez Maria. Il pense qu'elle a dû s'affoler, le chercher partout. Et il ne voudrait lui faire aucune peine : il s'est longtemps demandé s'il l'aimait autant que sa maman, et a conclu, après de longues hésitations, qu'il l'aimait presque, presque autant, ce qui est beaucoup — très beaucoup, comme il dit.

Il a le cœur serré, pourtant, de devoir renoncer à son projet. Mais comment retrouver monsieur Vandromme dans cette ville inconnue, alors qu'il ne connaît même pas le nom de sa rue ? Et puis, malheur, les policiers l'ont sans doute déjà emmené.

Au coin d'une place, un bruit de musique l'arrête. Il aperçoit un portail vivement éclairé. Il se laisse attirer, comprend que l'on donne une fête dans cette grande bâtisse : un bal, ou un concert — sa maman lui a déjà expliqué ce que c'était, et ajouté qu'elle l'y emmènerait quand il serait plus grand. L'ennui, pour un enfant, c'est qu'il faut toujours attendre : pour être marin, pour aller au bal ou au concert, pour être pris au sérieux, il faut toujours être plus grand. Il s'approche. Des couples entrent et sortent, hommes uniformément vêtus de noir, femmes aux longues robes ornées de poufs, de rubans, de dentelles ou de fausses fleurs. Un peu plus loin, des voitures attendent, cochers immobiles sur leurs sièges, chevaux à la tête penchée, triste, vers le pavé. Il croit reconnaître des fiacres, comme ceux qu'il a pris avec sa mère, en débarquant du train, à chacun de ses voyages.

— Cocher, vous pouvez m'emmener ?

L'homme bouge à peine, lève quand même le bras pour montrer, à l'écart, cinq ou six voitures que l'enfant n'avait pas vues d'abord.

— Les fiacres, c'est là-bas.

L'enfant s'y précipite.

— Cocher, vous pouvez m'emmener ?

— Où tu veux aller ?

— Chez monsieur Vandromme, celui qui fait les bateaux.

Il a changé ses plans. Le cocher ne sait certainement pas où logent Maria et Blaise mais il y a une chance qu'il connaisse la maison d'un grand constructeur comme monsieur Vandromme.

— A Rosendaël ? demande le cocher.

Donc il sait.

— Oui. A Rosendaël.

Rien, peut-être, n'est perdu.

— Et tu as de l'argent pour me payer ?

— Je... Monsieur Vandromme, c'est mon oncle. Il vous paiera quand on sera arrivé.

Le cocher hésite. Il saute au bas du fiacre, prend une de ses grosses lanternes de cuivre pour éclairer le visage de Félicien. Cette tête, ces vêtements, cet accent, cette façon, surtout, de dire « Cocher, vous pouvez m'emmener ? » comme si depuis le berceau il n'avait fait que commander : tout indique un jeune bourgeois. Il y a sans doute de l'argent à gagner. Le cocher, pourtant, se méfie.

— Qu'est-ce que tu fais là, tout seul ?

— Je... je me suis perdu.

Le cocher rêve à la récompense. Mais si ce gamin profitait d'un ralentissement pour sauter de la voiture, et s'enfuir sans payer ?

— Bon... Mais tu vas monter devant, sur la banquette, à côté de moi. Et si tu bouges...

Il montre le fouet.

— Compris ?

On est bien là-haut, on voit la rue autrement.

La musique de la fête devient plus joyeuse encore.

Ils en ont tous convenu, Alice, Maria, Blaise, et aussi Pierre Vandromme quand ils l'ont informé, à son arrivée chez les Riboullet, de la disparition du petit garçon : la dernière chose à faire serait de prévenir la police. Félicien, où qu'il se trouve, doit fuir comme la peste tout uniforme. Mais où le chercher ?

Certainement pas au chantier ni à la villa. Comment l'enfant pourrait-il les retrouver, alors qu'il n'y est allé qu'une fois et n'en connaît pas le chemin ? Vandromme et Blaise sont donc partis, en voiture, explorer la ville et le port. Et ont promis de revenir régulièrement vérifier si le petit garçon n'est pas réapparu.

Alice et Maria les attendent. Les enfants ont fini par aller au lit.

Alice : épuisée d'inquiétude, mais de bonheur aussi. Tout lui a été donné ce jour. Pierre lui a couru après, il n'y a pas d'autre mot ; il n'a pas caché, en arrivant chez les Riboullet, qu'il était venu pour elle, l'ayant aperçue dans la rue et ne sachant où la trouver. Pierre lui a couru après et Félicien court après Pierre, Pierre qu'il appelle « Mon ami ».

Tout lui a été donné, et tout ne peut lui être en même temps retiré. Ce serait... C'est impossible, elle le sait, elle veut s'en persuader. Elle essaye de réciter des prières, n'y parvient pas, s'en console vite en pensant qu'il serait indigne de Dieu de lui jouer un tour aussi détestable, aussi affreux, aussi déshonorant, ou seulement d'en avoir eu l'intention et d'attendre maintenant ses supplications pour y renoncer.

Elle n'est plus qu'espérance. Et que projets : elle s'installera à Dunkerque (rien de tel qu'un grand port pour établir un négoce de grains), mais alors, que deviendra la brasserie ? Ou bien, elle se partagera entre les deux villes. Elle ne sait pas. Elle en parlera avec Pierre. Elle verra avec Pierre. De ce jour, elle n'est plus seule.

Maria la regarde, sourit.

— A Versailles, dit-elle, quand j'ai trouvé Blaise parmi les hommes de la Commune que les soldats de Thiers avaient fait prisonniers j'ai su tout de suite que je réussirais à le sauver.

Elles attendent.

Depuis qu'à la fin de l'après-midi, Pierre, nerfs en pelote mais mine réjouie, est passé à la villa demander si par hasard Alice Van Meulen ne s'était pas présentée, et que celle-ci l'a suivi, dix minutes plus tard, pour repartir aussitôt, madame Vandromme sait que le dénouement est pour ce soir. Elle a envisagé plusieurs hypothèses, et croyait n'en avoir oublié aucune. Mais elle n'avait pas prévu — comment aurait-elle pu prévoir ? — l'arrivée à une heure si tardive d'un petit garçon fatigué et affamé, persuadé que la police voulait arrêter son fils.

Pourtant, il est là, dans le salon aux maquettes, presque enveloppé par une immense bergère surchargée de centaines de pompons qu'il ne cesse, rêveur, de tripoter. Il est là, il n'a consenti à s'asseoir qu'après avoir obtenu l'assurance que Vandromme ne risquait vraiment rien, et il vient d'engloutir deux longues tartines couvertes de cassonade. La vieille dame s'est dit que si elle le gardait, elle aurait une chance de connaître plus vite la suite des événements ; elle a donc trouvé un prétexte, son besoin de repos et de nourriture, et poussé sa servante martiniquaise dans le fiacre qui avait amené Félicien : qu'elle aille chez ce maçon, ce Riboullet, et qu'elle prévienne que le garçon est ici ; en sécurité ; l'objet des meilleurs soins.

Madame Vandromme n'apprécie guère que son fils se soit montré chez un ancien communeux et que toute la ville l'ait su, les journaux ayant rapporté l'épisode du sauvetage de Félicien l'autre dimanche. Cette fréquentation pourrait nuire à une réputation que l'affaire du navire fraudeur a, quoi qu'il arrive, déjà ébréchée. Et puis, la vieille dame se méfie des socialistes de tout acabit. Il lui arrive de craindre que la disparition de la religion n'entraîne le développement des idées collectivistes et partageuses, une conséquence que des hommes comme son mari, ardents à lutter contre les cléricaux, ne souhaitaient guère. Elle l'a dit à Pierre sans obtenir de réponse, et en a conclu qu'il n'était pas sûr de lui, qu'il s'interrogeait, ou qu'il pensait comme elle sans vouloir l'avouer.

Madame Vandromme n'a pas plus apprécié — mais elle s'est consolée en jugeant que jusqu'à plus ample informé cela ne la concernait pas — qu'Alice Van Meulen ait confié son fils aux Riboullet. Que l'on mette ses enfants en nourrice à la campagne peut se comprendre. Mais puisque ce garçon n'en a plus l'âge, un bon pensionnat — même un pensionnat religieux, si c'était dans les idées de sa mère — eût été préférable à ce placement dans une famille d'ouvriers.

Le résultat, madame Vandromme peut déjà le constater : dans les dix ou douze phrases qu'il a prononcées depuis son arrivée, il a glissé quelques mots de flamand, sans doute acquis au contact des enfants Riboullet ; l'école laïque, hélas, n'est pas assez développée pour avoir définitivement imposé le français dans le langage du populaire.

Madame Vandromme doit pourtant reconnaître que, n'étaient ces écarts de vocabulaire, il s'exprime clairement, il est propre et se tient bien. Il serait même tout à fait charmant si sa voix perdait ce ton un peu rauque et si on ne lui voyait cette légère inquiétude — ou cette mélancolie ? — dans le regard. Mélancolie n'est peut-être pas le mot exact, pas plus qu'inquiétude et encore moins tristesse. Ils convenaient mieux lors de la première visite de Félicien avec Alice Van Meulen — en février, comme le temps passe. Madame Vandromme, qui s'était pourtant bien amusée ce jour-là de l'embarras de son fils, avait eu le cœur serré chaque fois qu'elle regardait le petit garçon. Le regard de celui-ci s'était seulement illuminé — et alors, quelle flamme ! — quand Pierre lui avait donné la maquette du navire de Nelson. Elle était accoutumée aux brusques impulsions de Pierre, ses « coups de cœur » disait-elle, mais, quand elle l'avait vu se défaire du *Victory,* une de ses plus belles pièces, elle avait mesuré l'étendue de son trouble, deviné que cette Alice l'impressionnait bien plus qu'il ne voulait l'avouer. Sans imaginer que cela puisse se terminer par un mariage.

Or, c'est, ce soir, l'hypothèse la plus probable. Et madame

Vandromme s'inquiète, imagine le bouleversement qui va en résulter pour elle, s'effraie de la solitude qui lui est promise. Bien sûr, elle avait rêvé d'être entourée de petits-enfants. Mais cette Alice vit à près de cent kilomètres et ne pourra guère se rapprocher puisque — a-t-on idée ? — elle dirige une industrie. Cette jeune femme, décidément, sort des règles et des usages. Madame Vandromme sait bien qu'elle ne respectait pas plus les règles et les usages lorsque, dame du grand mât, elle accompagnait son mari aux Antilles ou au Chili. Elle est prête aussi à reconnaître le courage, la volonté, l'esprit pratique et même le charme de cette Van Meulen. Mais elle souhaite ce soir, alors que l'échéance est là, que ce mariage ne se fasse pas. Ou plutôt, elle est partagée : elle ne sait plus ce qu'elle doit vouloir, et croit discerner dans la confusion de ses pensées un léger penchant pour la négative. Et elle se demande si le petit garçon qui lui fait face et qui observe, silencieux, les maquettes, si ce petit garçon ne pourrait être un allié, un dernier recours contre ce mariage. Seulement voilà : comment aborder cette question sans l'effaroucher, le brusquer, l'inquiéter ?

Or, à la grande surprise, à la stupéfaction de madame Vandromme, c'est lui qui en parle, le premier.

— Vous pensez, interroge-t-il, qu'ils vont se marier ?

Elle se demande si elle ne rêve pas, se dit qu'il est le digne fils de sa mère, aussi audacieux que cette Alice, et demande, pour la forme, pour gagner du temps :

— Se marier ? Qui ?

— Maman et monsieur Vandromme.

Voilà, c'est dit. Impossible de se dérober. Il la fixe des yeux. Il ne paraît ni inquiet ni moqueur. Il ne sourit pas. Il n'est qu'interrogation. Elle tente pourtant de trouver un biais :

— Et toi ? Tu le crois ?

— Je ne sais pas. Arsène le croit. Il dit qu'ils vont se marier, qu'il les a vus se regarder le jour où... vous savez : quand je suis tombé dans le canal.

— Ah bon...

Il ne sourit toujours pas, s'explique posément, toute timidité enfuie. Confiant. Naïf. Elle se juge un peu sotte d'entretenir cette conversation — elle pourrait trouver un prétexte pour se rendre à la cuisine, ou ailleurs. Mais elle est un peu amusée aussi. Et attendrie.

— Qui est Arsène ?

Elle a déjà deviné qu'il s'agissait d'un des enfants Riboullet, n'écoute même pas sa réponse.

— Et madame Riboullet, elle croit qu'ils vont se marier ? Elle connaît bien ta maman, elle...

— Maria ? Je ne sais pas. Je lui demanderai.

— Et toi, tu le voudrais ? Tu souhaiterais que monsieur Vandromme devienne ton papa ?

Ses yeux volent, vite, dans tous les sens. Cherche-t-il à se dérober ? Il paraît hésiter, réfléchit. Puis revient :

— Monsieur Vandromme est mon ami.

Il sourit enfin. Elle pense qu'elle n'en tirera rien de plus, que tout est dit. Mais c'est lui qui revient à la charge.

— Et vous ? Vous ne m'avez pas... Vous le croyez, vous, qu'ils vont se marier ?

Opiniâtre, comme sa mère. Elle réfléchit. Tant pis. Il lui plaît après tout, ce petit garçon courageux. Elle va lui dire ce qu'elle croit, ou plutôt ce qu'elle suppose.

— Ecoute-moi bien. En ce moment, ils doivent être ensemble, monsieur Vandromme et ta maman. Et ils savent que tu es ici. S'ils arrivent tout de suite, pour te chercher, c'est qu'ils ne veulent pas se parler longtemps, c'est qu'ils n'ont pas grand-chose à se dire, c'est qu'ils ne veulent pas se marier. Mais s'ils tardent un peu — et après tout ils peuvent tarder, puisque tu es en sécurité maintenant, ta maman n'a plus à s'inquiéter —, cela signifiera qu'ils avaient beaucoup, beaucoup à se dire. Comprends-tu ?

Il sourit, avance un peu la tête, attentif :

— Cela voudra dire qu'ils veulent se marier ?

— Oui, je crois.

Il sourit à nouveau, se laisse glisser au fond de la bergère.

— Alors, racontez-moi une histoire. Une histoire de marins. Maman m'a dit que vous étiez la femme du capitaine, et que vous avez fait de grands voyages avec lui.

Alors, elle lui raconte sa première traversée de l'Atlantique. Comment, dans la Manche, au sud de l'Angleterre, ils avaient essuyé un coup de chien et comment elle avait failli être emportée par un paquet de mer alors qu'elle avait mis, imprudente, le pied sur le pont ; si elle ne s'était pas accrochée à un cabillot — « Tu sais ce que c'est, un cabillot, non ? C'est comme une grosse toupie autour de laquelle on accroche un cordage » —, eh bien, si elle ne s'était pas accrochée, elle aurait été noyée, à son premier voyage.

Elle se dit que cette histoire, la première qui lui soit venue à l'esprit, ne doit pas être amusante pour un petit garçon. Pourtant, il l'a écoutée avec une sorte de passion.

— Tu voudrais être marin, peut-être ?

— Ils ne sont pas encore là, répond-il.

Il sourit, semble goûter le silence, prendre plaisir à l'écoulement du temps. Puis :

— Vous vous souvenez peut-être d'une autre histoire ?

Elle lui conte encore une bataille contre la mer et le vent, au large des Açores cette fois, les lames qui fouettaient le navire, le bousculaient, brisaient les cordages aussi simplement, plus facilement qu'une couturière casse un fil à coudre, menaçaient de tout emporter. Elle était rentrée dans sa cabine pour se faire oublier, ne pas embarrasser les hommes en pleine bataille, et s'était allongée sur sa couchette. Peu après, un coup de houle la jetait à terre — si l'on peut dire. Trois fois elle était remontée, et trois fois retombée. Son mari lui avait envoyé le mousse, un Flamand de Zuydcoote : qu'elle prenne la pochette où elle rangeait ses bijoux et les rejoigne sur le pont, ils allaient devoir abandonner le navire, ou ce qu'il en restait, pour ne pas être engloutis avec lui — et à Dieu vat. Mais à l'instant où elle arrivait sur le pont, ils avaient vu passer au ras des mâts, dans cette nuit de grêle et de lames, un grand oiseau blanc, immense, aux ailes comme brisées. « L'oiseau de paix, avait crié un homme en se signant, la tempête est finie. » Et aussitôt les nuages s'étaient déchirés, tandis que la mer s'affaissait et que le vent perdait son souffle. Parfois, en mer, on est tenté de croire aux miracles.

— Ils ne sont pas encore là, dit l'enfant.

Puis :

— Vous connaissez seulement des histoires de tempête ? Il y a toujours des tempêtes ?

Alors elle lui décrit la Martinique, Fort-de-France, la promenade de la Savane, sous l'ombrage des grands sabliers au feuillage noir, des arbres dont on ne peut faire le tour qu'en s'y mettant à deux ou trois, bras étendus, mais qu'on ne remarquerait même pas dans une forêt vierge. Elle se plaît à l'effrayer, à peine, juste ce qu'il faut, en lui parlant du trigonocéphale, un des plus venimeux serpents du monde, un reptile de sept pieds de long qui va la nuit à la maraude, couvre les chemins et les sentiers, si bien que vous ne feriez pas sortir un indigène de sa case quand le soleil a disparu. Puis elle se reproche ces évocations, cherche à l'amuser en expliquant que les femmes du Darien, près de Panama, des négresses, fument le cigare autant que les hommes et, par une étrange manie, préfèrent tenir le bout allumé dans la bouche parce que, prétendent-elles, il n'est que cette façon de trouver du goût au tabac. Elle peint enfin des îles de rêve, aux forêts parées de lianes brillantes et animées de milliers d'oiseaux, d'aras bleus, de perdrix et de colibris étincelants, de perroquets vert et jaune qui s'élèvent dans les cieux, par vols immenses, avec des cris assourdissants.

Elle le croit, par instants, endormi. Mais dès qu'elle s'interrompt, l'enfant constate, ravi, qu'ils ne sont pas là. Et elle commence à penser qu'elle avait vu juste : pourtant, en annonçant que le retard de son fils et d'Alice aurait le sens d'une publication de mariage, elle prenait une sorte de pari. Après tout, une autre raison eût pu les retarder. Mais pas aussi longtemps.

Désormais, elle est sûre du dénouement. L'enfant aussi, elle devine, dont le sourire s'élargit — un sourire qui doit peu, elle le sait, aux descriptions de singes hurleurs, d'alligators ou de tortues géantes qu'elle poursuit avec vaillance et patience.

Si bien qu'ils ne sont guère surpris, vraiment pas surpris, pas du tout surpris, quand, après un grand remue-ménage de voitures et de chevaux, un remue-ménage qu'ils ont écouté sans bouger et sans même oser se regarder, Alice se précipite dans la pièce et crie à Félicien :

— Savez-vous où nous irons cet été ?... Pierre et moi, nous allons vous emmener à l'Exposition internationale de l'électricité.

TABLE

Achevé d'imprimer en mars 1985
sur presse CAMERON
dans les ateliers de la S.E.P.C.
à Saint-Amand-Montrond (Cher)
pour le compte des éditions Grasset
61, rue des Saints-Pères, 75006 Paris

Nº d'Édition : 6634. Nº d'Impression : 273-161
Dépôt légal : mars 1985
Imprimé en France

ISBN 2-246-35611-3